Chagrijnige miljonair

Misha Bell

♠ Mozaika Publications ♠

Copyright © 2023 Misha Bell
www.mishabell.com/nl

Uitgegeven door Mozaika Publications, onderdeel van Mozaika LLC.
www.mozaikallc.com

Ontwerp cover: Najla Qamber Designs
www.qamberdesignsmedia.com

Vertaling: Missy Veerhuis

ISBN: 978-1-63142-877-7
Print ISBN: 978-1-63142-875-3

Hoofdstuk 1

Lucius

DE LOBBY WERKT SAMEN MET KAKOFONISCHE VLEESZAKKEN, en ik ben laat.

Ik pas mijn gigantische koptelefoon aan en verhoog het volume totdat het geluid van heavy metal de irritante stemmen overstemt.

Ja. Dat is iets beter, maar wat ik echt nodig heb, is een bril die Augmented Reality kan gebruiken om de mensen eruit te filteren. Helaas bestaat zo'n bril nog niet.

Ach ja. Zo is het leven — of *sic vita est*, zoals de Romeinen zouden hebben gezegd.

Ik doe alsof ik alleen ben en loop langs de beveiligingsbalie. De bewakers weten beter dan mijn ID te controleren. Ik ben tenslotte de eigenaar van het bedrijf dat het gebouw bezit.

Als ik halverwege mijn lift ben, begin ik te hopen

dat ik de vergadering op tijd zal halen. Dankzij mijn reputatie stapt iedereen opzij en maakt plaats voor me.

Wacht. Te vroeg gejuicht.

Een man staat me in de weg. Een man wiens naam ik me niet herinner, maar ik ben er vrij zeker van dat hij een VP is van iets doms, zoals marketing.

Realiseert hij zich niet hoe laat ik ben voor de Novus Rome-bijeenkomst? Iedereen weet dat het op dit moment mijn hoogste prioriteit is en dus heilig is.

De man lijkt er geen idee van te hebben. Hij staat duidelijk niet hoog genoeg op de bedrijfsladder om nodig te zijn voor de vergadering. Of hij is niet goed bij zijn hoofd.

Verbijsterend genoeg bewegen zijn lippen.

Als in, hij praat tegen me.

Ik geef hem de IBNG, mijn gepatenteerde "Ik ben niet geamuseerd"-blik.

Zijn lippen bewegen nog steeds.

Onzin zoals dit is de reden dat het mijn droom is om al mijn werknemers door robots te vervangen. Ik zou er een miljard dollar voor over hebben om dat te doen, of een paar jaar van mijn leven. En misschien zelfs mijn Russell Crowe-gesigneerde *Gladiator*-poster.

Ik trek het rechteroortje weg. "Wat?"

"Hallo, meneer. Ik wilde u alleen maar vertellen dat onze laatste campagne uitstekend is verlopen en —"

Ik stop met luisteren. Ik kan altijd zien wat mensen echt zeggen, en in dit geval is het: *Geef me een promotie. Geef me alsjeblieft een promotie. Ik weet dat ik het niet verdien, maar geef me alsjeblieft een promotie.*

De ironie is dat hij net met zijn onbeschoftheid zijn kansen voor die promotie heeft verspeeld. Dat wil zeggen, als ik me aan het einde van het jaar zijn naam herinner...

Ik plaats het oortje terug op zijn plaats. "Excuseer me, ik ben laat."

Ik negeer zijn gestamelde verontschuldigingen en stap doelbewust naar de lift, en deze keer staat mijn gezichtsuitdrukking zo dat geen enkele andere vleeszak me durft te onderbreken.

Terwijl ik loop, rommelt mijn maag.

Verdomme. Ik had iets moeten eten.

Mijn maag gromt in overeenstemming.

Ik haat dit en alles wat me eraan herinnert dat ik een slaaf ben van de biologie. Zodra ik mijn hersenen in een robotlichaam kan uploaden, dan doe ik het en kijk ik nooit meer terug, maar voor nu hoop ik dat er bij de vergadering snacks aanwezig zijn.

Ik bereik mijn lift en kijk naar de klok op mijn telefoon terwijl ik wacht tot de deuren opengaan.

Ik ben een minuut te laat. Hopelijk kan Eidith de zaken gladstrijken met de makelaarkerel, hoe hij ook mag heten. Gezien hoe graag ik dit stuk land wil, zou ik echt moeten proberen om zijn naam te onthouden.

Ik haal mijn agenda tevoorschijn, open de uitnodiging voor de vergadering en herhaal de stom klinkende achternaam keer op keer in mijn hoofd.

Yep. Nu weet ik het. Ik stap in mijn lift en druk op de bovenste knop: LXXXVIII.

Mijn telefoon gaat.

Ik frons met mijn wenkbrauwen, totdat ik me realiseer dat mijn oma belt. Terwijl ik de oproep accepteer, druk ik op de knop 'deuren openen' om ervoor te zorgen dat de lift niet sluit. Mijn oma is de enige wiens telefoontjes ik altijd aanneem, en ik wil de ontvangst niet verliezen en haar dus onnodig ongerust maken.

"Lucius, pompoentje, hoe gaat het met je op deze prachtige ochtend?" vraagt ze en ik kan me haar glimlach met kuiltjes in haar wangen aan de andere kant van de lijn voorstellen.

"Hongerig en laat," zeg ik, terwijl het me weer niet lukt om niet als de Grinch te klinken.

"Ik blijf het je vertellen en je luistert niet: je hebt een goede vrouw nodig om voor je te zorgen."

Tuurlijk. Ik zal 'vind een goede vrouw' aan mijn to-do-lijst toevoegen, direct na 'krijg een gat in het hoofd'.

"Hoe gaat het met je rug?" vraag ik in plaats van een antwoord te geven.

Oma heeft een spier verrekt toen ze laatst een pot perzikjam opende, wat me ertoe had aangezet om haar huisbediende te ontslaan en haar door een stevige bodyguard te vervangen. Zijn taak bestaat uit het openen van alle toekomstige potten in oma's huis naast haar te verzorgen.

"Oh, veel beter." Met een grinnik voegt ze eraan toe, "Het blijkt dat Aleksy in Polen een masseur was."

Ik neem een bedachtzame slok uit mijn flesje water terwijl ik verwerk wat ik net heb gehoord. Is de bodyguard handtastelijk geworden bij mijn grootmoeder? Moet ik hem ontslaan of zijn salaris verhogen?

"Wacht, zei je niet dat je te laat was?" vraagt oma.

"Een beetje. Maar dat geeft niet."

"Ga," zegt ze. "Bel me daarna maar."

"Zal ik doen."

Ze hangt op en ik sla op de knop 'deuren sluiten'.

De deuren glijden langzaam dicht, veel te langzaam. Dit is wat je krijgt als je voor looks in plaats van voor functionaliteit kiest. De deuren zijn in de Romeinse stijl die ik verkies, maar alle versieringen zorgen ervoor dat ze langzamer bewegen dan een schildpad die door een radioactieve slak is gebeten.

Dan, wanneer er slechts een kleine opening over is gebleven, wriemelt een sierlijke, met sandalen beklede voet met sprankelend roze nagellak zich tussen de deuren.

Een voet die bijna perfect is — zozeer zelfs, dat het als een andere ongewenste herinnering aan mijn biologie dient.

De persoon van wie de voet is, is dapper. Als deze deur met het oog op efficiëntie was ontworpen, dan zou deze manoeuvre de voet hebben afgehakt, en de lift zou zijn weg hebben vervolgd alsof er niets was gebeurd.

Helaas was de ingenieur die ik had ingehuurd duidelijk een boomknuffelende veganist, omdat de liftdeuren weer net zo langzaam opengaan als dat ze dicht gingen.

Ik kijk weer naar mijn horloge.

Vijf minuten te laat.

Kloterige fuck.

Ik keer mijn aandacht terug naar de voet en bereid me voor om tegen de eigenaar ervan te schreeuwen.

Hoofdstuk 2

Juno

Iᴋ sᴛᴀᴘ ʜᴇᴛ ɢᴇʙᴏᴜᴡ ʙɪɴɴᴇɴ ᴇɴ ᴘᴀᴜᴢᴇᴇʀ ᴍɪᴊɴ ᴀᴜᴅɪᴏʙᴏᴇᴋ — *Onbelangrijke gebeurtenissen in het leven van een cactus*. Tot nu toe is het boek geweldig, maar tot mijn teleurstelling gaat het over een mensenmeisje en niet over een cactus, zoals de titel impliceert.

Als ik de lobby binnenkom, gaan mijn ogen wijd open. Het ziet er aan de buitenkant modern uit, maar aan de binnenkant lijkt het op een oud Romeins museum.

Ik strijk mijn jurk glad — niet dat het me zal helpen om niet op te vallen. De pakken die ik hier zie, kosten waarschijnlijk meer dan ik in een jaar verdien. Wat nog erger is, is de koude lucht die langs de huid op mijn armen gaat, waardoor ik me realiseer dat mijn outfit, een gele zomerjurk die ik in de uitverkoop bij TJ Maxx heb gekocht, ook op praktisch niveau een

7

mislukking is, omdat het slecht werk verricht om me tegen de overijverige AC te beschermen. Mijn sandalen helpen ook niet.

Dan zie ik iets in de buurt dat me een warm gevoel geeft... althans aan de binnenkant.

Het is een muur bedekt met groen. Er zijn lianen, mossen en varens, die allemaal geweldig zijn, maar er is ook vertegenwoordiging van mijn favoriete levende ding in de hele wereld: de cactus.

Niet in staat om mezelf te stoppen, loop ik naar de muur, waar ik oog in oog kom te staan met de schattige stekels van een Haworthia retusa, alias een stercactus.

"Hoi, kleine cactus. Je bent een echte ster, nietwaar?" zeg ik zachtjes fluisterend. De meeste mensen begrijpen het niet als ik met planten praat waar ze bij zijn. Ze verwijzen me zelfs vaak naar een psychiater. Ik demp mijn stem. "Heb je dorst? Honger? Heb je het koud?"

Thuis ken ik mijn cactus El Duderino zo goed dat ik me kan voorstellen (en hardop kan zeggen) wat zijn antwoord zou zijn als we in een beter universum zouden leven, waar cactussen zouden *kunnen* praten. Ik zou niet als dit kleine lekkere ding durven te antwoorden, zelfs niet als we elkaar beter zouden kennen, want dat is iets wat nog minder getuigen zouden begrijpen. In plaats daarvan verzeker ik mezelf ervan dat niemand kijkt, en dan steek ik mijn wijsvinger in de grond naast het prachtige wezen.

Yep. De grond voelt precies goed aan — niet te nat.

Als ik deze baan krijg, dan zal ik natuurlijk mijn betrouwbare tensiometer meenemen om er zeker van te zijn.

Bij alle saguarostekels, ik was bijna de baan vergeten, of beter gezegd, het sollicitatiegesprek dat over een paar minuten gaat beginnen.

Hoe kon ik zo verstrooid zijn? Dit is niet mijn typische zakelijke klant. Dit gebouw is van een bedrijf, wat betekent dat als ik de klus krijg, ik eindelijk het geld verdien dat ik nodig heb om mijn collegegeld te betalen.

Mijn adrenaline piekt, en ik haast me naar de beveiligingsbalie en bots bijna tegen een man aan met een enorme koptelefoon.

Verdorie. Hij neemt niet eens de moeite om te kijken wie hij zou vertrappen. Aan de andere kant, als een man me *zou* rammen, dan zou dit geen slecht exemplaar zijn om de klus te klaren. Hij is lang, met brede schouders, met hoekige, dreigende kenmerken, een Romeinse neus en intelligente ogen met de kleur van staal. Hij heeft dikke, volle wenkbrauwen en zijn donkere haar is in een stekelige fauxhawk geknipt waardoor ik er mijn vingers door wil halen. Over haar gesproken, ik vraag me af of zijn stoppels schurend aan zouden voelen op mijn dij als hij —

Hou je hoofd erbij, Juno.

Sollicitatiegesprek.

Een paar meter verderop wordt de vreemdeling

tegengehouden door iemand in een pak. Zijn reactie is niet prettig. Hij gromt bijna naar het pak.

Wat een chagrijn. Is dit wat ik moet pikken nu ik zakelijk word? Mijn sollicitatiegesprek is in ieder geval met een vrouw, dus zeker niet met *dit* personage. Ik weet niet hoelang ik het met hem uit zou houden voordat ik terug snauw. Niet te vergeten, zijn uiterlijk zou me tijdens een sollicitatiegesprek afleiden.

Met moeite trek ik mijn blik weg van de irritant aantrekkelijke vreemdeling. Ik moet me op het verkrijgen van de baan concentreren.

Ik sprint naar de beveiligingsbalie en geef mijn rijbewijs aan de man die daar zit, en leg uit dat ik hier voor een sollicitatiegesprek voor de baan van plantenbeheerder kom.

De bewaker controleert mijn ID en grijnst. "Juno, hè? Hebben je ouders je naar die film vernoemd?"

Als ik een cactus had voor elke keer dat iemand dat excuus voor een grap maakte, dan zou ik in staat zijn om de Mojave Desert het nakijken te geven.

Ik glimlach vriendelijk naar hem. "Bedoel je de film die in 2007 uitkwam? Als dat je manier is om te zeggen dat ik er als een tiener uitzie, dan neem ik het als een compliment."

Hij kijkt weer naar mijn ID en fluit. "Ben je dertig? Ik zou je veel jonger geschat hebben."

Er is iemand op dreef. Dat is dankzij mijn gebrek aan lengte en de cherubijnse wangen waar ik nog uit moet groeien, het tweede meest voorkomende ding dat ik te horen krijg. Als hij zegt dat ik er gezond en maagdelijk uitzie, dan bereiken we de kwaadaardige drie-eenheid. Of is het een viereenheid?

Ik verberg mijn gedachten achter een megawatt glimlach en knipper met mijn wimpers naar hem. "Dank je wel. Je bent lief." Zoals antivries.

"Geen probleem." Hij houdt me een bezoekerspas voor, maar dan trekt hij hem op het laatste moment buiten mijn bereik — iets wat ik al zou haten als het niet vanwege mijn lengte was. "Je hebt geen wapens bij je, toch?"

Ik schud mijn hoofd en plak mijn meest onschuldige glimlach op mijn gezicht. Toevallig heb ik dat wel: in mijn tas zit een kat die Atonic heet, die dodelijk is — althans gedurende de paar minuten van de dag dat ze niet catatonisch is.

Ja, ik weet het. Ik neem een levend dier mee naar een belangrijk sollicitatiegesprek. Ik denk dat het wel veilig zou moeten zijn, want er is een 99,999 procent kans dat de kat er doorheen slaapt. Ik pas op de kat van Pearl, mijn beste vriendin die me niet had verteld dat haar poezenkind in een beest verandert als ze alleen wordt gelaten. Als mijn lieve El Duderino geen cactus was, dan had hij de reusachtige saguaro al in de hemelwoestijn van de cactushemel ontmoet. Gelukkig zijn het mijn meubels die tot nu toe de scherpe klauwen hebben moeten ontgelden.

"Geweldig." De bewaker biedt de pas eindelijk

weer aan, en het kost veel wilskracht om hem rustig aan te nemen in plaats van hem ruw weg te grissen.

Moet ik hem vragen waar ik het toilet kan vinden?

Nee. Hij lijkt me het type om een 'pissig'-makend grapje te maken, en ik denk niet dat ik beleefd zou kunnen blijven als hij dat deed. Ik moet zorgen dat ik een toilet vind zodra ik boven ben.

Met dank aan de bewaker, ga ik naar het draaihek en haal de pas door de lezer.

Een groen licht geeft aan dat ik verder kan gaan. Ik stap erdoorheen, om te beseffen dat ik ben vergeten om de bewaker te vragen welke lift ik moest nemen om op de achtenveertigste verdieping te komen.

Angstig scan ik mijn omgeving. Dankzij mijn dyslexie zijn eenvoudige taken als deze stressvol. Getallen zijn voor mij bijzonder lastig om te lezen. Als ik een telefoonnummer zie zonder het netnummer tussen haakjes en een streepje na de eerste drie cijfers, dan willen mijn hersenen smelten.

Oef.

Er zijn maar twee liftenblokken, en ik kan gemakkelijk de getallen ontcijferen die uitleggen waar ik heen moet. Denk ik. Ik ben er vrij zeker van dat het liftenblok aan de linkerkant is voor de verdiepingen een tot negenentwintig, terwijl de andere dienst doet voor de rest van het gebouw, inclusief verdieping achtenveertig.

Terwijl ik daarheen ga, zie ik de dichtstbijzijnde lift dichtgaan. Dan nog een. En nog een.

Ugh. Natuurlijk zijn ze allemaal zonder mij vertrokken. De kans dat er iets misgaat moet direct evenredig zijn met hoe graag ik mijn diploma wil halen en dus deze baan.

Wacht. Ik zie de deuren van de verste lift maar net beginnen te sluiten.

Dit is mijn kans.

Ik sprint voor wat ik waard ben en kom er net op tijd aan om mijn voet ertussen te steken om te voorkomen dat de deuren volledig sluiten.

Hmm.

Deze deuren zien er anders uit dan de andere. Raar. Het belangrijkste is dat ze mijn voet opmerken en zich openen. Het alternatief zou zijn geweest om mijn voet te verliezen, en ik ben er nogal aan gehecht.

Als de lift weer opengaat, zie ik een man staan.

Het chagrijnige lekkere ding van eerder.

Oh jeetje.

Als blikken konden doden, dan zou ik een lijk zijn, opgegeten door een gier en als guano uitgescheiden om als meststof voor een ijverige cactus te dienen.

Hoofdstuk 3

Lucius

DE DEUREN GAAN OPEN, en ik zie aan wie de mooie voet vastzit: een kleine vrouw. Voordat ik haar uit kan foeteren dat ze het waagt om mijn lift te gebruiken, fladdert ze naar de muur met de liftknoppen. Ze beweegt te snel om haar goed te kunnen zien, maar ik zie haar weerspiegeling in een gespiegelde muur.

Niet in staat om mezelf tegen te houden, staar ik ernaar. Ook al heeft deze vrouw me vertraagd, ik ben nieuwsgierig naar haar — en wederom is de stomme biologie aan het werk. Ter verdediging van mijn biologie, deze vreemdeling belichaamt de oude Romeinse normen van vrouwelijke schoonheid. Zacht en rond, met brede heupen, kleine borsten, tarwekleurig haar en grote, amandelvormige ogen met de kleur van honing; ze doet me aan een aantal van de standbeelden in mijn villa denken. Ze is zelfs zo klein als de gemiddelde vrouw van die tijd.

Over haar gestalte gesproken, het maakt het moeilijk om te zeggen hoe oud ze is. Gebaseerd op haar roekeloze gedrag, wed ik dat ze begin twintig is, als in, voordat de hersenontwikkeling voltooid is.

Waarom staart ze zo intens naar de liftknoppen?

En is ze iets aan het mompelen?

Uit morbide nieuwsgierig, pauzeer ik mijn muziek en schakel de noise cancellation-functie op mijn hoofdtelefoon uit.

"Wat voor idioot gebruikt hier nou Romeinse cijfers voor?" hoor ik haar mompelen. "En waarom zitten ze niet in nette rijen zoals alle andere liftknoppen?"

Ik klem mijn kaken op elkaar.

Die 'idioot' zou ik zijn. Ik hou van Romeinse cijfers, en iedereen weet dat dit *mijn* lift is. Wat het gebrek aan rijen betreft, dat was het idee van de ingenieur.

Aarzelend drukt ze op de knop met het label XLIV.

We stoppen onmiddellijk.

Ze steekt haar hoofd uit de lift, vloekt binnensmonds en drukt op XLVI.

En nogmaals lijkt dit niet de verdieping te zijn die ze nodig heeft, dus drukt ze op XLIX en vervolgens op LVIII.

Na nog twee verdiepingen zet ik mijn koptelefoon af. "Ben je vijf?" grom ik.

Ze draait zich naar me toe. "Wat?"

"Je bent op alle knoppen aan het drukken," zeg ik ijskoud. "Net als een kind."

En terwijl ik met terughoudende fascinatie toekijk, worden haar ronde wangen rood en beginnen haar neusvleugels te trillen.

Hoofdstuk 4

Juno

"NOEM JE ME DOM?" snauw ik. Iedereen kan problemen met deze verdomde knoppen hebben, niet alleen iemand met dyslexie.

Hij kijkt naar de knopen. "Je bent dom als je dom doet."

Ik knars hard met mijn tanden. "Je bent een klootzak. En je hebt iets te vaak naar *Forrest Gump* gekeken."

Zijn lippen versmallen zich. "Die film was niet de oorsprong van dat gezegde. Het komt uit het Latijn: *Stultus est sicut stultus facit.*"

Ik rol met mijn ogen. "Wat voor pretentieuze *dwaas* citeert er nou Latijn?"

Het staal in zijn ogen is zo koud dat ik wed dat mijn tong vast zou komen te zitten als ik zou proberen om aan zijn oogbal te likken. "Ik weet het niet.

Misschien de 'idioot' die toevallig alles wat met Rome te maken heeft leuk vindt, inclusief hun cijfers."

Mijn mond valt open. "Heb jij deze beslissing genomen?" Ik zwaai naar de liftknoppen.

Hij knikt.

Shit. Hij heeft me waarschijnlijk daarnet gehoord, wat betekent dat ik met beledigingen ben begonnen. Ter verdediging, hij heeft een idiote keuze gemaakt.

Ik adem gefrustreerd uit. "Als je zo'n expert bent in Romeinse cijfers, dan had je me wel even kunnen vertellen op welke ik moest drukken."

Hij slaat zijn armen over elkaar. "Je hebt het me niet gevraagd."

Mijn haar gaat weer overeind staan. "Het aan jou vragen? Je zag eruit alsof je misschien mijn hoofd eraf zou bijten, alleen maar omdat ik besta."

"Dat komt omdat je me hebt vertraagd —"

De lift komt schokkend tot stilstand, en de lichten om ons heen dimmen.

We staren allebei naar de deuren.

Ze blijven dicht.

Hij draait zich naar me toe en vernauwt beschuldigend zijn ogen naar me. "Wat heb je nu weer ingedrukt?"

"Ik? Hoe? Ik stond naar jou toe gedraaid. Helaas."

Hoofdschuddend loopt hij naar het paneel met de knoppen, en ik moet wegspringen voordat ik vertrapt word.

"Je hebt waarschijnlijk eerder op iets gedrukt," moppert hij. "Waarom zouden we anders vastzitten?"

Waarom is het illegaal om mensen te wurgen? Een paar seconden met mijn handen op zijn keel zou een kalmerende oefening zijn.

In plaats daarvan staar ik naar zijn rug, wat mijn zicht blokkeert op wat hij doet, als hij al iets doet. "De arme lift heeft waarschijnlijk net zelfmoord gepleegd vanwege zijn Romeinse cijfers. Het wist dat als iemand dingen als L en XL ziet, ze aan maten van T-shirts denken voor Neanderthalertypes zoals jij. En laat me maar niet over die XXX-knop beginnen, die een duidelijke verwijzing is naar porno. Het creëert een vijandige werkomge —"

"Zou je je mond kunnen houden zodat ik ons hieruit kan halen?" snauwt hij.

Zijn woorden brengen de realiteit van onze situatie onder de aandacht: er is al meer dan een minuut voorbij en de deuren zijn nog steeds gesloten.

Lieve saguaro, zit ik hier echt vast? Met deze kerel? Hoe zit het met mijn sollicitatiegesprek?

"Stilte, eindelijk," zegt hij tevreden en gaat opzij, zodat ik zie dat hij zijn vinger op de hulpknop drukt.

"Het is een wonder dat het niet in het Latijn is," kan ik niet helpen te zeggen. "Of in Klingon."

"Hallo?" zegt hij in de luidspreker onder de knop, zijn stem druipend van irritatie.

Geen antwoord, zelfs geen ruis.

"Is daar iemand?" Zijn ergernis stijgt duidelijk naar nieuwe hoogten. "Ik ben laat voor een belangrijke vergadering."

"En ik ben te laat voor een sollicitatiegesprek," val ik hem bij, voor het geval het er toe doet.

Hij pauzeert om een dikke wenkbrauw naar me op te trekken. "Een sollicitatiegesprek? Voor welke functie?"

Ik ga rechtop staan. "Ik weet zeker dat mensen zoals jij dit niet beseffen, maar de planten in dit gebouw zorgen niet voor zichzelf."

Wacht. Heb ik te veel gezegd? Zou hij mijn sollicitatiegesprek kunnen beïnvloeden, ervan uitgaande dat deze puinhoop met de lift het nog niet heeft gedaan? Wat doet hij hier eigenlijk, belachelijke liften ontwerpen? Dat kan toch geen fulltime baan zijn?

"Een boomknuffelaar," mompelt hij binnensmonds. "Dat past wel."

Wat een klootzak. Ik heb in mijn leven nog nooit een boom geknuffeld. Ik heb het te druk om met ze te praten.

Hij richt zijn fronsende aandacht weer op de hulpknop, hoewel ik nu denk dat het had moeten worden geëtiketteerd als 'geen hulp.'

"Hallo? Kun je me horen?" roept hij. "Geef nu antwoord, of je bent ontslagen."

Ik rol met mijn ogen. "Is het een goed idee om een lul te zijn tegen de persoon die ons kan redden?"

Hij blaast een hoorbare adem uit. "Het maakt niet uit. De knop moet defect zijn. Ze zouden me niet durven negeren."

Ik haal mijn vertrouwde telefoon tevoorschijn, een mooie en simpele Nokia 3310. "Ben je een beetje vol van jezelf?"

Hij staart ongelovig naar mijn handen. "Daarom zit de lift dus vast. Hij is door een tijdsprong gegaan en heeft ons naar 2008 getransporteerd."

Ik frons bij het gebrek aan ontvangst op mijn Nokia. "Deze versie is in 2017 uitgebracht."

"Hij ziet er nog steeds dommer uit dan een hersendode crashtestpop." Hij haalt vol trots een iPhone uit zijn zak. "*Dit* is hoe een telefoon eruit moet zien."

Ik gnuif. "Zo ziet constante afleiding eruit. Hoe dan ook, als je iNotSoSmartPhone zo geweldig is, had hij dan geen ontvangst moeten hebben?"

Hij kijkt naar zijn scherm, maar ik kan zien dat hij de waarheid al weet: zijn lieveling heeft ook geen ontvangst.

Toch kan ik het niet weerstaan. "Zie je wel? Je genie van een telefoon is net zo nutteloos. Het enige waar het goed voor is, is om mensen in social media-controlerende zombies te veranderen."

Hij verbergt het apparaat, als een beschermende ouder. "Ben je naast al je vertederende kwaliteiten ook nog eens een technofoob?"

Ik denk erover om mijn Nokia naar zijn hoofd te

gooien, maar besluit dat het niet de moeite waard is om 65 dollar uit te geven om hem te vervangen. "Alleen omdat ik niet afgeleid wil worden, betekent niet dat ik een technofoob ben."

"Eerlijk gezegd is mijn telefoon geweldig in het blokkeren van afleidingen." Hij plaatst de koptelefoon terug over zijn oren. "Zie je?" Hij drukt op afspelen, en ik hoor de vage riffs van heavy metal.

"Zeer volwassen," zeg ik tegen hem.

"Sorry," zegt hij overdreven luid. "Ik hoor geen afleiding."

Prima. Whatever. Hij heeft tenminste een goede muzieksmaak. Mijn cactus en ik zijn grote fans van Metallica, dat is wat ik denk dat hij luistert.

Ik begin te ijsberen.

Ik zit vast en ik ben laat. Als deze liftstoring zich in de volgende minuut of twee niet vanzelf oplost, dan kan ik de nieuwe baan vrijwel vaarwel zeggen — en als gevolg daarvan mijn collegegeld. Geen collegegeld betekent geen diploma in plantkunde, wat de afgelopen jaren mijn droom is geweest.

Bij de sappen van saguaro, dit is echt slecht.

Ik kijk stiekem even naar het lekkere ding— ik bedoel, klootzak.

Wat zou hij over iemand met dyslexie zeggen die een diploma wil halen? Waarschijnlijk dat ik een universiteit nodig heb die kleurboeken gebruikt. In werkelijkheid zouden kleurboeken zelfs niet veel helpen — ik kan namelijk nooit binnen die stomme lijntjes blijven.

Ik zucht en kijk weg, steeds meer bezorgd. Mijn dromen terzijde, wat als de lift een tijdje blijft hangen?

Het meest directe probleem is mijn groeiende behoefte om te plassen, maar paradoxaal genoeg zal het vinden van vloeistoffen om te drinken een zorg op de langere termijn zijn.

Ik vraag me af... Als je genoeg dorst hebt, absorbeert je lichaam dan het water weer uit de blaas? En zou ik als MacGyver een filter kunnen maken met wat ik bij me heb om het water in mijn urine terug te winnen? Misschien door kattenhaar?

Ik ril, en slechts gedeeltelijk door de krankzinnige airco die me op de een of andere manier zelfs hierbinnen bereikt. Op korte termijn zou het zoveel beter zijn als het warm was in plaats van koud. Ik zou de vloeistoffen uitzweten en niet hoeven plassen, alhoewel ik eerder van de dorst zou sterven. Ik werp stiekem een jaloerse blik op de grote vreemdeling. Ik wed dat hij een blaas heeft zo groot als een zeppelin. Hij heeft ook een roestvrijstalen fles die waarschijnlijk gevuld is met water dat hij waarschijnlijk niet zal delen.

Er is ook de kwestie van voedsel. Ik heb niets eetbaars bij me, behalve een blik kattenvoer... en, theoretisch gezien, de kat zelf.

Nee. Ik eet deze vreemdeling liever op dan die arme Atonic.

Alsof hij helderziend is, gromt de maag van de vreemdeling.

Shit. Aangezien deze man zo groot en gemeen is, zou hij waarschijnlijk de kat opeten. Daarna zou hij mij opeten... en niet op een leuke manier.

Ik ben zo de pineut.

Hoofdstuk 5

Lucius

W**AAROM LOOPT ZE ZO ROND**? Probeert ze vervelend te zijn? Waarschijnlijk, en het werkt tot het punt waar mijn ogen beginnen te jeuken door haar de hele tijd heen en weer te zien lopen in deze kleine ruimte.

Ik sluit mijn ogen en concentreer me op de gitaarriffs in mijn koptelefoon, maar op de een of andere manier voel ik nog steeds haar aanwezigheid.

Waarschijnlijk door de geur die ze verspreidt als ze beweegt.

Ze ruikt naar vers gemaaid gras en zonneschijn.

Ik gluur tussen mijn wimpers door net als ze een cd-speler uit haar tas haalt en deze aan een bekabelde hoofdtelefoon bevestigt.

Een cd-speler? Moet ik haar vertellen dat hij ouder is dan het antieke ding dat ze een telefoon noemt?

Nee. Kan me maar beter niet met haar bemoeien. Ze zou kunnen ontdekken dat ik zo into tech *en* het oude Rome ben, dat ze misschien de opmerking zou kunnen maken dat in plaats van een iPhone, mijn favoriete rekenapparaat een telraam zou moeten zijn.

Ik kijk nog een keer stiekem. Ze stopt met ijsberen en zet voorzichtig haar enorme tas in de hoek. Dat ding ziet er zwaar uit. Ik vraag me af wat ze daarin bewaart. Een kleine horrorfilmclown/demon, in *It* stijl? Een Chucky-achtige moordende pop?

Ik wrijf over mijn steeds meer jeukende ogen. Een andere mogelijkheid is dat ze de tas als een geïmproviseerde slaapzak gebruikt. Ik ben er vrij zeker van dat ze klein genoeg is om erin te passen.

Terwijl ze haar geijsbeer hervat, rommelt ze met de besturing van de cd-speler.

Ik pauzeer mijn eigen muziek om te horen waar ze naar luistert.

Hmm. Het is gewoon de stem van een vrouw die praat.

Een audioboek? Maken ze die nog steeds op cd's?

Het enige positieve wat ik over mijn liftpartner kan zeggen is dat ze goed werk heeft verricht om mijn gedachten weg te houden van de clusterfuck die mijn vastgoed vergadering is.

Tenminste tot nu.

Fuck. Als ik dat land niet krijg, dan zal Novus Rome een nieuwe tegenslag krijgen, de eerste was toen die boomknuffelaars moeilijk deden over ontbossing op de oorspronkelijke locatie die ik had gekozen.

Ik zucht. Misschien had ik die mensen moeten uitleggen hoeveel zuurstof er zou worden geproduceerd door het verticale groen waarmee ik van plan ben alle wolkenkrabbers te bedekken. Of dat ik nieuwe bomen zou hebben geplant in Smart Central Park als de bouw voorbij was. Of dat Novus Rome naar een negatieve koolstofvoetafdruk zal streven, met zelfrijdende elektrische auto's die als openbaar vervoer worden gebruikt en zonnepanelen die elk oppervlak beslaan.

Helaas is uitleggen niet mijn sterkste kant. Ik kan een klein beetje asociaal zijn, wat me in het bedrijfsleven soms tegenwerkt. Aan de andere kant, als er een zombie-apocalyps zou plaatsvinden en ik alleen in een bunker zou moeten zitten, dan zou ik zo gelukkig zijn als een mossel op Prozac.

Ze stopt met ijsberen, rilt zichtbaar en begint van voet tot voet te dansen terwijl ze over haar bovenarmen wrijft.

Heeft ze het koud?

Waarschijnlijk. Ze draagt niet zoveel, en haar romige huid *is* met kippenvel bedekt. En haar tepels zijn —

Wacht. Waar kijk ik naar? De verdomde biologie slaat weer toe. Ik moet het negeren —

De lichten flikkeren en dimmen dan verder.

Ik ruk de koptelefoon van mijn oren, stap naar de helpknop en druk er opnieuw op. "Hallo? Dit is Lucius Warren. Weet je wat dat betekent?"

Geen antwoord — tenzij de grijns van mijn metgezel er als één telt.

Grommend van frustratie kijk ik naar haar gezicht en zie ik hoe blauw haar lippen worden.

Ze heeft het echt ijskoud.

"Hier." Ik doe m'n jasje uit. "Doe dit aan."

Ze stopt met dansen en ziet er zo geschokt uit dat je zou denken dat ik mijn lever door mijn navel heb getrokken en het aan haar heb gegeven, helemaal bloederig en walgelijk.

"Dat klappertanden is erg vervelend," zeg ik koel. "Doe me een plezier en trek dit aan."

Het feit dat het die harde tepels zal bedekken, is een bonus.

Ze reikt niet naar het jasje, maar knippert alleen met haar mooie wimpers naar me.

Over knipperen gesproken, ik doe het ook, want mijn ogen jeuken nog meer.

Ze pakt de jas nog steeds niet, en ze staart me aan alsof we in een cowboyfilm in een standoff zitten. Geërgerd stap ik om haar heen en wikkel haar erin.

Een grote vergissing.

Mijn vingers raken haar zijdezachte blote schouders aan, en een brandslang met endorfines schiet mijn bloedbaan in en cirkelt rond al mijn aanhangsels voordat ze zich recht in mijn pik vestigen.

Verdomme. Bovenop al het andere, heb ik nu een stijve.

Hoofdstuk 6

Juno

Heilige saguaro.

Zijn sterke vingers hebben mijn huid slechts een fractie van een seconde geraakt, maar ik sta op het punt om in een zielige plas van behoefte te veranderen. Ik wijt het aan de geur van het jasje dat me omhult — schoon, met een vleugje amandelen, plus iets onuitsprekelijk mannelijks.

Onnodig te zeggen, dat ik me direct warm voel, en niet alleen omdat het jasje me tot op mijn knieën bedekt. Een deel van deze warmte is een neveneffect van de hitte-oven die om de een of andere reden tussen mijn benen tot leven is gekomen.

Hij stapt van me weg en mijn schouders missen zijn aanraking nu al.

Wacht. Wat ben ik in godsnaam aan het denken? De kou heeft met m'n hersens gerommeld.

Over hersenspoelen gesproken — de manier

waarop zijn witte shirt zich aan zijn krachtige borst vastklampt, helpt ook niet.

Mijn armen in de mouwen van het jasje schuivend — want dat kan ik net zo goed doen — schraap ik mijn keel. "Dank je, Lucius." Zodra ik zijn naam hoorde, kon ik niet geloven dat ik het niet had geraden.

Hij lijkt absoluut op een Lucius.

Hij knijpt zijn ogen tot spleetjes. "En hoe heet jij?"

"Juno," zeg ik, en zet me schrap voor de gebruikelijke connectie met de film.

Voor het eerst sinds we elkaar ontmoet hebben — en misschien in zijn leven — vormen zijn lippen een glimlach, en onthullen ze een kuiltje. "Ah. Zoals Juno Sospita."

Wauw. Ik wil in dat kuiltje wonen. Ik knipper verbaast met mijn ogen naar hem, en flap eruit, "Wie?"

De glimlach is spoorloos verdwenen, waardoor ik me afvraag of ik het me heb verbeeld. In plaats daarvan is er een neerbuigende frons. "Juno de Redder? Koningin van de Goden, dochter van Saturnus, vrouw van Jupiter, moeder van Vulcanus, Mars —"

"Oh, je bedoelt de Romeinse godin," onderbreek ik hem, me dom voelend. "Ja, ik weet alles over haar. Dat is naar wie mijn ouders me hebben vernoemd en de maand juni, toen ik werd geboren."

Ugh, waarom ben ik aan het babbelen? Het kan hem niet schelen wanneer ik ben geboren. Hij zou te oordelen naar de dreiging op zijn gezicht waarschijnlijk willen dat ik nooit geboren was.

"Voor iemand die naar haar is vernoemd, weet je niet veel," zegt hij. "Zoals het feit dat de maand naar de godin is vernoemd, dus je bent niet naar Juno *en* juni vernoemd, gewoon naar Juno."

Mijn handen ballen zich tot vuisten in de mouwen van zijn enorme jas. "Dat wist ik."

"Tuurlijk," zegt hij met een oogrol. "Laten we doen alsof je dat wist."

"Ik heb een beter idee." Ik zet mijn koptelefoon op. "Ik ga doen alsof je er niet bent."

Daarmee hervat ik mijn audioboek en mijn geijsbeer. Ik doe ook alsof ik hem niet zie staan — een moeilijke taak.

Hij wrijft in zijn ogen alsof ze hem storen en zet dan ook zijn koptelefoon op.

De roep van mijn blaas wordt steeds moeilijker te negeren, maar ik moet het negeren. Want wat is het alternatief? Hem vragen om zich om te draaien en als een hond mijn been in een hoek op te tillen?

Hij niest en laat me schrikken.

We kijken elkaar even aan. Hmm. Zijn staalgrijze ogen zijn rood en waterig. Gaat hij zo huilen om de vergadering die hij mist?

Hij verhoogt het volume van zijn telefoon.

Prima.

Ik verhoog ook mijn volume, en de verontwaardiging helpt me om nog een tijdje te ijsberen. Totdat mijn blaas op het punt staat om in het bijzijn van een vijfjarige jongen met een ijspriem als

31

een ballon te barsten. Nee. Maak daar de onroerend goed prijzen van 2006 van.

Een paar minuten later weet ik zeker dat mijn lichaam *niet* weet wat het met het water in mijn blaas aan moet. Ik heb zo'n dorst dat ik erover fantaseer om de waterfles van Lucius te pakken en er vandoor gaan. Wat in deze kleine lift helemaal niet zou werken.

Alsof hij me wil bespotten, opent hij die fles en neemt een grote slok.

Ugh. Ik moet mijn benen kruisen om te voorkomen dat ik van jaloezie moet plassen.

Hij doet met zichtbare irritatie zijn koptelefoon af. "Waarom kijk je zo naar mijn fles?"

Ik pauzeer boos mijn audioboek. "Zoals wat?"

Hij gebaart naar mijn tas. "Heb je in die gigantische tas zelf geen water meegenomen?"

"Nee," zeg ik defensief. Het ding is zwaar dankzij de kat, dus ik dacht ik haal na het sollicitatiegesprek wel wat te drinken. Ik wist niet dat ik hier vast zou komen te zitten.

Hij kijkt nog dreigender en steekt dan de waterfles naar voren.

Ik spring van voet tot voet en schud mijn hoofd.

"Het is goed," zegt hij, een beetje hartelijker. "Neem wat te drinken."

"Nee dank je, ik heb geen dorst," lieg ik.

"Luister, dat ze ons nu nog niet hebben gehaald, betekent dat er iets heel ernstigs met de lift aan de hand is, dus we zouden hier nog wel een tijdje kunnen zitten." Hij duwt de fles mijn kant op.

Ik ga achteruit, dans van voet tot voet terwijl ik ga. "Ik denk niet dat ik dat zou moeten doen."

Hij gaat met zijn hand langs de kraag van zijn shirt. "Ben je bang om luizen van me te krijgen?"

Bang, nou nee. Ik wil eerder zijn luizen bevruchten en water geven, totdat ze groot en sterk worden, en dan zou ik ze likken.

"Nee." Mijn stem breekt en ik schraap mijn uitgedroogde keel. "Dank je."

Hij trekt een volle wenkbrauw op. "Waarom niet, verdomme?"

Ik klem mijn dijen samen. "Dat gaat je niks aan."

Hij vernauwt zijn ogen tot spleetjes. "Wacht eens even." Het lijkt erop dat er in een supernova boven zijn hoofd een gigantische gloeilamp is ontploft. "Heeft het iets te maken met al dat gedans?" Hij laat zijn stem iets zakken. "Moet je naar het toilet?"

Mijn oren, nek en gezicht voelen alsof iemand ze met peperspray heeft ingesmeerd. "Ik ga mijn blaas niet met *jou* bespreken."

Hij fronst en kijkt om zich heen.

Waar is hij naar op zoek? Verwacht hij dat er zich in het midden van de lift op magische wijze een damestoilet zal manifesteren?

Hij richt zijn aandacht weer op mij, zijn uitdrukking donker. "Oké. Dus we maken deze fles leeg, en dan kun je hem gebruiken om jezelf te ontlasten."

Nee. Dat dacht ik verdomme niet. Niet waar hij bij is.

Waarop mijn blaas antwoordt met, *Alsjeblieft? Voor de liefde van saguaro?*

Ugh. Nee.

Ik wend me af en probeer iets te bedenken, wat dan ook. Zand. Death Valley. Zoutjes. Wacht, dit maakt me nog dorstiger.

Verdomme.

"Het zal erger zijn als je het in je broek doet," zegt Lucius droog.

Ja, zoveel erger, schreeuwt mijn blaas. *En het staat op het punt om te gebeuren!*

Nee, dat gaat niet gebeuren. Ik kan het ophouden. Ik ben geen vijf meer.

"Je kunt het ook in je tas doen," zegt Lucius behulpzaam. "Misschien is het makkelijker met jouw sanitair."

Ik draai me om. "Pardon? Mijn sanitair?"

Hij knippert met zijn ogen. "Hoe wil je het anders noemen?"

Arrgh! Zou een jury me veroordelen als ik deze man zou vermoorden? Nadat ik hem eerst met mijn plas zou waterboarden?

"Praat niet over mijn sanitair," zeg ik tussen opeengeklemde tanden. "Nooit."

Al was het maar omdat het me aan toiletten doet

denken, waardoor de wanhopige situatie van mijn blaas verslechtert.

"Goed dan." Hij laat het water ronddraaien in de fles. "Als je dit niet wilt, dan drink ik het zelf op."

Auw. Was dat blaaskramp?

Ik kijk door samengeknepen ogen terwijl Lucius treiterend een slok neemt. En nog een.

"Oké, jij wint." Ik stamp naar hem toe en pak de waterfles uit zijn greep. Mijn vingers strelen in het proces langs zijn hand, en ik plas bijna in mijn broek door de tinteling die langs mijn arm reist. Ik negeer het en verduidelijk, "Ik bedoel, ik zal het water aannemen, niet dat andere."

"Wat jij wil," zegt hij grijnzend. "Ga je gang en drink de rest op."

Ik neem een gulzige slok, en om de een of andere reden kijkt hij aandachtig naar mijn lippen.

Ik slik, en wauw. Wat een opluchting.

Ik moet dorstiger geweest zijn dan ik dacht.

Als ik de lege fles terug wil geven, steekt hij zijn handen op. "Hou dat maar. Je zult het nodig hebben."

Ik rol met mijn ogen en zet de fles op de grond naast mijn tas.

Oké, niet meer bukken. Ik verloor op dat moment bijna de strijd met mijn blaas. De druk van het water dat mijn maag raakt, verergert mijn toch al nare situatie.

Nog een paar minuten en ik ben er geweest. Misschien zelfs nog maar een paar seconden.

Lucius trekt zijn wenkbrauwen op en kijkt naar mij en dan naar de fles.

"Stop," sis ik naar hem. "Het gaat niet gebeuren."

"Er zal iets gebeuren. De natuur zal hoe dan ook winnen — en je zult dan het onuitsprekelijke doen of een ongelukje krijgen."

Ik kruis mijn benen en knijp ze hard samen. "Echt niet." Wat klote is, is hoe mogelijk dat ongelukje begint te klinken.

"Dat je het maar even weet," zegt hij. "Het overstrekken van je blaas kan tot zwakte van de blaas leiden. En niet te vergeten, is het slecht voor je nieren. Oh, en ik geloof dat het cystitis of een urineweginfectie kan veroorzaken, evenals —"

"Heb je een kink of zo? Je krijgt geen golden shower, ongeacht hoeveel urologische feiten je ook vermeldt."

Hij laat in een verrassende grijns zijn witte tanden zien. "Dan kun je maar beter tot Cloacina bidden, de Romeinse toiletgodin." Met die parel van wijsheid zet hij zijn koptelefoon op en draait hij zich om.

Fuck. Nu de afleiding van het vervelende gesprek weg is, wordt de drang mijn hele wereld. Mijn hele universum.

Ik denk niet dat ik het nog lang volhoud.

Wanhopig zet ik als laatste redmiddel mijn audioboek aan en oefen dan Lamaze ademhaling met gekruiste benen.

Ik bid ook voor het geval het helpt.

Maar het helpt niet.

Dit is het dan.

Het keerpunt.

Het is de fles of mijn broek.

Ik kijk naar de fles.

Kan ik er nu even stiekem in plassen?

Nee. Wat als hij zich omdraait?

Ik schraap mijn keel.

Hij hoort me niet.

Dat is eigenlijk goed voor wat komen gaat, maar vervelend voor nu.

Ik tik tegen zijn schouder.

Hij draait zich om en verwijdert een oorschelp. "Wat?"

Ik zuig lucht naar binnen. "Jij wint."

"Win ik?" Hij gebaart naar het aanstaande toilet. "Dat is mijn favoriete waterfles en ik heb geen kink voor een golden shower. Het is zelfs —"

"Oké, prima," snauw ik. "Ik verlies. Jij verliest. We verliezen allebei. Is dat beter?"

Hij haalt zijn schouders op.

"Ik heb regels," zeg ik.

Die dikke wenkbrauwen van hem gaan omhoog.

"Ten eerste moet je je omdraaien. Zet dan je muziek zo hard mogelijk aan."

Zijn kaakspieren bewegen. "Realiseer je je dat dat precies is wat ik aan het doen was voordat je me onderbrak?"

Ik bal en ontspan mijn vuisten, maar hij kan het

dankzij de gigantische mouwen van zijn jas niet zien. "Ik was bang dat je je om zou draaien voordat ik klaar was."

Hij zucht, draait zich om en zet de koptelefoon weer op. "Zo. Tik tegen mijn schouder wanneer het veilig is om me om te draaien."

Ik rol de mouwen van mijn/zijn jas helemaal tot aan mijn ellebogen op en zorg ervoor dat de muur waar hij tegenover staat niet reflecterend is.

Dat is het niet.

Ik ga in de zak van mijn tas en haal er een klein flesje hand-desinfectiemiddel uit en zorg ervoor dat ik de kat niet stoor.

Terwijl ik naar de fles loop, heb ik het gevoel dat ik over de plank loop.

Gaat dit echt gebeuren?

Als de liftvloer nu in zou storten of als de kabels nu zouden breken, dan zou ik het niet erg vinden.

Ik draai de dop van de fles los. Gelukkig is het een van die met een brede opening, niet een sportfles met een kleine opening.

Ga ik dit serieus doen?

Het lijkt er wel op.

Ik draai mijn rug naar Lucius, hurk neer, trek mijn slipje naar beneden en positioneer de fles zo goed als ik kan.

Wacht. Wanneer heb ik voor het laatst asperges gegeten?

Nee.

Te laat.

De dam breekt, en je zou deze lift waarschijnlijk een jaar lang met de hydro-elektrische energie kunnen voeden die door de resulterende stroom wordt geproduceerd.

Ik zal hier nooit overheen komen.

Hoofdstuk 7

Lucius

IK WACHT EN WACHT.

En nies.

En wacht, ik wrijf over mijn super jeukende ogen.

Waarom duurt het zo lang? Maar aan de andere kan, wat kan mij dat schelen?

Toch zou ik nu al twee keer klaar zijn. Doen vrouwen er langer over dan mannen om zichzelf te ontlasten? Gaan ze daarom in groepen naar het toilet, zodat ze al die tijd met een prettig gesprek kunnen doden?

Ik onderdruk de irritatie. Gezien de hoofdpijn die in mijn slapen drukt en het knagende gevoel in mijn maag, is het duidelijk dat honger met mijn hoofd knoeit. Ik kan ook verkouden worden, omdat ik een duidelijke kriebel in mijn keel heb en mijn neus begint te lopen. Mijn ogen voelen aan alsof ze met schuurpapier gewreven moeten worden, en de drang

om te niezen bouwt zich weer op. Het is bijna alsof
—

Een kleine vinger tikt tussen mijn schouderbladen.

Eindelijk.

Ik kijk haar aan en houd mijn uitdrukking neutraal. Iets zegt me dat als ik lach, ze moorddadig zal worden.

"Heb je die vinger ontsmet voordat je me aanraakte?" vraag ik.

Ze knikt.

"Hier." Zonder mijn blik te ontmoeten, wil ze me de fles met de dop geven.

Ik doe een stap achteruit. "Nee, bedankt. Die mag je houden."

Zonder een woord te zeggen, loopt ze naar de gigantische tas en zet de fles op de vloer.

Mijn neiging om te niezen wordt steeds groter. Ik vecht er zo lang mogelijk tegen, maar dan gebeurt het. Ik draai me om en nies. En nies weer. Wat de fuck? Ik vind een tissue in mijn zak en slaag erin om een derde nies te onderdrukken als ze vrolijk, "Saguaro zegene je!" van achter me zegt.

Saguaro, zoals de cactus?

Het idee leidt me genoeg af dat ik net aan de vierde nies in de tissue opvang. Mijn ogen zijn nu volop aan het tranen en mijn keel begint strak aan te voelen. Serieus, wat de fuck?

"Gaat het?" vraagt ze, nu klinkt ze bezorgd. "Ben je ziek?"

Voordat ik kan antwoorden, gromt mijn maag. Heel hard.

"Oh, je hebt honger," zegt ze.

Ik draai me om om naar haar te staren. "Is dat je oordeel als arts?" Mijn ogen en neus doen pijn.

"Ik zou aardiger tegen me zijn als ik jou was," zegt ze. "Ik heb eten."

Mijn maag gromt harder. "Is dat zo?"

"Nou." Ze werpt een blik op de tas. "Het is echt voor een meer wanhopige situatie. Als we hier over een paar uur nog zitten."

"Oh?"

Ze ademt uit. "Het is kattenvoer."

Mijn kaak verslapt. Zei ze *kattenvoer?*

"Hé, ik zeg niet dat ik kattenvoer *wil* eten," zegt ze. "Maar als het moet, dan is dit een biologisch merk en het belangrijkste ingrediënt is kip. Hoe erg kan het zijn?"

Kat. *Dat is* wat er met me aan de hand is.

Ik wijs Juno met een beschuldigende vinger aan. "Ga uit mijn buurt. Zo ver als mogelijk is."

Haar neusvleugels trillen. "Wat?"

Ik ga achteruit tot ik helemaal in de hoek sta. "Ik ben heel erg allergisch voor katten. Je moet er een bezitten en zijn haar of schilfers op je hebben zitten."

Haar ogen worden groot en ze gaat ook achteruit. Niet dat het veel zal helpen, we zijn nog steeds minder dan twee meter uit elkaar.

Ze werpt nog een blik op haar tas. "Heb je een EpiPen bij je?"

Ik schud met mijn hoofd. "Ik weet niet of —"

Ik stop met praten, omdat haar tas een bloedstollend geluid produceert.

Een volle, echte *miauw*.

Hoofdstuk 8

Juno

Atonics hoofd komt tevoorschijn.

Oké, dus de kat is uit de zak. Letterlijk.

En Lucius is ernstig allergisch.

Hij staart naar de kat alsof hij zijn ogen niet kan geloven. "Is dat een...?"

"Een kat, ja. Ik ben bang van wel," zeg ik verontschuldigend.

Lucius richt zijn ongelovige blik op mij. "Is dit een soort moordaanslag?"

Mijn haren gaan weer omhoog — een standaardinstelling bij het omgaan met Lucius. "Wat ben je, een koning? Een dictator? Kenny uit *South Park*?"

Dat gezegd hebbende, zou zijn dood per kat er heel natuurlijk uitzien, voor zover de moorden gaan. De perfecte misdaad. Wat als dit een moordaanslag *is*, maar niet mijn schuld? Misschien is Pearl geen kaasmaker zoals ze beweert, maar is ze stiekem de beste huurmoordenaar ter wereld, en heeft ze dit hele gebeuren opgezet: haar vermeende vakantie, haar getrainde moordkat die doet alsof ze slaapt tot het juiste moment is aangebroken, deze lift die vastzit —

"Miauw?"

Saguaro, help ons. Atonic springt uit de tas, en ik kan me voorstellen dat het hele moordscenario zich ontvouwt. Ze wrijft zichzelf langs Lucius. Hij zwelt op als de piemel van een tiener na een pornovideo, dan grijpt hij theatraal naar zijn keel en gaat in anafylactische shock.

Niet waar ik verdomme bij ben.

"Blijf daar!" schreeuw ik tegen hen beiden, en dan plaats ik mezelf dapper tussen mens en beest.

Atonic krult haar staart en beweegt ermee. Dan wijzen haar oren dreigend naar voren, precies naar Lucius.

"Blijf uit zijn buurt," zeg ik streng tegen haar.

Dat is een vergissing. Atonic wil altijd precies daarheen waar ik niet wil dat ze heengaat — waarschijnlijk een bijwerking van een kat zijn. Ze gaat naast de badkamerdeur miauwen tot ik hem opendoe en vervolgens gaat ze helemaal niet naar binnen. Maar soms ligt ze gewoon op de drempel alsof ze wil zeggen: "Trut, zorg ervoor dat de deur altijd open is." In dit geval is het duidelijk dat ze haar allergenen direct op haar aanstaande moordslachtoffer wil wrijven.

Yep.

Ze springt naar voren.

Gelukkig voor Lucius, is er een reden dat ik op de middelbare school altijd als keeper voor het voetbalteam gekozen werd.

Ik grijp de kat halverwege de sprong terwijl Lucius een niesbui krijgt.

Of dat probeer ik tenminste. Een bal van haar gedraagt zich heel anders dan een voetbal, zo blijkt. De kat draait zich vrij van mijn greep en landt op haar poten — iets dat ballen nooit doen... een voetbal in ieder geval niet.

Voordat ik haar kan grijpen, gaat ze weer op hem af — maar ze ontmoet mijn handpalm, net zoals die bal deed toen mijn team tegen onze grootste rivaal speelde, Dochters van Chuck Norris.

"Het is alsof hij me probeert te pakken," zegt Lucius tussen het niezen door. Hij klinkt vreselijk, helemaal verstopt en geïrriteerd.

"Dat roep je in mensen op," zeg ik terwijl ik zonder succes de kat probeer te pakken. Ondanks dat de lift een kleine, afgesloten ruimte is, heb ik het heel moeilijk om haar te vangen.

Hij gnuift. "Geweldig. Geef het slachtoffer de schuld."

"Hou je kop. Je zorgt er alleen maar voor dat ze je nog meer wil pakken." Om nog maar te zwijgen over het feit dat ik in de verleiding kom om de kat te laten passeren.

De kat geeft me een blik die lijkt te zeggen,

"Uitdaging geaccepteerd." Ze probeert tussen mijn benen te sluipen, die ik als een echte dame sluit, voordat ik zonder enig succes naar haar grijp.

Ze probeert aan mijn linkerkant om me heen te komen. Dan aan de rechterkant. Vanaf hier doet ze echt haar best en test ze al mijn defensieve capaciteiten, terwijl ze mijn pogingen om haar te vangen ontloopt en ik me afvraag of Lucius van kattenkruid gemaakt is.

Gezien de manier waarop hij eruitziet, is het mogelijk.

Het ergste is dat deze strijd met de kat me weer dorstig maakt. En moe. Ik weet niet hoe lang ik Lucius nog kan verdedigen. Als keeper word je niet steeds opnieuw aangevallen, tenzij je team echt waardeloos is. Niet te vergeten, het is dertien jaar geleden dat ik ballen heb gevangen... voetballen welteverstaan.

Plotseling gaan de lampen van de liften terug naar hun oorspronkelijke intensiteit.

Oh hemeltje. Kan het waar zijn?

Ja! We beginnen te bewegen. We gaan naar beneden in plaats van naar boven, maar dat vind ik prima.

"Eindelijk," zegt Lucius triomfantelijk van achter me voordat hij drie keer achter elkaar niest. Met een nasale stem voegt hij eraan toe, "Misschien overleef ik het vandaag wel."

De extra bonus van de plotselinge beweging is dat het de kat lijkt te verwarren, althans voor een seconde, maar dat is het enige wat ik nodig heb om mijn zet te doen.

Ik kanaliseer David Beckham, Michael Jordan en Mr. Miyagi en pak de kat.

Ik negeer haar verontwaardigde gemiauw terwijl ik mijn tas pak, de kat erin stop en de rits helemaal dicht doe voordat ik de tas over mijn schouder gooi.

Zo. Allergenen enigszins ingesloten.

Lucius niest weer, twee keer. "Kan de kat zo ademen?"

Beschuldigt hij me nu van dierenmishandeling? Ik draai me om om iets naars te zeggen, maar bij het zien van zijn rode en waterige ogen, neem ik genoegen met, "Er zitten luchtgaten aan de zijkanten van de tas. Wat voor monster denk je dat ik ben?"

Hij vloekt onder een nies. "Misschien het soort dat een kat in de privélift van iemand sluipt die er allergisch voor is?"

Ik denk dat ik er recht in ben gelopen. Maar wacht eens even. Zei hij een *privélift?* Wie heeft er een privé —

De deuren openen naar de lobby, waar een groep brandweermannen op ons wacht, met bijlen in de aanslag.

"Gaat het?" vraagt de langste terwijl we ons uit de metalen kooi haasten. Ik pak onderweg de waterfles op en gooi hem in de dichtstbijzijnde vuilnisbak om het bewijs te verbergen.

"Wat is er gebeurd?" eist Lucius wanneer hij na

een volgende reeks niezen weer op adem komt. "Waarom zat de lift vast?"

Terwijl de brandweerman iets uitlegt over een brand in de kelder en hoe het de bedrading van de lift had verstoord, controleer ik mijn telefoon.

Yep.

Ik heb een boze e-mail van de persoon die ik voor het sollicitatiegesprek zou ontmoeten. Ze heeft een deel van de e-mail schuin gedrukt waarin ze zegt: *"Onnodig te zeggen dat je deze baan niet krijgt."*

Is iedereen die in dit gebouw werkt zo onbeleefd? Wat als ik door een auto was aangereden?

"Is iedereen in orde?" vraagt Lucius aan de brandweerman, wat me verrast. Hij klinkt iets beter, maar nog steeds nogal verstopt.

"Ja," zegt de brandweerman. "Een paar mensen hebben wat rook ingeademd, maar we hebben ze naar buiten in de frisse lucht gebracht en ze lijken in orde te zijn."

"Over frisse lucht gesproken," zeg ik. "Lucius, je moet wat frisse lucht halen."

"Nee. Ik heb een belangrijke vergadering." Hij haalt zijn iPhone tevoorschijn en vloekt bij wat hij daar ziet. "Ik denk dat ik net zo goed die frisse lucht kan gaan halen."

Klinkt alsof zijn belangrijke vergadering net zo'n mislukking is als mijn sollicitatiegesprek.

Hij duwt zich tussen de brandweermannen door, en ik volg, helemaal tot aan de voordeuren.

Tot mijn verbazing houdt Lucius ze voor me open. Waarschijnlijk om het proces te versnellen om mij — en de kat — uit zijn leven te krijgen.

Ik bedank hem nog steeds terwijl ik passeer en zorg ervoor dat ik hem niet aanraak met de tas met de kat.

Hij erkent mijn dankbaarheid niet, waarschijnlijk omdat hij het te druk heeft met boos te kijken naar een paar mensen met camera's.

Hé, het is interessant om voor de verandering niet het doelwit van zijn woede te zijn.

Ik bekijk de vreemden. Ze zien eruit als journalisten, of misschien paparazzi. Hoe dan ook, hoe erg was die kelderbrand om ze hierheen te lokken? Ik dacht dat geen van beide groepen zelfs maar branden deed.

"Meneer Warren," zegt een man die op een wezel lijkt — en zijn concurrentie is niet beter. "Is dat —"

"Geen commentaar," zegt Lucius scherp.

De man ziet er niet verrast uit door het antwoord. Hij tilt zijn camera op en voegt zich bij zijn broeders om foto's te maken van Lucius en, dankzij de nabijheid, van mij.

Ik knipper naar de heldere flitsen en frons.

Wie is Lucius waardoor die paparazzi-types hem op de foto willen?

Lucius negeert de camera's en zwaait naar een limousine die vlakbij geparkeerd staat.

Een oudere man met de stijve bovenlip van een butler verlaat het voertuig en opent de achterdeur.

"Dit is Elijah," zegt Lucius tegen me. Hij keert zich naar Elijah en beveelt, "Breng Juno naar huis."

Krijg ik een lift in een limousine? Serieus?

Wie *is* deze man?

"Hoe zit het met u, meneer?" vraagt Elijah met een voorspelbaar Brits accent.

Lucius antwoordt met een blik.

"Beschouw het als gedaan, meneer," zegt Elijah met een hoffelijke buiging.

"Lucius moet een genot zijn om voor te werken," zeg ik op een samenzweerderige toon tegen Elijah terwijl ik het voertuig nader. Ik ga na alles wat ik net heb meegemaakt geen gratis ritje afslaan.

Elijahs ooghoeken glimlachen, maar de rest van zijn gezicht ziet er waardig uit, streng in zijn butlerachtigheid. "Ga zitten, alsjeblieft."

"Een momentje." Ik leg mijn tas voorzichtig op de vloer van de limo. "Ik moet Lucius zijn jas teruggeven.

Lucius trekt zijn neus op. "Niet doen."

Is hij gek? Hij moet duur zijn, en ik heb er niets aan.

"Serieus, neem hem terug." Ik haal mijn armen uit de mouwen. "Als het om de kattenluizen gaat, dan betaal ik voor de stomerij."

Lucius wendt zich tot Elijah. "Gooi dat weg."

Elijah pakt het jasje en gebaart dat ik de limo in moet.

Dat doe ik, en pas nadat hij de deur sluit, verwerk ik volledig hoe raar dit is.

Waarom geeft Lucius me überhaupt een lift met de limo? Is hij niet bang dat hij daarna de auto vanwege mijn kattenvriend moet ontsmetten?

Elijah gaat achter het stuur zitten. "Madam, wat is het adres?"

Madam? Denkt hij dat ik een bordeel heb?

Ik vertel hem waar hij heen moet en bedenk vragen over Lucius, maar voordat ik ze kan stellen, gaat de scheidingswand tussen ons omhoog en vertrekt de auto.

Prima.

Whatever.

Mentaal bereid ik me voor dat mijn ogen eruit geklauwd zullen worden en open de tas.

Natuurlijk. Atonic is weer catatonisch. Het is alsof ze weet dat de allergische klootzak buiten bereik van haar klauwen is.

Ik controleer mijn berichten en vind er een van Pearl die me informeert dat ze morgen weer herenigd wil worden met haar pluizenbol, als ze van het vliegveld op weg naar huis gaat.

Ja, is goed, stuur ik terug. *Herinner me eraan dat ik je moet vertellen over de moord die ze bijna pleegde.*

Pearl antwoordt meteen:

Ik verlies zo m'n ontvangst, anders moest je het NU zeggen.

Ik grijns. Pearl leeft voor drie dingen: deze kat, kaas maken en roddels.

———

Zodra de limo stopt, opent Elijah de deur voor me.

"Hoe ben je vanuit je stoel zo snel hier gekomen?" vraag ik.

Zijn wenkbrauwen, bijna net zo dik als die van Lucius, komen omhoog. "Snel?"

"Ben jij in het geheim de Flash?"

"Als we het over DC Universe hebben, denk je dan niet dat ik meer een Alfred ben?" vraagt hij.

Ik verberg een glimlach. "Als je geheim niet snelheid is, is het dan mogelijk dat er twee van je zijn — identieke tweelingen die samenwerken om dit effect te creëren?"

"Ik ben gewoon goed in mijn werk," zegt de misschien Elijah. "En je hebt een grote fantasie."

Ik klim uit de auto. "Nou, ja. Bewaar je geheimen en bedankt voor de rit. Oh, en zeg alsjeblieft tegen Lucius dat het een genoegen was om hem te ontmoeten... niet."

Deze keer moet Elijah wel glimlachen. "Meneer Warren is niet zo slecht als de eerste indruk je laat denken."

"Deze stemt ermee in om het oneens te zijn." Ik pak mijn tas en ga richting mijn gebouw. "Nogmaals bedankt, en tot ziens."

———

"Dus," zeg ik liefjes tegen El Duderino als ik me thuis heb gesetteld. "Ik moet je over mijn dwaze dag vertellen." Ik deel alles, want wie heeft er een therapeut nodig als er een cactus in de buurt is?

Gast, dat is echt radicaal. Die Lucius klinkt als een kerel waar je bij uit de buurt moet blijven.

El Duderino is mijn beverstaart cactus die er naar mijn mening niet uitziet als een bever (het dier of het geslachtsorgaan) of zijn staart. Zijn soort zijn inheems in de Mojave, Anza-Borrego, en Colorado woestijnen — en vraag me niet waarom hij in mijn hoofd als een water-liefhebbende surfer klinkt.

"Ik ben het er helemaal mee eens," antwoord ik hardop. "Ik zal zeker uit de buurt van Lucius blijven."

Natuurlijk ben je het met me eens, gast. Het is alsof jouw stem mijn stem is... gast.

Ik geef toe dat ik misschien iets te veel van cactussen houd. Maar als iemand mijn huis probeert te beroven, dan zullen ze als een speldenkussen eindigen.

Ik controleer El Duderino's grond. Yep. Het is drie weken geleden dat ik hem voor het laatst water heb gegeven, en vandaag is de grote dag.

Ik giet lauw water in een schotel en plaats het onder de pot van El Duderino.

Wauw, gast. Dat is een grote golf. Radicaal.

"Ik ben blij dat je het fijn vindt."

Gast! In dit tempo bloei ik al over een week of zo.

Terwijl het water in El Duderino's grond trekt, voer ik de kat en kijk ik of er nieuwe werkvooruitzichten zijn. Die zijn er niet. Vandaag was mijn grote kans, en ik heb het verpest. Of de lift heeft dat gedaan.

Gast, ik ben helemaal cool van het water.

Ik controleer het. Yep. De bodem is precies goed. Ik verwijder de schotel.

Bedankt, gast. Verdrinking is een totaal niet coole manier om te gaan.

"Oké. Mijn tijd voor voeding," zeg ik en begin met mijn eigen avondeten.

Daarna kijk ik wat tv, aai Atonic, praat nog een laatste keer met El Duderino en ga naar bed. Terwijl ik in slaap val, maak ik er een punt van om niet aan een bepaalde man met wie ik in een lift vastzat te denken of over hem te dromen.

Hoe verleidelijk het ook is.

———

Ik schrik wakker van een deurbel.

Grr. Lucius likte mijn —

Wacht. Misschien is het goed dat ik *daar* uit ontwaakt ben.

Zoals gewoonlijk slaapt de kat op mijn hoofd en doet waarschijnlijk alsof ze een van die pruiken is die de adel vroeger droeg.

Ik schuif haar voorzichtig opzij en haast me om mijn tanden te poetsen voordat ik naar de deur sprint.

Als ik hem open, staat Pearl daar, met grote groene ogen en opgewonden.

"Je bent beroemd!" Ze duwt haar telefoon naar mijn gezicht.

Ik wrijf in mijn ogen. "Waar heb je —"

Dan zie ik het.

Een foto van mij en Lucius onder een kop:

Miljardair kluizenaar heeft eindelijk een vriendin

Wat bij de saguaro fucking fuck?

Hoofdstuk 9

Lucius

Ik ben een paar uur bezig met het afhandelen van de gevolgen van de brand voordat ik in staat ben om een vergaderzaal met Eidith te pakken om over de Novus Rome land clusterfuck te praten.

"Smithson vertrok na een half uur gewacht te hebben," zegt Eidith zonder inleiding. Dan legt ze om de een of andere vreemde reden haar hand op mijn elleboog terwijl ze eraan toevoegt, "Hij zei dat hij een ander aanbod had en dat hij hem zou aannemen."

Ik weersta de drang om haar hand af te schudden en mijn handpalm op het bureau van de vergaderzaal te slaan. "Waarom? Hij moet weten dat ik meer zou bieden."

Ze trekt gelukkig haar hand weg en haalt haar schouders op. "Dat je te laat was, heeft zijn ego geschaad. Hij dacht waarschijnlijk dat je het niet meende."

Verdomde vastgoedmagnaten en hun ego's. "Kon je hem niet ompraten?"

Terwijl ze haar hoofd schudt, valt er geen haar van zijn plaats van haar tot onderwerping gespoten kapsel.

Dat was het dan. Eidith heeft uitstekende vaardigheden met mensen, en als zij iemand niet kan beïnvloeden, dan kan niemand dat. Ze heeft de instincten van een haai, en in situaties als deze vertrouw ik vaak op haar.

Ik besluit om mijn verlies te nemen en verder te gaan. Er is nog een mogelijkheid waar ik over na heb gedacht. "Hoe zit het met dat andere stuk land? Die in het centrum van Florida?"

Ze trekt haar neus minutieus op. "Ik kan het regelen, maar weet je het zeker? Ze hebben daar orkanen."

"En wij hebben branden. En aardbevingen."

"Goed punt, zoals altijd." Ze pakt haar telefoon. "Ik zal contact met ze opnemen."

Oké. Misschien werkt Florida nog beter dan Californië. Iedereen vergelijkt Novus Rome immers met een themapark — en dat zal het zeker niet zijn. Maar als dat zo was, Orlando is net zo beroemd om zijn pretparken als Zuid-Californië, zo niet meer. Het klimaat is ook warm en arbeid zou goedkoper zijn. En als we bomen moesten omhakken, dan zou er waarschijnlijk minder weerstand zijn.

Gedurende de rest van de dag, herzie ik mijn plannen om te zien welke veranderingen ik zou moeten maken als de locatie Florida zou zijn. Het blijkt dat er maar weinig zijn.

Moe, ga ik naar huis, eet wat en beslis om me te gaan ontspannen. Zoals altijd gaat het om wat tijd met mijn favoriete wezens in de hele wereld door te brengen: Caligula, Blackbeard en Malfoy.

Na het oversteken van het zwembad stap ik de gigantische kas met airconditioning binnen die ze thuis noemen.

Het trio begroet me zodra ik binnenkom met vrolijke geluiden en zijdelings sprongen.

Als ik de spanning weg voel smelten, buk ik me om ze allemaal te aaien. Het aaien verandert snel in verwoed spel. Het trio slaapt zestien uur per dag, maar als ze eindelijk wakker worden, dan hebben ze het soort energie dat mensen alleen kunnen bereiken door dodelijke doses amfetaminen te gebruiken.

"Hallo, meneer," zegt Vincent, de dierenarts die ik heb ingehuurd om voor ze te zorgen terwijl ik op het werk ben. "Er zijn vandaag geen gezondheidsproblemen om te vermelden."

Ik kijk op. "Heeft Caligula geleerd om zich om te draaien?"

Hij knikt. "Ik heb het bij de anderen ook versterkt."

Ik besluit hem op zijn woord te geloven. "Caligula, draai je om."

Hij doet wat hem gezegd wordt. Dan doen Blackbeard en Malfoy mee en verandert het in een rollend spel.

"Goed gedaan," zeg ik tegen iedereen, inclusief Vincent.

"Is het goed als ik wat speelgoed ga uitzoeken voor verrijking?" vraagt Vincent.

Ik wuif hem weg en concentreer me op mijn beschermelingen als ze een achtervolging beginnen — alleen doen ze het zijwaarts, omdat het fretten zijn.

Niet voor het eerst, zou ik willen dat ik ze mee kon nemen naar plaatsen, zoals Juno doet met haar kat. Helaas, zou dat niet goed gaan. In het beste geval zouden ze elk klein voorwerp van mijn kantoor stelen, en in het ergste geval zouden ze zichzelf door een papierversnipperaar halen. Wat de staat Californië betreft, is mijn fretten-trio de "Fretten van de Rome Conservation Society". Mijn advocaten moesten deze rechtspersoon vormen, omdat fretten illegaal zijn om hier als huisdier te bezitten. Je hebt een speciale vergunning nodig om ze te houden, die alleen wordt gegeven aan dierentuinen, universiteiten met veterinaire onderzoeksprogramma's en natuurbeschermingsorganisaties.

Waarom ik überhaupt fretten heb genomen?

Dat heb ik niet.

Mijn moeder had ze in een opwelling in Las Vegas gekocht, maar ze besloot om ze niet te houden nadat ze alle prullaria in haar appartement hadden verstopt. Opgeven in plaats van verzorgen is voor mijn moeder even typisch als stelen voor de fretten is. In feite is de term "fret" gebaseerd op de Latijnse furittus, wat zich naar *kleine dief* vertaalt. Romeinen hadden ze in plaats van katten om op muizen te jagen.

Mijn telefoon trilt in mijn zak.

Ik haal hem er voorzichtig uit. Blackbeard heeft hem minstens vijf keer van me gestolen, Caligula vier, en Malfoy heeft hem niet alleen een dozijn keer gestolen, maar ook twee keer kapotgemaakt.

"Hoi, oma." Ik til de telefoon naar mijn oor terwijl kleine pootjes er vakkundig naar grijpen. Ja, er klimt een fret op mijn lichaam, en ik vind het niet erg. "Hoe gaat het met je?"

"Waarom heb je me niet verteld dat je een vriendin had?" Oma klinkt teleurgesteld, een zeldzaamheid in onze interacties.

Waar heeft ze het over? Ik pak Blackbeard van mijn hoofd en zet hem op de grond naast de andere twee. Ze kijken naar me, schijnbaar net zo verbaasd als ik ben. Hoe intelligent ze ook zijn, ze hebben ook geen idee waar oma het over heeft.

"Wat bedoel je met 'vriendin?'" vraag ik voorzichtig.

"Een vriendin is datgene wat ik je verteld heb te nemen," zegt oma. "Eén die naar verloofde leidt, dan naar echtgenote, dan naar achterkleinkinderen."

Ik schud mijn hoofd en realiseer me dan dat ze me niet kan zien. "Ik heb geen vriendin."

Alle vrouwen die ik de afgelopen jaren heb ontmoet, hebben me als een spaarpot met een lul gezien, en in ruil daarvoor zie ik ze als niets meer dan een manier om de biologie het zwijgen op te leggen. Het was erger toen ik jonger was en geen geld had. Ze zagen me helemaal niet als iets.

"Wees niet verlegen," zegt oma streng. "Het is overal op het internet te vinden."

Caligula knabbelt aan mijn schoen terwijl ik mijn telefoon wegtrek om ernaar te staren.

"Hallo?" klinkt oma's kleine stemmetje vanuit de luidspreker. "Ben je er nog?"

"Ik moet je terugbellen," zeg ik, de telefoon terug naar mijn oor brengend.

"Dat dacht ik niet, meneertje. Ik eis —"

"Twee minuten." Voordat ze bezwaar kan maken, beëindig ik het gesprek — de eerste keer in mijn leven dat ik haar ophang.

Er komt meteen een berichtje van oma binnen, waardoor ik niet zelf hoef te googelen — daarom heb ik de telefoon opgehangen. Het berichtje bevat een emoji van twee draaiende harten en een link naar een artikel met een foto van mij en Juno die uit mijn gebouw komen, samen met genoeg leugens om de meest corrupte politicus trots te maken.

Ik knars op mijn tanden terwijl ik het artikel scan. De auteur is die idiote verslaggever. Ik heb zijn klungelige pogingen afgewezen om me te interviewen, maar hij heeft niet opgegeven en me gestalkt alsof ik een domme beroemdheid ben. Beseft hij niet dat ik zijn smakeloze publicatie kan kopen en hem met één telefoontje kan ontslaan? Of dat ik mijn beveiligingsteam allerlei viezigheid over hem op kan laten graven en het kan laten publiceren in de —

Mijn telefoon trilt weer.

Ik pak op de automatische piloot op terwijl Malfoy aan mijn voet knabbelt.

"Zie je, ik weet alles," zegt oma. "En ik ben zo gelukkig. Ik ben in lange tijd niet zo gelukkig geweest."

Ik schud mijn hoofd — wat het niet opheldert. "Ben je gelukkig?"

"Natuurlijk," zegt ze met een meisjesachtig gegiechel. "Toen ik het nieuws hoorde, raakte ik zo opgewonden dat mijn bloeddruk daalde."

Ik ruk mijn voet weg voordat Caligula erin bijt. Zijn tanden zijn de scherpste van de drie, en ik ben toevallig dol op de schoenen die ik aan heb. "Ik ben er vrij zeker van dat die de andere kant op zou moeten gaan."

"Nee. Hij is gedaald. Ik voel me de laatste tijd ook erg zwak, maar ik heb het je niet verteld, zodat je je geen zorgen zou maken. Maar zodra ik dat artikel las, voelde ik me tien jaar jonger."

Daar gaan we weer.

"Stel dat je ons aan elkaar voorstelt," zegt oma. "Kun je je voorstellen in hoeverre een dergelijke ontmoeting mijn gezondheid zou verbeteren?"

Yep. Ze manipuleert me. Dit is typisch voor oma. Ik weet zeker dat dit gezondheidsgedoe onzin is, maar op een dag misschien niet meer. Ze staat onder de zorg van de beste dokters, maar ze is nog steeds in de tachtig. Als ik ooit een van haar verzoeken zou negeren en haar gezondheid zou verslechteren, dan zou ik het mezelf nooit vergeven.

Het is alleen dat ik haar dit niet kan geven. Ik kan haar mijn niet-bestaande vriendin niet laten ontmoeten. Tenzij... Er flitst een gek idee door mijn hoofd.

"Serieus," zegt oma. "Laat me haar alsjeblieft ontmoeten. Ik moet zeker weten dat ze goed genoeg is voor mijn pompoentje."

Ik zucht, luid. "Ik moet er even over nadenken"

"Waar moet je over nadenken?" vraagt ze knorrig. "Schaam je je voor je oma?"

Ze legt het er vandaag echt dik bovenop. "Ik schaam me niet." Terwijl ik dit zeg, besluit ik dat het idee misschien toch niet zo gek is. Met dezelfde snelheid die ik op het bedrijfsleven toepas, zeg ik rustig, "Het is gewoon dat dit ding nieuw is. Ik wil niet dat Juno het gevoel krijgt dat de dingen te snel gaan."

"Heet ze Juno?" Oma klinkt net zo opgewonden als dat mijn fretten zich gedragen. "Ik hou van die naam!"

"Het is een mooie naam." In tegenstelling tot de *eigenaar* van de naam, maar dat hoeft oma niet te weten.

"Oké," zegt oma. "Als het te vroeg is, zal ik wachten. Maar houd in gedachten dat ik niet meer de jongste ben."

Dit weer? Ze wil dit *echt*.

"Ik moet gaan," zeg ik. "Juno zit waarschijnlijk op mijn telefoontje te wachten."

Oma snakt naar adem. "Oh, nee! Bel haar. Onmiddellijk."

Is dat paniek in haar stem? Serieus? "Oké. Ik zal bellen."

"Goed zo. Verpest dit niet," zegt oma waarschuwend en ze hangt op zonder afscheid te nemen.

Net als in het bedrijfsleven analyseer ik snel de beslissing die ik heb genomen, alle voor- en nadelen liggen netjes op een rij in mijn hoofd.

Voordelen: oma zal gelukkig zijn — en misschien, hoewel onwaarschijnlijk, ook gezonder. Een ander voordeel, zij het een klein voordeel: dit moet het aantal geldwolven verminderen dat ik bij evenementen moet ontwijken. Het kan me ook benaderbaarder maken voor bepaalde soorten mensen, waardoor de weg voor sommige zakelijke transacties wordt gladgestreken.

Nadelen: ik zal met Juno te maken krijgen, en als gevolg daarvan met die nachtmerrie van een kat.

Dus, het is besloten. Ik zal van Juno mijn vriendin maken. Een zogenaamde vriendin, natuurlijk. Nu moet ik alleen wat onderzoek doen om er zeker van te zijn dat ze niet getrouwd is en niet te veel lijken in haar kast heeft. Daartoe neem ik contact op met mijn Hoofd Beveiliging en leg ik de situatie uit.

"Wat weten we over haar?" vraagt hij.

"Haar voornaam is Juno," zeg ik. "Elijah heeft haar

bij haar thuis afgezet, dus we hebben haar adres. Oh, en ze was in het gebouw voor een sollicitatiegesprek in verband met plantenverzorging."

"Dat is genoeg om op door te gaan," zegt hij. "Wil je het gebruikelijke dossier?"

"Controleer gewoon op rode vlaggen en doe het snel."

Hij verzekert me dat hij erop zit en hangt op.

Ik focus mijn aandacht weer op de fretten.

Blackbeard sleept een tuinhandschoen mee die hij van wie weet waar heeft gestolen, Caligula's hoofd zit in de paarse plantenbak begraven, en Malfoy hapt naar Caligula's tepel, een die heel dicht bij zijn 'navel' zit.

Ik schud mijn hoofd en kijk naar hen. Sommige mensen — waaronder mijn eigen moeder — willen de genoemde 'navel' graag kussen of er zachtjes in porren, of kietelen, of wrijven, of erin blazen. Hopelijk doen ze het zonder de biologische realiteit te beseffen dat als het om mannelijke fretten gaat, wat op hun 'navel' lijkt eigenlijk hun penis is.

Serieus, ik kan niet wachten tot onze hersenen met computers zijn geïntegreerd. Misschien zijn de meeste mensen dan niet zo dom.

Hoofdstuk 10

Juno

"Vertel me alles." Pearls overdreven veeleisende toon en de manier waarop ze haar kat streelt, spannen samen om haar op een kwaadaardige schurk te laten lijken of om haar ware aard te onthullen. "En ik bedoel elk detail," vervolgt ze. "Of anders."

Met een zucht gebaar ik haar om op mijn krakkemikkige bank te gaan zitten en begin te vertellen, terwijl ik door de kleine ruimte van mijn studio ijsbeer. Om redenen van zelfbehoud, noem ik niet het waterflesincident of de natte dromen die Pearl onderbrak door zo vroeg voor mijn deur te staan.

"Dus... je wist niet dat Lucius Warren een van de rijkste mannen in het land is?" Ze zegt dit met zo'n passie dat Atonic stopt catatonisch te zijn en me vanaf haar schoot van top tot teen bekijkt. "Dat een Amerikaan niet dichter in de buurt dan dit kan komen om een prins te zijn?"

Ik schud mijn hoofd, nog steeds verbijsterd door dat bizarre artikel.

"Of dat hij de eigenaar is van het gebouw waarin je je sollicitatiegesprek had?"

Ik schud nog een keer. Ik voel me dom, omdat hij de houding had van iemand die eigenaar van die lift was. En het gebouw, en de mensen, en de hemel erboven. Achteraf gezien is het logisch dat hij een miljardair bleek te zijn — een teruggetrokken, chagrijnige miljardair.

Waarom zou iemand in hemelsnaam denken dat ik zijn vriendin ben?

Pearls ogen kijken me doordringend aan. "En je weet absoluut, absoluut zeker dat jullie niet daten?" De teleurstelling die ze kanaliseert, is die van *Star Wars*-fans toen ze Jar Jar Binks voor het eerst zagen.

Ik rol met mijn ogen. "De verslaggever heeft het helemaal verzonnen. Lucius is me nu waarschijnlijk helemaal vergeten."

Mijn deurbel gaat.

Pearl trekt een wenkbrauw op. "Verwacht je iemand?"

Ik werp een argwanende blik op de deur. "Nee."

Ze springt overeind. "Laten we gaan kijken wie het is."

Ik kijk door het kijkgaatje.

Dat kan niet waar zijn.

Ik wrijf in het oog dat me voor de gek probeerde te houden en kijk opnieuw.

Bij de stekels van saguaro, het is Elijah, de chauffeur van de miljardair waar we het net over hadden.

Ik doe de deur open.

Yep. Nog steeds Elijah.

"Hoi," is wat er uit mijn mond komt.

"Goedemorgen," antwoordt hij.

Als dit een hallucinatie is, dan is het niet alleen visueel meer.

Ik werp een blik op Pearl. Gezien haar verwarde uitdrukking, ziet ze hetzelfde als ik.

Oké dan, de butler van Lucius is hier. Aan mijn deur.

"Stel ons eens voor," fluistert Pearl luid genoeg zodat de buren het kunnen horen.

"Sorry," zeg ik. "Dit is Elijah. Hij werkt voor Lucius Warren."

Pearls ogen worden groter. "Oh. Nodig je hem niet uit om binnen te komen?"

Oh, tuurlijk. "Kom binnen."

Elijah werpt een blik op de kat. "Ik heb de instructie gekregen om geen kat op mezelf te krijgen."

"Oh, de kat ging net weg," zegt Pearl.

"Echt?" Elijah ziet eruit alsof ze hem vrede op aarde heeft beloofd.

"Ze is *mijn* huisdier," zegt Pearl met een knipoog. "Je werkgever hoeft zich dus geen zorgen te maken over allergieën wanneer hij met Juno omgaat."

Gah. Zelfs na alle bevestigingen die ik haar gaf

over het feit dat we niet daten, is dat waar haar hoofd heengaat.

"Ik weet zeker dat dit geweldig nieuws voor hem zal zijn," zegt Elijah met een buiging naar Pearl. Zich naar mij wendend zegt hij, "Hij heeft me gestuurd om te zeggen dat hij graag met u wil spreken wanneer u een geschikt moment heeft."

Ik knipper stom naar iedereen. "Graag... met mij wil spreken?"

"Waarschijnlijk over het artikel," zegt Pearl behulpzaam.

Oh. Shit. Daar had ik niet eens over nagedacht. Zit ik in de problemen? Zit hij in de problemen? Is er een speciaal FBI-taskforce dat toezicht houdt op het datingleven van slechtgehumeurde miljardairs?

Ik bijt op mijn lip. "Ik denk dat ik wel met hem kan praten." Ik knik naar Pearl en voeg eraan toe, "Als hij me vermoordt, dan heb ik nu een getuige."

"Enig." Elijah pakt een gigantische doos van de vloer bij mijn deur en geeft hem aan me. "Meneer Warren wil u vriendelijk verzoeken om dit te dragen."

Verdoofd pak ik de doos en kijk erin, net als mijn nieuwsgierige beste vriendin.

Ik weet niet zeker of ik had verwacht dat hij het afgesneden hoofd van de paparazzi zou bevatten die onze foto had genomen, het afgesneden hoofd van de persoon die verantwoordelijk was dat de lift vast was komen te zitten of een draagbaar potje voor het geval ik weer in de aanwezigheid van Lucius moet plassen, maar ik had zeker *geen* jurk, schoenen en ondergoed verwacht.

"Wauw," zegt Pearl.

"Versace en Gucci," zegt Elijah. "Als ik me niet vergis."

Ik pak de jurk eruit en staar ernaar, dan herhaal ik de actie met de schoenen en het ondergoed. Elk item is duurder dan wat dan ook in mijn huis, inclusief mogelijk het appartement zelf. "Waar is dit allemaal voor?"

Pearl rukt haar jaloerse blik van de jurk om naar me te kijken. "Het lijkt erop dat iemand wil dat zijn vriendin er op de volgende foto goed uitziet... en in de slaapkamer."

Elijah tuit zijn lippen. "Meneer Warren wilde u uit bezorgdheid voor zijn allergieën iets nieuws aanbieden om te dragen."

"Oh," zegt Pearl, haar teleurstelling voelbaar. "Ik moet waarschijnlijk de kat hier weghalen, voordat ik dat deel van het plan verpest."

Elijah stapt uit haar weg.

"Wacht even," zeg ik, terwijl ik in de brug van mijn neus knijp. "Niemand gaat ergens heen totdat iemand me uitlegt wat Lucius wil."

Ondanks wat Elijah heeft gezegd, kan ik niet anders dan denken dat het ondergoed iets ongepasts impliceert, hoewel het mogelijk is dat Pearl me net heeft beïnvloed.

Elijahs uitdrukking wordt ondoorgrondelijk. "Dat

kan ik niet zeggen. Ik ben niet op de hoogte van meneer Warrens vertrouwensrelaties."

"Hij wil *jou*," zegt Pearl. "Uiteraard."

Dat kan het niet zijn. Onmogelijk. Maar hij wil wel *iets*, en als ik niet ontdek wat, dan zal de nieuwsgierigheid me gek maken.

Ik denk dat ik voor met Elijah meegaan ga, vooral omdat ik de jurk en de schoenen graag wil passen, en de enige sociaal aanvaardbare manier om dat te doen is om met deze waanzin in te stemmen.

Wacht eens even. Ik onderzoek de spullen die ik vasthoud. "Hoe wist hij mijn maten?"

Pearl wiebelt obsceen met haar wenkbrauwen. "Hij heeft je duidelijk 'opgemeten'. Het is een blijvertje, die."

"Niets van dat alles," zegt Elijah. "Hij heeft zijn beveiligingsteam een beetje onderzoek naar u laten doen. Zo wist ik ook bij welke appartement ik aan moest bellen."

Een beveiligingsteam heeft mijn bh-maat ontdekt? Hoe? En nog belangrijker, waarom? Niet te vergeten, de man heeft een *beveiligingsteam*?

"Dus alpha," hijgt Pearl in ontzag. "Totaal blijvertje."

Ja, als ze daarmee een klootzak bedoelt, die terloops je privacy schendt. Misschien bestaat dat FBI-taskforce niet voor niets.

"Oké." Ik doe alles terug in de doos. "Ik ga dit

passen en als ik het leuk vind hoe ik eruitzie, dan zal ik misschien met hem praten."

Elijah schraapt zijn keel en ziet er erg ongemakkelijk uit. "Meneer Warren heeft een verzoek dat een voorwaarde is voor al het andere."

Ik zucht. "Wat is het? Is zijn beveiligingsteam vergeten hem te vertellen welk merk tampons ik gebruik?"

Elijah bloost als een maagd. "Zou u de kat van uw huid en haar kunnen wassen?"

"Pardon?" Ik voel mijn gezicht samentrekken als een krabschaar. "Hij wil dat ik ga douchen?"

Pearl grijnst. "Ik wed dat zijn exacte woorden aan Elijah waren,

'Baad haar en breng haar bij mij.'"

Elijahs blos wordt roder. "Nogmaals, dit gaat over medische veiligheid."

Is dat zo? Hij heeft het overleefd om met de 'vieze' ik in de lift te zitten en niet te vergeten de kattendreiging zelf. Ik was toch al van plan om te douchen, omdat ik dat elke ochtend doe, dus het heeft geen zin om de arme Elijah zich nog ongemakkelijker te laten voelen.

"Ik zal die verdomde douche nemen," zeg ik met tegenzin.

"En ik zal de kat hier weghalen," zegt Pearl. "Voordat het ondenkbare gebeurt en er ergens een kattenhaar landt waar het niet zou moeten landen."

"Zou u het erg vinden als ik ondertussen uw appartement desinfecteer?" vraagt Elijah aan me.

Mijn eerste impuls is een boos antwoord, maar dan realiseer ik me dat ik op het punt sta een gratis schoonmaakbeurt te krijgen. "Waarom verdomme ook niet?" zeg ik met een zucht.

"Dat herinnert me eraan," zegt Pearl. "Waar is Atonics kattenbak?"

Ik vertel het haar en ze stampt naar de douche.

———

Terwijl de limo door Malibu rijdt, kan ik het niet helpen om na te denken over hoe irritant perfect de jurk, de schoenen en vooral het slipje aanvoelen.

Het is alsof de ontwerpers ze speciaal voor mij hebben gemaakt.

Grr. Wat als dit TJ Maxx-kleren voor me verpest? Wat als deze limousineritten Uber voor me verpesten? Of —

We stoppen, en Elijah doet die truc waarbij hij zo snel mogelijk de deur voor me opent.

"Bedankt." Ik stap naar buiten en geniet van het glorieuze uitzicht op de oceaan. "Is dat de zaak?" Ik gebaar naar een restaurant aan het strand dat zo chic en duur is dat mensen zoals ik er alleen maar over kunnen lezen in *The Michelin Guide*. En dat heb ik gedaan.

"Inderdaad," zegt Elijah. "Meneer Warren is al binnen."

Oké. Daar gaan we. Ik klikklak op mijn nieuwe hakken, mijn bloeddruk stijgt als ik mezelf voorstel om weer met Lucius geconfronteerd te worden.

"Juffrouw Lazko," zegt de gastvrouw. "Volg mij alsjeblieft."

Moet ik verbaasd zijn dat ze weet wie ik ben?

Ze leidt me door een volledig leeg restaurant totdat we de tafel met het beste uitzicht bereiken.

Lucius zit daar met een glas wijn in zijn hand te wachten. Om de een of andere bizarre reden stokt mijn adem, en voel ik me op alle verkeerde plaatsen warm worden.

Ik onderdruk mijn eigenzinnige libido en trek mijn ogen weg van hoe zijn pak zijn brede schouders omhelst en kom meteen ter zake. "Heb jij een beha en slipje voor me gekocht?"

Lucius bekijkt me van top tot teen. Zijn uitdrukking is onleesbaar, terwijl de gastvrouw klinkt alsof ze in haar speeksel stikt als ze zegt, "Ik zal de chef-kok vertellen om de omakase te starten."

"Doe dat," zegt Lucius tegen haar met een minachtende zwaai van zijn hand voordat hij opstaat om een stoel te pakken, vermoedelijk voor mij.

Ik plaats mijn kont op die stoel. "Ontwijk mijn vraag niet."

"Dat doe ik niet." Hij keert terug naar zijn stoel. "Het antwoord is natuurlijk ja."

Bij de wortels van saguaro, hij heeft een nieuw record gevestigd voor het naar buiten brengen van mijn gewelddadige driften. "Je ontkent niet dat je volledig ongepast bezig bent?"

"Reageer je altijd zo op geschenken? Je moet op je verjaardag een genot zijn."

"Er zijn geschikte geschenken, en er zijn ongepaste geschenken," zeg ik tussen opeengeklemde tanden.

Hij trekt een dikke wenkbrauw op. "Dus... je hebt de beha en het slipje dat ik voor je heb gekocht niet aan?"

"Dat gaat je niks aan."

Zijn pupillen verwijden licht. "Draag je *überhaupt* ondergoed?"

"Dat gaat je nog minder aan!"

Hij houdt zijn hoofd schuin. "Ik zeg dat je mijn cadeau draagt. Wil je het ontkennen?"

Grr. Een tintelend gevoel gaat van mijn nek helemaal over mijn gezicht. "Als ik iets *draag*, dan is dat omdat Elijah de allergiekaart voor katten heeft gespeeld."

Zijn gezichtsuitdrukking wordt donker. "Dat herinnert me eraan... Wie neemt de kat van een vriendin mee naar een sollicitatiegesprek? Of waar dan ook mee naartoe?"

Wanneer heeft hij over Pearl gehoord? Was dat ook een onderdeel van de informatie die zijn beveiligingsteam heeft opgegraven? Elijah lijkt me niet het type om te appen en te rijden.

Ik masseer mijn plotseling stijve nek. "Probeer dit niet over mij te laten gaan. Afgezien van het slipje, moet je je ook verantwoorden voor de inbreuk op mijn privacy."

Voordat hij kan antwoorden, komt onze ober — een lange, knappe jongen van mijn leeftijd — met een fles wijn en twee glazen aanzetten.

"1996 Screaming Eagle," zegt hij en toont de fles alsof hij in een tijdschriftadvertentie staat.

Lucius knikt en de ober ontkurkt de wijn en schenkt een glas voor hem in.

Als het mijn beurt is, kijkt de ober me waarderend aan. Ik knipper, gelijke delen verrast en gevleid, maar dan herinner ik me wat ik draag. Mijn nieuwe aantrekkingskracht is aan Versace en Gucci te danken... en aan Lucius voor het kopen van de outfit.

Over Lucius gesproken, zijn ogen zijn opeens vurig en op de ober gericht. "Waar is de serveerster?"

De ober zet de wijn neer en het lijkt erop dat hij op het punt staat weg te rennen. "Welke bedoelt u? We hebben er meerdere."

"De blonde," zegt Lucius schaamteloos. "Degene met een goed geheugen."

"Jessica?" vraagt de ober voorzichtig.

"Wat dan ook," zegt Lucius. "Waar is ze?"

Moet ik me minder speciaal voelen nu ik zie dat Lucius een onbeleefde klootzak is, en niet alleen naar mij toe?

De ober trekt zich terug van de tafel. "Als iemand het hele restaurant boekt, dan ben ik degene die —"

"Haal iemand anders." De zin klinkt als een militair bevel.

De ober kijkt hulpeloos naar de gastvrouw. "Wat dacht u van Maddy? Alle anderen zijn —"

"Dat is prima." Lucius steekt zijn hand in zijn zak en pakt er een biljet van honderd dollar uit. "Voor je moeite."

De ober pakt het geld en rent naar de gastvrouw.

Hun gesprek is makkelijk voor te stellen:

"Maddy, je hebt vandaag aan het kortste eind getrokken."

"Nee, hete ober, ik wil die kerel niet bedienen. Dwing me alsjeblieft niet."

"Hij geeft fooien van honderden."

"Goed dan. Maar ik wed dat tegen de tijd dat hun maaltijd klaar is, ik het gevoel zal hebben dat ik elke cent heb verdiend."

Nu het gesprek voorbij is, gaan de gastvrouw die serveerster is geworden en de knappe ober naar de keuken.

"Je realiseert je dat ze nu in ons eten zullen spugen," fluister ik.

Lucius gnuift. "Als iemand in het meesterwerk durft te spugen dat de chef-kok zo zorgvuldig heeft gemaakt, dan zal hij sashimi van ze maken."

Mijn handpalmen voelen zenuwachtig aan, alsof

ze iemand willen slaan. "Je laat me er slecht uitzien door associatie."

Hij draait met de wijn in zijn glas. "Hoezo?"

Ik pak mijn eigen glas op, anders sla ik hem straks echt. "Door een eikel te zijn?"

Hij neemt een slok. "Hij was onprofessioneel en ik heb hem niet ontslagen. Een eikel zou dat gedaan hebben."

Ik zet mijn glas neer. "Wacht. Ben jij de eigenaar van deze zaak?"

Hij haalt zijn schouders op. "Als je de zwarte kabeljauw proeft, dan zul je zien waarom."

Niet in staat om met een weerlegging te komen die niet gevuld is met scheldwoorden, pak ik mijn glas en neem een slok van de wijn.

Heilige druiven. Ik ben geen kenner, maar dit is veruit de beste wijn die ik ooit heb geproefd. Hij is vederlicht, zijdezacht en heeft een aardse nasmaak die ik niet helemaal kan plaatsen.

"Vind je de wijn lekker?" vraagt Lucius, terwijl hij me aandachtig in de gaten houdt.

Ik dacht van niet, maar nu misschien wel. "Je verandert nog steeds van onderwerp."

Zijn expressieve wenkbrauwen stellen een vraag.

"Mijn privacy," zeg ik. "Je hebt die geschonden."

"Realiseer je je dat je naar een baan bij een bedrijf hebt gesolliciteerd dat ik bezit?" vraagt hij.

Ik vernauw mijn ogen naar hem. "Dus?"

"Wat mijn team heeft gedaan, verschilt niet zoveel

van het achtergrondonderzoek dat je bij elke werkgever zou hebben gekregen."

Ik betrap mijn vingers erop dat ze op het tafelblad tapdansen en stop ze. "Dat wordt gedaan voordat je iemand een baan aanbiedt."

Hij zet zijn glas neer. "Waarom denk je dat je hier bent?"

Ik ben zo verbaasd over de vraag dat ik mijn wijn in een keer doorslik, en daardoor proef ik niets van zijn eerdere subtiliteiten.

Iets als, "Waarom ben ik hier?" had de eerste vraag moeten zijn die ik had moeten stellen, maar op de een of andere manier vind ik het moeilijk om het logische te doen als Lucius in de buurt is.

Terwijl ik mijn mond open doe om eindelijk die belangrijke vraag te stellen, komt de serveerster/gastvrouw, Maddy, naar onze tafel met een dienblad in haar handen.

"Kreeftentartaar," zegt ze terwijl ze twee borden voor elk van ons neerzet. Ze knippert met haar valse wimpers naar Lucius en voegt er bescheiden aan toe, "Was er een reden waarom u mij heeft gevraagd om u te bedienen, meneer Warren?"

Jemig, dame, heb wat waardigheid.

"Ik wilde gewoon een professional," zegt Lucius koel. "Iemand die niet naar de date van de klant zit te staren."

Beseft hij niet hoe ironisch het is om dat tegen een vrouw te zeggen die hem bewonderend aanstaart terwijl ze met elkaar praten? Ze weet niet dat ik niet echt zijn date ben, ondanks wat hij net heeft gezegd.

Maddy lijkt de boodschap snel te hebben begrepen, omdat ze onmiddellijk stopt met haar eigen gestaar en ze iets mompelt dat klinkt als, "Begrepen, meneer."

Zodra ze weggaat, knikt Lucius naar de kreeft. "Ik wil je mening."

Het voelt alsof ik in de *Twilight Zone* ben. Ik prik in wat kreeft op mijn bord en doop hem in de boterachtige saus.

De smaakexplosie in mijn mond is zo verrassend aangenaam dat ik op mijn lip moet bijten om een kreun te onderdrukken.

Lucius kijkt naar me met zijn kenmerkende intensiteit. "Nou?"

"Het is lekker," zeg ik in een understatement van de eeuw.

Met een zelfvoldane knik eet hij wat van zijn eigen gerecht, waardoor de actie er zo irritant sensueel uitziet dat ik even zou willen dat ik een kreeft was. Als hij slikt, knikt hij opnieuw goedkeurend.

"Dus," zeg ik terwijl mijn hand meer kreeft op mijn vork prikt. "Waarom zijn we hier?"

Hoofdstuk 11

Lucius

Z E D O E T H E T S T U K K R E E F T I N H A A R M O N D, en ik vervloek de biologie opnieuw om zo'n simpele actie afleidend te laten zijn.

"Heb je de roddels over ons gelezen?" vraag ik, terwijl ik mijn aandacht met moeite van haar verrukkelijke lippen wegtrek.

Terwijl ze kauwt, knikt ze.

"Dat bespaart tijd." Ik kijk haar in de ogen — een techniek die Eidith voorstelde voor als ik mensen wil laten zien dat ik iets heel belangrijks ga zeggen. "Ik wil dat we met die roddels meegaan."

Ze slikt de kreeft met een hoorbare slik door, en in mijn gedachten, zie ik een hele reeks van gebeurtenissen uitspelen: ze stikt, ik ga achter haar staan en doe de Heimlich (op de minst perverse manier mogelijk), ze is dankbaar voor haar leven en —

"Wat?" vraagt ze; ze stikt niet eens een beetje.

Ik sluit de deur naar de bizarre fantasie en richt me opnieuw op het gesprek. "Ik wil dat de wereld denkt dat we daten."

Ze dept haar mond met een servet. "Jij en ik... die daten?" Haar gezicht krijgt een heerlijke roze gloed. "Dat is het meest belachelijke idee dat ik ooit heb gehoord."

Ik wrijf over mijn slapen. Zoals nu een traditie begint te worden, geeft praten met haar me hoofdpijn. "Voor de verandering ben ik het met je eens. Dat wij zouden daten is belachelijk, maar toch, dat is wat we alsof zullen gaan doen."

Ze springt overeind. "Dat dacht ik mooi niet."

Onzeker over wat de galante reactie zou zijn, sta ik ook op. "Ik zal je veel meer betalen dan wat je zou hebben verdiend met de baan die je niet hebt gekregen."

Ze stapt weg van de tafel. "Wil je me betalen om met je te daten?"

Ik doe mijn mond open om haar te vertellen hoe stom die vraag is, maar dan doe ik hem dicht om verdere escalatie te voorkomen. Het laatste wat ik wil is dat ze het restaurant uit rent. "Niet met me te daten. Te doen *alsof* je met me date. Dat is een enorm verschil."

Haar neusvleugels trillen. "Het verschil is als het verschil tussen een prostituee en een escort."

"Het is meer acteren," zeg ik. "Er zal geen fysiek component aan ons voorwendsel zijn."

De serveerster — hoe heette ze ook alweer? — komt de keuken uit en knippert niet eens met haar ogen terwijl ze kleine bordjes van de kenmerkende zwarte kabeljauw van de chef-kok op tafel zet voordat ze weg sprint.

"Wil je gaan zitten?" zeg ik, en ik doe mijn best om mijn stem gelijkmatig te houden. "Dit gerecht is het waard."

"Nee." Ze verduidelijkt haar punt door, als een peuter, met haar afleidend perfecte voet te stampen.

Ik kan mijn hoofdpijn door een ader in m'n voorhoofd voelen pulseren. "We weten allebei dat je collegegeld nodig hebt."

Geweldig. Ze ziet eruit alsof ze in een vuurspuwende draak gaat veranderen. "Hoe weet je dat?"

"De vermeende inbreuk op je privacy waar je me over beschimpt hebt. Ben je dat al vergeten?"

Ze heft haar kin op. "Ik zal het geld op een andere manier verdienen."

"Oh?" Ik had tegen mezelf gezegd dat ik het niet vies zou gaan spelen, maar dat is nu uit het raam. "Denk je dat je nu nog een baan krijgt?"

Ze verbleekt. "Hoe bedoel je? Ik *zal* een baan vinden, zo niet bij jouw bedrijf, dan ergens anders."

Ik haal mijn schouders op. "Wat als het bekend zou worden hoe ongepast je je op openbare plaatsen gedraagt... zoals in een lift?"

Ze wankelt naar achteren, haar groene ogen staan

wijd open. "Je zou niet durven." Ze drukt een kleine vuist tegen haar mond. "Wat zeg ik allemaal? Natuurlijk zou je dat wel doen."

Dat zou ik natuurlijk niet doen, maar dat hoeft zij niet te weten.

"Wil je gaan zitten zodat we dit als beschaafde mensen kunnen bespreken?"

Ze ziet er verslagen uit, plaatst haar achterste op haar stoel en ik weerspiegel haar actie.

"Over hoeveel geld hebben we het?" vraagt ze behoedzaam.

Ik voeg een nul toe aan het bedrag dat ik oorspronkelijk in gedachten had en vertel het haar.

Haar ogen worden weer groot. Ze weet dat dat genoeg is om vier jaar aan welke universiteit dan ook te betalen, inclusief collegegeld en alle andere kosten, en dan heeft ze nog een flink deel over.

Tot mijn verbazing herstelt ze zich snel. "Verdubbel dat en ik zal erover nadenken."

"Afgesproken." Al was het maar om haar indrukwekkende onderhandelingsvaardigheden te belonen. Haar pokerface is beter dan de meeste die ik in de directiekamer heb gezien.

"Leg het ontbreken van een fysiek component uit," zegt ze, en haar pokerface breekt een klein beetje — waarschijnlijk omdat ze het idee om iets met mij te doen walgelijk vindt.

Ik probeer daar niet bij stil te staan en vraag, "Wat

zou het absolute minimum zijn dat nodig is om deze illusie te verkopen?"

Op haar voorhoofd verschijnen rimpels. "Dat zou afhangen van hoeveel tijd we in het openbaar doorbrengen."

"Ik zou zeggen, verwacht de maximale tijd die we samen kunnen doorbrengen zonder elkaar te vermoorden."

"Tien minuten," zegt ze met een gnuif, steekt dan haar vork in haar kabeljauw en steekt hem in haar mond.

Ik volg haar voorbeeld.

Heerlijk. Dit gerecht alleen al maakt dit restaurant de extravagante prijs waard die ik ervoor heb betaald.

Ik realiseer me dat ik mijn ogen van genot heb gesloten en open ze om ook een gezegende uitdrukking op Juno's gezicht te zien.

Ziet ze er zo uit na een orgasme?

Verdomde biologie. Waarom zou ik me druk maken om haar O-gezicht, hoe sexy het ook is?

Ze slikt eerbiedig. "Ik ben geneigd om onze deal te veranderen. Boven op het geld wil ik dit gerecht voor elke maaltijd totdat ik er genoeg van heb, ervan uitgaande dat dat zelfs maar mogelijk is."

Ik grinnik. "Ik eet het al vijf jaar, en ik ben het nog niet zat."

Glimlachend eet ze haar stuk op, en ik maak de fout om naar haar te kijken.

Fuck. Ik ben dol op haar glimlach en dat tweede O-gezicht, of hoe je het ook noemt.

Ik weet dat ze een grapje maakte over die aanpassing van onze deal, maar ik zou dat erbij gooien als ik haar zou kunnen zien eten.

Nee. Ze is schichtig, zelfs met een puur platonische regeling. Iets als "Ik wil je zien eten" zou net zo vreemd zijn als dat ik zou eisen "Ik zal je voeten masseren wanneer ik maar wil" — een andere voorwaarde die misschien in mijn gedachten is opgekomen.

Ze drinkt wat er van haar wijn over is op. "Oké. Met minimale publieke optredens en PDA, denk ik dat ik je stomme vriendin kan zijn... voor drie keer het bedrag dat je eerder hebt genoemd."

"Je hebt een deal." Ik haal een gevouwen bundel papier uit de binnenzak van mijn pak. "Dit is het contract en de NDA. Laat je advocaat het bekijken en neem dan weer contact met me op."

"Juist, *mijn advocaat*." Ze grist de papieren zo snel weg dat ze ons allebei bijna papiersnedes geeft. "Haar eerbare verbeelding zal er meteen mee aan de gang gaan."

"Wil je een aanbetaling zodat je iemand in kunt huren?"

Ze knippert en knikt dan. "Dat zou geweldig zijn. En... Ik zat net aan een nieuwe voorwaarde te denken."

De serveerster komt terug met de

zwanenhalsmossel schotel en ik wacht tot ze vertrekt voordat ik vraag, "Wat is de voorwaarde?"

Juno kijkt sceptisch naar het nieuwe gerecht en kijkt dan naar mij. "Je kunt *nooit meer* vertellen wat er in die lift is gebeurd. Dat is mijn versie van een NDA."

Ik weersta de drang om te grijnzen. "Als dat is wat je wenst."

Ze knijpt haar ogen tot spleetjes. "Ik meen het. De deal gaat niet door als je het zelfs maar over liften hebt. Of flessen."

Het gevecht tegen de grijns is nu onmogelijk. "Hoe zit het met katten?"

Ze rolt met haar ogen. "Je kunt over katten praten."

"Wat dacht je van Romeinse cijfers?"

"Nee," zegt ze streng. "Bij Romeinse cijfers trek ik de grens."

Hoofdstuk 12

Juno

Zie ik een hint van dat kuiltje? Dat zou waarschijnlijk ook op de nee-lijst moeten staan, vooral als het voor hem belangrijk is om dingen platonisch te houden.

Om mijn gedachten van de drang af te leiden om genoemd kuiltje te likken, schud ik met het papierwerk. "Kun je dit in gewoon Engels uitleggen? Het juridische perspectief voor me vertalen."

Hij doet dat terwijl we de penisachtige schotel verslinden en daarna de volgende gang — een belachelijk lekker bord wagyu-rundvlees. Kortom, ik moet gewoon tegen iedereen, zelfs tegen mijn familie, mijn mond houden over onze regeling. En voor het geld dat hij betaalt, doe ik dat graag.

"Dat klinkt allemaal zo redelijk als dergelijke dingen kunnen," zeg ik als hij klaar is met praten. Ik spiets het laatste deel van het rundvlees, en rouw al om zijn afwezigheid. "Vertel me nu het waarom."

Hij schenkt voor ons allebei meer wijn in. "Waarom wat?"

Ik haal mijn schouders op en weet niet waar ik moet beginnen. "Waarom ik? Waarom neem je geen echte vriendin? Waarom zou je een relatie faken? Waarom —"

De serveerster keert terug, dus ik stop mijn stortvloed van vragen.

"Krabgehaktballensoep," kondigt ze aan en ze haast zich weg.

Lucius pakt een lepel. "Je moet dit proberen."

De soep ruikt goddelijk, maar ik laat dat me niet afleiden. "Je houdt er *echt* van om van onderwerp te veranderen."

Zijn adamsappel beweegt op en neer — verleidelijk, zou ik kunnen toevoegen. "Van welk onderwerp verander ik?"

"Waarom ik?" herhaal ik, pak dan mijn lepel en vul mijn mond met wat bouillon en een gehaktbal. Misschien dat als ik stil ben, hij de behoefte zal voelen om de stilte te vullen.

Nee. Hij gaat gewoon samen met me eten. Klootzak.

Maar ik heb te vroeg geoordeeld. Na het slikken verrast hij me door te zeggen, "'Waarom jij?' is heel simpel. Jij bent de persoon met wie de roddelartikelen me hebben verbonden."

Oh ja. Hij begon zelfs met te vragen of ik de roddels over ons had gelezen. Ik voel me nu zo speciaal. Mijn vriendinkwalificaties lijken te zijn: heeft een hoofd en was op de verkeerde plaats op het verkeerde moment. En wie weet, misschien was het stukje over mijn hoofd optioneel.

Als de gehaktballen niet zo lekker waren, dan zou ik er eentje naar zijn gezicht gooien om mijn waardering voor zijn openhartigheid te tonen.

Whatever. Mijn andere vragen zouden niet zo schadelijk moeten zijn voor mijn zelfvertrouwen. Maar wie zou het met deze man kunnen zeggen? Hoe dan ook vraag ik, "Waarom neem je geen echte vriendin?"

"Ik doe niet aan vriendinnen."

Ik gnuif. "Een charmeur zoals jij? Wat een verlies voor de vrouwen."

Ik denk dat ik hem zie huiveren, maar het moet mijn verbeelding zijn of een van die micro-expressies die in een oogwenk verdwenen zijn. Ben ik te ver gegaan?

Zijn uitdrukking is nu onleesbaar, en hij vraagt, "Je realiseert je dat ik alleen maar je vragen beantwoordt, omdat ik probeer om beschaafd te zijn, toch?"

Is hij nu beschaafd? Ik wil hem niet kwetsen.

"Goed dan," zeg ik. "Ik trek mijn uitspraak in. Veel vrouwen zouden blij zijn om met je uit te gaan." Na *Fifty Shades of Grey* is het masochisme onder vrouwen zeker in opkomst.

"Ik weet dat je sarcastisch bent, maar het is waar.

Veel vrouwen willen met me daten... nou ja, met mijn geld."

Ik stik bijna in mijn soep. "Moet ik medelijden hebben met de arme *miljardair*? De meeste mensen zouden een moord doen om je goudzoekersprobleem te hebben."

"En ze zouden er spijt van krijgen," zegt hij zonder te knipperen. "Als de goudzoekers voor de duur van onze overeenkomst zouden stoppen met om me heen te hangen, dan zal dat op zich dit alles bijna de moeite waard maken."

"Bijna... dus dat is niet je belangrijkste reden," zeg ik. "Wat is het dan?"

Hij knikt naar de papieren bij mijn elleboog. "Teken de NDA en ik zal erover nadenken om het je te vertellen."

Grr. "Waarom kun je het me nu niet gewoon vertellen?"

Hij grijnst. "Omdat ik wil dat het papierwerk geregeld is, en ik wed dat je nieuwsgierig genoeg bent om hier en nu te tekenen."

"Misschien ben ik nieuwsgierig," geef ik toe. "Zou het mijn dood worden als ik een kat was?"

"Als je een kat was, dan zou ik waarschijnlijk sterven aan allergieën," zegt hij doodleuk. "Dus het zou een moord-zelfmoordsituatie zijn."

Saguaro, verdomme. De in het Engels spreekwoordelijke kat stierf, omdat hij het wilde weten, en ik heb het gevoel dat ik zou kunnen sterven als ik er nu niet achter kom. En laten we eerlijk zijn, was ik echt van plan om een advocaat te nemen?

Ik pak de papieren en bekijk ze zo grondig mogelijk... met inachtneming van mijn dyslexie en het feit dat ik het dichtst bij een rechtenstudie ben gekomen door... naar *Legally Blonde* te kijken. Als ik klaar ben, denk ik dat het mogelijk is, zelfs waarschijnlijk, dat het allemaal overeenkomt met wat Lucius heeft gezegd. Aan de andere kant, als blijkt dat ik akkoord ga om stoute pony te spelen wanneer hij maar wil, dan zal ik ook niet heel erg verbaasd zijn.

"Heb je een pen?" vraag ik met tegenzin.

Tot zijn eer, verkneukelt hij zich niet. In plaats daarvan haalt hij gewoon een pen uit zijn zak en geeft die aan me.

Huh. Het ding is zwaar en ziet er erg chic uit. Moet één van die Montblanc-pennen zijn die duizenden heeft gekost.

"Ik teken dit en jij vertelt het me," zeg ik. "Niets van dat 'ik zal er over nadenken'-gelul."

"Afgesproken." Hij nipt van zijn wijn.

Met een grote zucht, parafeer en onderteken ik de stomme papieren, en duw dan de stapel naar hem toe. "Praat."

Hij steekt de papieren en de pen in zijn zak. "Mijn oma is nooit blij geweest met mijn gebrek aan daten. Toen ze het artikel zag, was ze zo blij dat ik het haar niet wilde afnemen."

Ik staar hem aan, wachtend op een clou.

Hij eet zijn soep op en drinkt van zijn wijn.

Heeft hij een oma? Ik bedoel, ik weet natuurlijk dat hij geen kloon is die in een ondergronds lab is gekweekt, en dus ouders moet hebben die ook ouders hebben en zo. Hij lijkt me gewoon niet iemand die het iets boeit om iemand anders gelukkig te maken, ook zijn oma niet.

"Oesters Rockefeller," zegt de serveerster/gastvrouw en ze laat me schrikken.

Ik wacht tot ze de borden neerzet en vertrekt voordat ik fluister, "Ligt het aan mij of is ze uit het niets verschenen?"

Lucius laat zijn kuiltje zien. "Het personeel in dit restaurant gaat naar de ninjaschool."

Grijnzend proef ik het nieuwe gerecht — en deze keer ontsnapt er een kreun aan mijn lippen.

Shit. Gezien hoe groot de ogen van Lucius zijn, heeft hij dat gehoord. Moet het onderwerp veranderen en snel. Gelukkig is dat deel makkelijk. "Laten we de logistiek van onze neprelatie bespreken."

Hij scant het lege restaurant. "Gezien het ninjapersoneel en zo, waarom noemen we het vanaf nu niet gewoon 'onze relatie'?"

"Hmm. Dat kan verwarrend zijn. We hebben een woord nodig — en het kan een geheim woord zijn — voor wanneer we de valsheid van dit alles willen benadrukken."

"Als je erop staat." Hij denkt er even over na. "Wat dacht je van *fartlek*?"

Ik onderdruk een kreun. "Moeten we er lichaamsfuncties bij betrekken?"

Zijn lippen versmallen zich. "Doe niet zo kinderachtig. *Fartlek* betekent in het Zweeds 'snelheidsspel'. Het is een soort training die vergelijkbaar is met intervaltraining — je rent snel, dan loop je langzaam en dan weer snel."

Ik rol met mijn ogen. "Ik neem aan dat je graag aan fartlek doet?" Misschien na het consumeren van grote hoeveelheden peulvruchten?

"Zeker. Fartlek versterkt wilskracht en uithoudingsvermogen."

Uithoudingsvermogen? Moet ik hem vertellen dat dat niet iets is wat we nodig hebben voor onze neprelatie — sorry, onze *fartlek*? Tegen een grijns vechtend, zeg ik, "Oké, wat zijn onze volgende stappen... voor de fartlek?"

Hij eet een oester terwijl hij mijn vraag overweegt. "Wat dacht je ervan om elkaar wat beter te leren kennen?"

"Elkaar? Ik dacht dat je door je gesnuffel alles over me wist."

Hij schudt met zijn hoofd. "Ik weet nutteloze informatie, zoals je creditscore. Ik moet dingen weten die een vriendje zou weten... vooral wat oma denkt dat een vriendje zou weten."

"Zoals?"

Hij haalt een hand door zijn haar en maakt de

dikke lokken op een vreemd schattige manier in de war. "Ik weet het niet. Ik doe niet aan vriendinnen."

Ik pak nog een oester. "Dus... Moet ik je leren hoe je een vriendinnetje moet doen?"

Hij fronst. "Contractueel gezien hoef ik jou niet te doen." Hij pauzeert. "Dat gezegd hebbende, oma is niet goed met grenzen, dus zullen we daar beginnen." Hij kijkt me in de ogen. "Wat vind je prettig?"

Ik bloos, mijn geest keert terug naar al mijn ongepaste fantasieën. "Uhm..." Ik weet dat hij het niet bedoelt zoals het klinkt dat hij bedoelt, maar —

"Seksueel gezien," verduidelijkt hij.

Ik laat de oester vallen.

Hoofdstuk 13

Lucius

ZE IS WEER HEERLIJK ROOD. Is ze preuts? Dat leek ze tot nu toe niet te zijn. Hoe dan ook, ik wil dat ze antwoord geeft. Voor oma, niet voor mezelf.

"Wat vind je prettig?" herhaal ik. "In bed."

"Ik denk..." Ze wordt nog roder. "Kussen. Ja, ik hou ervan om te kussen."

Ik zwaai met mijn hand. "Jij en elke andere vrouw. Wat is er nog meer?"

"Uhm... massages."

"Specifieke soorten? Zweeds, Shiatsu, Thais?"

"Voet," piept ze. Zelfs haar oren zijn nu verrukkelijk rood.

"Voet?" Mijn eigen bloed stroomt naar mijn gezicht, en trekt dan naar het zuiden. Ik ben er vrij zeker van dat ze 'voet' zei, en nu heb ik een stijve.

Ze houdt haar wijnglas vast alsof het Captain America's schild is. "Wat is er mis met voetmassages?"

"Niets," zeg ik snel. "Helemaal niets."

"Je doet niet alsof het niets is." Ze neemt een voorzichtig slokje van haar wijn.

Voor het geval dat, verberg ik mijn enorme erectie met een servet. "Het is gewoon toeval, dat is alles."

Oeps. Ze spuugt de wijn bijna uit. "Vind je het ook prettig om voetmassages te krijgen?"

Het kloteservet is een tent aan het vormen, dus ik verban het beeld van haar glorieuze voeten uit mijn hersenen en houd mijn gezicht emotieloos als ik zeg, "Niet om te krijgen... geven."

Nu wordt haar gezicht nog roder, als een zeer meisjesachtige flamingo.

Dit was duidelijk een slecht idee. "Ik denk dat we dit onderwerp voldoende hebben behandeld. We —"

Ik zie hoe-ze-ook-heet met een dienblad lopen en hou op met praten.

"Matcha panna cotta," kondigt ze aan en ze zet voor elk van ons een klein bordje neer.

Juno is ofwel blij met het dessert, of — wat waarschijnlijker is — dat het 'laten we elkaar beter leren kennen'-gesprek voorbij is.

Als we weer alleen zijn, maak ik mijn eerdere gedachte af. "We hebben genoeg om mijn oma tevreden te stellen."

Juno pakt een dessertlepel. "Ja. Het ontdekken van de interesse van haar kleinzoon in voeten is het soort TMI waardoor elke oma spijt van haar vraag krijgt."

Dat geldt niet voor *mijn* oma, maar dat zeg ik niet tegen Juno.

Ze valt de panna cotta aan en kreunt verdomme *weer*, wat mijn pik niet helpt om zich terug te trekken.

"Denk je dat mensen ons zullen geloven?" vraagt ze wanneer ze klaar is met kauwen.

Ik trek een wenkbrauw op. "De fartlek geloven?"

Ze knikt.

"Waarom zouden ze het niet geloven?"

Ze kijkt me niet in de ogen. "Jij bent jij. En ik ben ik. Waarom zouden ze?"

Ik doop mijn lepel in het groene dessert. "Kun je *nog iets vager* zijn?"

Ze zucht. "Om te beginnen ben ik een niemand zonder geld."

"Ik heb zoveel geld dat de meeste mensen een niemand zonder geld zouden zijn." Ik proef het dessert. Het is niet echt kreunwaardig, maar wel erg goed.

"Zo bescheiden," zegt Juno met een andere oogrol. "Wat ik bedoel is dat je bij iemand van de hogere klasse zou moet zijn. Het soort mensen dat —"

"Ik haat," zeg ik. "Snobs, allemaal. *Ik* ben niet met een zilveren lepel in mijn mond geboren."

Ze kijkt fronsend naar haar lepel. "Nu je het zegt... Zijn deze kleine lepels van goud gemaakt?"

Ik knik. "De chef stond erop. Maakt een groot verschil voor de smaak, vooral voor het ijs. Andere opties zouden een metaalachtige nasmaak toevoegen."

Ze staart me aan en schudt langzaam haar hoofd. "Kon ik jouw problemen maar één dag hebben."

Ik gnuif. "Ik weet niet zeker of je het aankunt."

Ze geeft me een vernietigende blik. "Zullen we het weer over zaken hebben?"

"En dat is?"

"Iets dat zal helpen om de fartlek te verkopen."

Klinkt logisch. "Zoals wat?"

Ze prikt met haar lepel in het dessert. "Ik weet het niet. Dit was jouw idee."

Ik eet nog een lepel, maar er schiet me niets te binnen. "Waar praten mensen over als ze daten?"

Ze haalt haar schouders op. "Eerdere relaties?"

"Dat is gemakkelijk," zeg ik. "Ik heb er geen gehad."

Juno's mond valt open. "Niks? Nooit? Zelfs niet op de middelbare school of op de universiteit?"

Vrouwen waren voordat ik mijn eerste paar miljoen verdiende niet in me geïnteresseerd, maar dat ga ik haar niet vertellen. In plaats daarvan snauw ik, "Waarom zou ik een relatie nodig hebben? Als het voor seks is, dat kan ik krijgen wanneer ik maar wil."

Het enige wat je daar tegenwoordig voor nodig hebt, is wat sieraden, maar die één of twee nachten durende scharrels zijn nauwelijks 'relaties' te noemen.

Door mijn scherpe toon trekt ze zich terug. "Oké, whatever. Maar tijdens onze poppenkast ga je je onthouden van seks met anderen, toch?"

Interessant. "Jaloers?" vraag ik, terwijl ik mijn hoofd schuin houdt.

"Ja, tuurlijk. Ik wil gewoon niet dat de roddelbladen me voor gek zetten."

"Ik zal me onthouden als jij dat ook doet." Terwijl de woorden mijn lippen verlaten, realiseer ik me dat ik dit idee *erg leuk* vind. Zo erg zelfs dat ik mijn advocaat in diskrediet moet brengen omdat hij het niet heeft voorgesteld.

"Afgesproken," zegt ze. "Wil je dat in het contract laten zetten?"

Ik pak mijn pen en schrijf met de hand de aanvulling erbij. Juno realiseert zich dit niet, maar ik verafschuw zulke handenarbeid. Typen is veel efficiënter. Dit is echter belangrijk genoeg om het hier en nu vast te zetten.

Ik wacht tot ze de pagina parafeert, en dan verras ik mezelf door echt iets te willen weten waarvan ik nooit had gedacht dat ik het zou willen weten.

"Hoe zit het met *jouw* relaties?"

Hoofdstuk 14

Juno

Ik DUW DE PAPIEREN EN DE PEN MET EEN SCHOKKERIGE BEWEGING NAAR HEM TERUG — een compromis, gezien het feit dat ik zin heb om ze in zijn gezicht te gooien. "Ik heb een zeer lange relatie gehad. Hij eindigde elf maanden geleden."

Ik ben verbaasd dat deze info niet tijdens het rondsnuffelen is ontdekt. Tenzij het wel is ontdekt, maar hij het al is vergeten. Het is niet dat hij ook maar iets om mijn leven geeft.

"Waarom is hij geëindigd?" vraagt hij, en het lukt hem om te klinken alsof het hem iets kan schelen.

"Het was gewoon voorbij," zeg ik.

Ik ga dit echt niet met iemand bespreken die ik net heb ontmoet, zeker niet omdat hij misschien alles al in zijn dossier heeft staan. Maar hoe zou het beveiligingsteam van Lucius kunnen weten dat Jason me dom noemde toen hij het uitmaakte? Hooguit hadden ze door kunnen hebben dat ik tijdens zijn medische opleiding en coassistentschap met Jason samen was, dat ik jarenlang zijn ambities ondersteunde — en dat in een verschrikkelijk cliché, hij het uitmaakte zodra hij een volwaardige dokter werd.

Lucius kijkt me sceptisch aan. "Ik ben geen expert, maar ik geloof niet dat die dingen gewoon zonder reden eindigen."

"Wil je een reden?" Om mezelf te kalmeren, eet ik mijn dessert op, ook al smaakt het nu naar zaagsel. "Mannen zijn klootzakken, en onze relatie bleek een verdomde fartlek te zijn."

Lucius knippert met zijn ogen en steekt dan zijn hand uit, alsof hij zijn hand over de mijne gaat leggen. Alleen trekt hij hem op het laatste moment weg. Maar misschien heb ik me alles wel verbeeld. Of verkeerd begrepen. Misschien wilde hij me wurgen om me uit mijn lijden te verlossen.

"Hoe dan ook." Ik leg de kleine gouden lepel neer. "Was dit de laatste gang?"

Hij legt ook zijn lepel neer. "Dat is aan ons."

Ik wrijf over mijn buik. "Ik zit vol. Wat is het volgende in onze fartlek?"

"Je gaat met me mee naar een saaie inzamelingsactie."

Ik gnuif. "Wauw. Je verkoopt dat zo goed."

"Ik betaal je genoeg om te gaan, zelfs als je het niet leuk vindt." Hij steekt zijn kostbare papieren in zijn zak. "En wie weet? Misschien heb je het wel naar je zin, net als de andere vleeszakken."

Vleeszakken? Wil ik het überhaupt weten? Nee. In plaats daarvan vraag ik, "Wanneer is het?"

"Morgen."

"Wat is de dresscode?" Ik kijk verwoed naar beneden om er zeker van te zijn dat ik geen vlekken op mijn outfit heb gemaakt.

Hij maakt een afwijzend gebaar. "De kleren zullen verstrekt worden."

Geld *en* nieuwe kleren? Ik zou hier wel aan kunnen wennen. "Dan lijkt het erop dat we naar een inzamelingsactie gaan."

Hij haalt een stapel van honderdjes tevoorschijn en gooit er een paar op tafel. "Laat me je naar huis brengen."

Ik staar naar het geld. "Ik dacht dat dit jouw restaurant was. Waarom moet je dan betalen?"

"Dat doe ik niet," zegt hij. "Dat is een fooi voor hoe-heet-ze." Hij wijst naar de gastvrouw/serveerster.

Hij loopt naar buiten, zonder ook maar een bedankje of vaarwel.

"Dank je wel. Alles was geweldig," zeg ik tegen haar en ik haast me dan achter Lucius aan.

Als we bij de deur aankomen, stopt hij en bots ik bijna tegen hem op.

"Moet je naar het toilet voordat we gaan?" vraagt hij.

Ik vernauw mijn ogen tot spleetjes naar hem. "Breek je ons pact nu al?"

"Hoe? Ik was gewoon... Laat maar zitten." Hij gaat naar de limo en opent de deur voor me.

Ik stap in, maar in plaats van me te vergezellen, sluit hij de deur.

Huh. Ik geloof dat ik alleen naar huis rijd — en ik heb blijkbaar ook geen afscheid verdiend.

Hoofdstuk 15

Juno

TERWIJL DE LIMO ME NAAR HUIS BRENGT, kan ik alleen maar denken aan hoe erg wat er net is gebeurd op een date leek, vooral voor een zakelijke bijeenkomst — wat het echt was. Het voortreffelijke eten, het elkaar leren kennen en — laten we eerlijk zijn — de aantrekkelijke man met wie ik er was. Sterker nog, Lucius leek zelfs iets minder afschuwelijk. Een deel van de tijd, in ieder geval. Er waren een paar momenten dat hij zelfs sympathiek leek.

Wacht. Nee. Wat denk ik in godsnaam? Lucius sympathiek vinden, is als een wilde wasbeer aaien zonder een inenting tegen hondsdolheid te hebben gehad — te riskant. Voor hem is dit gewoon een transactie, dat is alles. Wat we nu gaan doen is net zo nep als de wassen beelden bij Madame Tussauds, en het met een echte relatie verwarren zou dwaas zijn.

Na wat er met Jason is gebeurd, wil ik geen echte

relatie meer hebben, maar als ik dat wel zou willen, dan zou het niet met een humeurige klootzak als Lucius zijn. Die waarschijnlijk denkt dat ik ongeschoold wit uitschot ben, en dit ondanks het feit dat hij had gezegd niet met een zilveren lepel in zijn mond geboren te zijn.

De limousine stopt.

Ik bedank Elijah en haast me naar huis. Eenmaal binnen, begin ik te ijsberen terwijl ik de hele situatie overdenk.

Hoe meer ik erover nadenk, hoe meer ik me realiseer hoe groot deze deal is. Om te beginnen kan ik eindelijk naar de universiteit. Of ik kan het nu in ieder geval financieren. Ik moet nog steeds een toelatingsverzoek indienen — en de acceptatie is iets waar ik me zeker zorgen over maak.

Wat ik nu nodig heb, is om dit hele gekke gebeuren met iemand te delen — het liefst met Pearl — maar de stomme NDA staat dat in de weg.

Over de duivel gesproken. Pearl belt me. Natuurlijk doet ze dat. Ze was hier toen Elijah langskwam.

Shit. De NDA betekent dat ik tegen haar moet liegen. Aan de andere kant, als Pearl het idee gelooft dat Lucius en ik daten, dan zal de rest van de wereld dat ook doen.

Ik neem de oproep aan.

"Vertel op," sist Pearl in plaats van een hallo te zeggen.

Ik haal diep adem. "Hij heeft me verteld dat hij me leuk vindt."

Het krijsende geluid dat van Pearls kant van de telefoon komt, is verontrustend. Het is waarschijnlijk mijn vriendin die het geluid produceert, maar het kan ook zijn dat ze op de staart van haar kat is gaan staan.

"Details," eist ze als het geluid afneemt. "Alles."

"Dus... je weet van het artikel?"

"Het artikel dat *ik* je heb laten zien?"

Ah, juist. "Het bleek dat de reden dat het werd geschreven kwam door de aanbiddende manier waarop Lucius naar me keek toen we het gebouw verlieten. Ik heb het niet gezien, maar de journalisten wel, dus nam hij me mee uit om zich te verontschuldigen... en om te zien of ik hem ook leuk vond."

"Zeg me dat je hem ook leuk vindt," fluistert Pearl.

Ik schraap theatraal mijn keel. "Je hebt zijn foto gezien, toch?"

Het kattenstaart gekrijs is terug, deze keer met een aantal ondertonen van een varken dat vastzit. "Je gaat met hem trouwen! Ik kan het voelen."

Met hem trouwen? Het is maar goed dat ze geen heks is, want dat lot klinkt alsof het een vloek zou kunnen zijn.

"We hebben nog niet eens een officiële date gehad," zeg ik geërgerd. "Vandaag telt niet."

"Boe. En ik denk dat je dat ook nog niet hebt afgevinkt? Er zijn zes dates voor nodig voordat je je helemaal geeft, toch? Of is het zeven?"

"Dat is gewoon een reeks toevalligheden."

Ze noemt mijn exen en de details van de zesde dates die tot seks hebben geleid, en tot in detail. Verdorie. Ik zou voorzichtiger moeten zijn als ik haar dingen vertel, aangezien ze nooit iets vergeet, zoals een roddelolifant.

"Ik denk dat iemand net haar vertrouwensprivileges heeft verloren," zeg ik, terwijl ik de oprechte ergernis die ik voel overdrijf.

"Nee. Wacht. Sorry. Ga met hem naar bed wanneer je maar wilt, maar vertel me er alles over."

Tijd voor de genadeklap. "Eerlijk gezegd, schat, heb ik op die afdeling slecht nieuws voor je."

"Nee," schreeuwt ze. "Zeg me niet dat hij je om een NDA heeft gevraagd."

Huh. "Hoe wist je dat?"

"Omdat hij een verdomde miljardair is, en ik heb *Fifty Shades* gelezen. Maar ik kan het niet *niet* weten. Kun je hem voor mij geen uitzondering laten maken?"

"Ik heb het geprobeerd," zeg ik. "Hij zei nee... althans voor nu. Als het uiteindelijk goed komt, wie weet."

"Nee!" schreeuwt ze, als Darth Vader aan het einde van *Revenge of the Sith* klinkend. "Heb je die shit al ondertekend?"

"Nog niet, anders had ik je niet kunnen vertellen wat ik heb."

"In dat geval heb ik wat sappige details nodig, of anders."

Ik krab op mijn achterhoofd. "Ik denk dat hij mijn voeten echt leuk vindt." Dat is geen complete leugen, denk ik.

"O! M! G! Jij geluksvogel. Je gaat alle voetmassages krijgen die je wilt!"

Godzijdank heb ik Pearl nooit verteld dat voetmassages me opwinden, anders zou ze zo flippen dat iemand een exorcisme zou moet uitvoeren.

"Ik moet je mee uit winkelen nemen," zegt ze dringend. "We nemen een pedicure, kopen een enkelbandje voor je halen, een teenring, wat open schoenen —"

"Tuurlijk," zeg ik, omdat ik weet wanneer weerstand zinloos is. "Wat dacht je van later vandaag?"

Het zou eigenlijk wel leuk zijn als mijn voeten er goed uitzien voor de volgende keer dat ik Lucius ontmoet.

Pearl vertelt me hoe laat ze komt en hangt op.

Ik sta tegenover El Duderino. Aangezien de NDA geen gesprekken met cactussen dekt (althans ik hoop van niet), vertel ik *hem* in detail wat er echt is gebeurd.

Gast. Dat is zo metal. Wat als die Lucius een sukkel is? Je wordt eigenlijk betaald om lekker te eten.

Ik zucht.

Misschien is het niet zo erg. Voor nu zal ik me op het beste deel concentreren: de mogelijkheid van een diploma in plantenkunde.

Als ik mijn laptop open, ga ik naar een map met vooraf voorbereide bladwijzers en bekijk ik de aanvraagvereisten voor de Universiteit van Californië-Irvine, California State Polytechnic University en een paar andere hogescholen in de buurt die een plantenkundeprogramma hebben.

Dan besef ik me iets anders. Oorspronkelijk wilde ik naar een lokale school, omdat ik me niet kon veroorloven mijn bedrijf achter te laten. Nu, gezien hoeveel geld ik voor de fartlek ga krijgen, zou ik kunnen overwegen om de staat te verlaten.

Met dat in het achterhoofd, onderzoek en bookmark ik gretig de meest veelbelovende hogescholen. Gezien mijn middelbare schoolgemiddelde van een zeven min, heb ik geen grote hoop als het om chique scholen zoals Harvard en Cornell gaat, maar sommige staatsscholen met zeer goede plantenkundeprogramma's kunnen binnen mijn bereik zijn, zoals de Universiteit van Florida of de Universiteit van Washington.

Hoe meer ik echter naar hun toelatingsvereisten kijk, hoe meer ik me realiseer dat mijn middelbare schoolgemiddelde misschien ook voor hen niet genoeg is. Wat klote is, gezien het feit dat het me met mijn dyslexie *veel* moeite heeft gekost om daar te komen. Het niveau van inspanning zonder sociaal leven.

Ik zucht weer. Hopelijk zal mijn opstel de toelatingsambtenaren overtuigen, samen met het feit dat ik mijn eigen bedrijf run. Het is een soort buitenschoolse activiteit.

Tegen de tijd dat Pearl me appt om me te laten

weten dat ze beneden is en dat het 'shoptijd' is, zijn mijn ogen wazig van het zo lang naar het scherm staren.

Ik sluit de laptop en kijk naar El Duderino.

"Ik geloof dat het tijd is dat ik een uitrusting voor mijn voeten ga halen."

Hoofdstuk 16

Lucius

Zoals altijd na een grote maaltijd hack ik mijn biologie door een wandeling te maken om mijn bloedsuikerspiegel te verbeteren, stress te verminderen en me te helpen om te slapen. Aangezien dit Malibu is en ik een privéstrand in de buurt heb, ga ik daarheen.

Halverwege mijn bestemming gaat mijn telefoon.

Het is Eidith.

Ik neem de oproep aan en luister afwezig naar een paar updates.

"Dat is alles wat ik heb," zegt ze en ze geeft daarmee aan dat de updates voorbij zijn.

Maar ze hangt niet op.

Dat is vreemd, dus ik vraag, "Weet je zeker dat er niets anders is?"

"Nou... het gaat over morgen."

Ik wou dat dit een videogesprek was, zodat ik boos naar haar kon kijken als dit gaat over waar ik denk dat het over gaat. "Ik ben het niet vergeten." Eidith heeft het op zich genomen om voor mijn reputatie te zorgen, wat dat ook mag zijn. In dit geval weet zelfs ik dat een no-show voor een fundraiser een sociale misstap zou zijn.

"Geweldig," zegt ze. Haar stem klinkt vreemd. "Zul je iets leuks dragen?"

Aangezien ik geen video heb, laat ik irritatie in mijn stem sijpelen. "Een pak, stropdas en nette schoenen, zoals altijd."

Gaat dit over die keer dat ik mijn voet had bezeerd in de sportschool en sneakers droeg naar die vergadering met —

"Je zult vast je geweldige zelf zijn," tjilpt ze. "Ik was gewoon —"

"Ik moet gaan," zeg ik, omdat ik bij de ingang van het strand aan ben gekomen.

"Tot morgen," zegt ze, weer raar klinkend, en ze hangt dan op.

Ik zet mijn telefoon uit en loop het strand op.

Terwijl mijn voeten van het warme zand genieten, kan ik het niet helpen om over mijn ontmoeting met Juno na te denken. Vooral over het feit dat het veel minder vervelend was dan mijn gebruikelijke interacties — inclusief telefoongesprekken — met mensen. Heel veel minder. Meestal ben ik het met Oscar Wilde eens die had gezegd, "Mensen zijn verschrikkelijk. Iemands zelf is de enige samenleving die mogelijk is." Maar in dit

114

geval wilde ik niet dat onze gezamenlijke maaltijd zou eindigen.

En — het kan mijn verbeelding zijn geweest — maar Juno was tegen het einde veel aardiger geweest. Alsof er misschien een vibe in de lucht hing...

Nee. Wat denk ik in vredesnaam?

Ze gedroeg zich aardiger vanwege het vooruitzicht om geld te verdienen — en dat daardoor haar dromen uitkwamen. Wat we gaan doen is volkomen nep, en ik moet dat altijd onthouden, hoe verleidelijk ze ook is.

Trouwens, ik had niet tegen haar gelogen toen ik zei dat ik niet aan vriendinnen doe. Maar als ik dat zou doen, dan zou ik niet iemand kiezen die me zo opwindt. Het laatste wat ik wil is dat biologie over mij heerst, in plaats van andersom.

Mijn telefoon pingt.

Het is een e-mail van Eidith gemarkeerd als "Hoge prioriteit."

Blijkt dat ze vandaag een videogesprek kon regelen met de landeigenaar van Florida, zoals ik had gehoopt.

Geweldig.

Ik meld me bij Elijah en hoor dat hij Juno heeft afgezet en al bij de ingang van het strand op me wacht.

———

"Dus we hebben een deal?" vraag ik aan de landeigenaar — een man die een decennium ouder is dan oma terwijl hij mentaal scherper is dan sommige jonge middenmanagementtypes waar ik in mijn bedrijf mee te maken heb.

Op de verweerde huid rond zijn bleke ogen zitten rimpels. "Noem me ouderwets, maar ik wil nog steeds graag oog in oog met iemand staan voordat ik een belangrijke beslissing als deze neem."

Oog in oog? Ik sta er niet om bekend beleefd te zijn of zo, maar zelfs ik weet dat het een slechte zet voor me zou zijn om iemand van deze leeftijd te vragen om naar mij toe te komen. Dat betekent een reisje naar Florida. Ik neem het in overweging. Hoewel ik inspecteurs het land heb laten onderzoeken en ik alles wat ik nodig heb via drones heb gezien, is het misschien geen slecht idee om het allemaal met mijn eigen ogen te zien. Novus Rome is belangrijk genoeg.

"Een persoonlijke ontmoeting klinkt als een geweldig idee," zeg ik en ik werk dan alle details met hem uit.

Net als ik het videogesprek beëindig, gaat mijn iPhone over.

Het is oma die belt, dus ik neem op.

"Lucius, lieverd, wat is er nieuw op het datingfront?" vraagt ze.

Je draait er niet omheen, hè? "Ik heb met Juno van een heerlijke lunch genoten," zeg ik. "En morgen gaan we samen naar een inzamelingsactie."

Nu we het daar toch over hebben, ik vraag me af of ze haar kleren heeft ontvangen? Misschien moet ik —

"Wanneer ga je ons voorstellen?" vraagt oma.

Ik heb hier al over nagedacht, en hoe langer ik het kan uitstellen, hoe beter. Juno en ik hebben wat tijd nodig om wat dingen uit te werken. Daarom heb ik een sluwe strategie voorbereid die Eidith waardig is.

"Ik wilde het daar met je over hebben, oma," zeg ik. "Wanneer denk *jij* dat het een goed idee voor haar zou zijn om je te ontmoeten? Of voor mij om haar mijn moeder te laten ontmoeten?"

De lijn wordt stil. Ik kan me bijna de bedachtzame uitdrukking op het gezicht van mijn grootmoeder voorstellen.

Uiteindelijk zucht ze. "Hoe graag ik haar ook snel zou willen zien, je wilt dit deel van de relatie niet overhaasten. Voor deze jonge vrouwen is het ontmoeten van de familie een grote stap en we willen haar niet afschrikken."

Hoewel mijn plan werkt, voel ik me schuldig in plaats van triomfantelijk. "Oh, oma. Ik weet zeker dat *jij* haar niet bang zou maken."

"Laten we dat risico maar niet nemen," zegt oma vastberaden. "Ik heb er lang op gewacht dat je iemand zou vinden. Ik kan nog wel wat langer wachten."

Hmm. Denkt ze dat als ik Juno zou verliezen, ik er nog achtendertig jaar over zou doen om een vriendin te krijgen?

"Houd me op de hoogte van de voortgang," vervolgt ze. "Ik beslis wanneer de tijd rijp is... tenzij *zij* erover begint."

Zo. Ik heb net genoeg tijd voor mezelf gewonnen.

"Hoe voel je je?"

Ze grinnikt. "Geweldig. Ik weet niet wat het is, maar mijn suiker en bloeddruk zijn nog nooit zo laag geweest, mijn rugpijn is weg zonder medicatie te gebruiken, en zelfs mijn stoelgang was vandaag die van een twintigjarige."

Als dit allemaal in het rapport van haar bodyguard wordt bevestigd en blijvend is, dan wil ik misschien voor altijd met Juno 'daten'.

"Ik kan maar beter gaan," zegt oma. "Aleksy neemt me mee naar zijn favoriete Poolse restaurant."

"Oké, veel plezier," zeg ik terwijl ik besluit om het salaris van de bodyguard te verhogen.

"Bel me de ochtend na de inzameling," zegt oma. "En zorg ervoor dat je foto's maakt."

Als ze ophangt, besef ik dat foto's nemen een goed idee is. Sterker nog, ik zal iemand inhuren om flatterende te maken. Als bonus, zal het voor de paparazzi die hun tijd verspillen door mij te stalken moeilijk zijn om die van hen te verkopen. Wie gaat er voor iets betalen dat gratis te verkrijgen is?

Een alarm trekt mijn aandacht.

Ah. Het is de tijd die ik voor mezelf heb vrijgemaakt om aan Novus Rome te werken.

Ik glimlach. Afgezien van met mijn fretten spelen, kom dit het dichtste in de buurt van leuke vrije tijd.

Ik ga op mijn loopbandbureau staan, wek mijn computer, en open de Novus Rome-map.

Waar wil ik me vandaag op concentreren? Moet

het de contactloze betaling zijn voor het zelfrijdende autoteam? Weg- en straatverlichtingssensoren? Het onderling verbonden digitale gezondheidssysteem voor de ziekenhuizen en dokters? Gratis ultrasnel internet dat duizenden hectaren beslaat?

Nee. Ik kan maar beter de nieuwe variabele overwegen die Florida is.

Er zullen nu alligators in het meer van Central Park zitten, dus kleine honden zullen aangelijnd moeten worden. Belangrijker nog, omdat er in Californië nog nooit een orkaan aan land is gekomen, had ik daar geen rekening mee gehouden, maar nu moet ik wel.

Zoals gewoonlijk doe ik mijn eigen diepe duik in een probleem voordat ik experts op dat gebied inhuur. Op deze manier kan ik niet zo gemakkelijk in de richting van een inferieure oplossing worden misleid.

In dit geval beslis ik na uren van onderzoek dat het geluk aan mijn kant staat. De ronde huizen die we van plan zijn te bouwen zijn niet alleen aardbevingsbestendig, energie-efficiënt en zuinig in termen van interieur tot buitenruimte, maar ze zouden vanwege de manier waarop hun vorm met wind interageert het ook extreem goed moeten doen in een orkaan.

Ik hoor mijn gebruikelijke 'ga slapen'-alarm.

De tijd vliegt altijd voorbij als ik Novus Rome plan.

Voordat ik mezelf van het scherm dwing te gaan,

controleer ik of Juno's outfit en schoenen zijn afgeleverd.

Ja. Ik heb de bevestiging, evenals een gespecificeerde ontvangst, waarmee ik mezelf shockeer door het te onderzoeken. Alsof ik bezeten ben, bekijk ik alle items — inclusief het ondergoed — en stel ik me voor hoe Juno er uit zal zien als ze hen aan heeft.

Fuck. Ik moet hieruit komen, anders breng ik misschien het laatste wat ik nodig heb naar boven.

Weer een natte droom met een Juno-thema.

Hoofdstuk 17

Juno

DIRECT NA HET ONTBIJT GA IK MET MIJN EERSTE UNIVERSITEITSAANVRAAG AAN DE SLAG. Te beginnen met de Universiteit van Florida, omdat hun website dingen noemt als kassen, een herbarium en de Etnoecology Garden.

Ik bedank saguaro nog een keer voor de geweldige uitvinding dat de personal computer is. Het maakt het leven voor iemand met mijn aandoening zoveel gemakkelijker, omdat het dingen op het scherm hardop kan voorlezen en gewoon over het algemeen instellingen heeft die alles een stuk makkelijker voor me maken om te lezen. Had mijn openbare school me maar niet gedwongen om dingen met papier te doen. Helaas had Arnold Schwarzenegger in zijn rol als gouverneur zijn initiatief voor digitale leerboeken nog niet gelanceerd. Als ik op de middelbare school tekst-naar-spraak had gehad, dan was ik misschien als beste

van de klas afgestudeerd, wat mijn universiteits-
aanmeldingen enorm zou hebben geholpen.

Ik werk onvermoeibaar, en pauzeer alleen om een
kort gesprek met El Duderino te hebben.

*Gast, zorg ervoor dat je me als een referentie
vermeldt. Het zal indruk maken op die gasten.*

Tegen de lunch realiseer ik me dat het invullen van
universiteitsaanvragen een langer proces is dan ik
dacht, ook al heb ik al mijn vereiste informatie, zoals
mijn scores en aanbevelingsbrieven, al klaar. Ik heb ook
een essaysjabloon, maar uiteindelijk moet ik een
heleboel veranderingen aanbrengen om het aan de
vragen aan te passen die het UF beantwoord wil
hebben.

Ik ben net klaar met de aanvraag als mijn deurbel
gaat.

Raar.

Ik verwacht niemand. Het tegenovergestelde zelfs.

Ik doe de deur open.

Er staat een groep modieus geklede mensen voor
mijn deur.

"Wie zijn jullie?" vraag ik aan een man met een
regenboog-Mohawk.

"Ik ben hier om je haar te doen," zegt hij. Hij wijst
naar de dame naast hem, wiens outfit me aan een
discobal doet denken. "Zij is je visagiste."

Verbaasd doe ik een stap achteruit om ze binnen te
laten. Dit komt duidelijk bij Lucius vandaan. Moet ik
blij of beledigd zijn?

Ik krijg geen kans om te beslissen.

De Mohawk-man beveelt me om me voor het evenement aan te kleden, zodat zijn werk later niet wordt verpest.

De groep geeft me nauwelijks privacy als ik mijn nieuwe kleding aandoe, en dan blijkt dat een van hen er alleen maar is om ervoor te zorgen dat ik er goed uitzie in mijn outfit en aanpassingen te doen waar dat nodig is.

Als ik eindelijk in de keukenstoel zit die als 'mijn plek' is aangeduid, daalt de bonte groep op me neer als aasgieren op een dood dier dat langs de weg ligt.

———

De middeleeuwse marteling — sorry, make-over — duurt een decennium voordat mijn deurbel gaat.

"Oh, nee," zegt de man met de Mohawk. "We hebben geen tijd meer."

De discobal dame onderzoekt mijn gezicht zoals ik dat bij een pot met schimmel besmette grond zou doen. "Het moet maar zo."

Ik doe de deur open en mijn adem stokt als ik Lucius in me op neem. Hij ziet er extra sexy uit en ik weet niet waarom. Ik bedoel, de laatste keer dat ik hem zag, was hij ook in een maatpak met een stropdas gekleed, was gladgeschoren, en ga zo maar door.

"Heb je je haar laten knippen?" flap ik eruit.

Mohawk snakt naar adem en draait zich naar Lucius. "Ben je bij iemand anders geweest?"

Lucius fronst. "Geen ander kapsel. Ik heb er alleen wat gel in gedaan."

De Mohawk kijkt geschokt. Ik denk dat zijn haar verzorgen niet in het gebruikelijke repertoire van Lucius zit.

Lucius geeft Mohawk en de rest van de groep genoeg geld om een salon te openen. "Dat was het voor vandaag."

Zich aan het geld vastklampend, maakt het make-overteam zich uit de voeten.

Lucius tilt een kleine, turquoise gekleurde boodschappentas op die hij vasthoudt. "Ik heb iets voor je."

Op het eerste gezicht, denken mijn hersenen dat er "tip any & co" op de tas staat. Maar nee, het is allemaal één woord voor de &, en de P is een F. En dan krijg ik een openbaring. Dat is 'Tiffany & Co.,' als in —

"Ik hoop dat het bij je outfit past." Lucius reikt in de tas en haalt er een doos uit die dezelfde turquoise kleur heeft als de tas.

Ik staar terwijl het deksel opengaat en een ketting onthult die bezaaid is met genoeg diamanten om een kleine stad te vormen. "Heb je sieraden voor me gekocht?"

Hij haalt de bling eruit. "Eén punt voor je observatievermogen."

Ik sta daar sprakeloos, terwijl hij achter me gaat staan en de ketting om mijn nek hangt.

Heilige saguaro. Zijn vingers strelen langs mijn nek en sturen vonken van genot naar mijn tepels en meer. "Alsjeblieft," mompelt hij, zijn adem warm op de bovenkant van mijn hoofd. "Nu zie je er goed uit."

Geschokt stap ik weg van zijn nabijheid, kijk naar de spiegel die aan de voordeur is bevestigd en kijk naar mezelf.

Yep. Als de rol die ik speel die van de vriendin van een miljardair is, verdienen Lucius en zijn team een Oscar voor kostuumontwerp.

"We moeten gaan," zegt Lucius. "Maar geef me eerst een rondleiding door je huis."

Een rondleiding? Ik draai me om en bekijk mijn kleine studioappartement. Denkt hij dat er verborgen kamers zijn of zo? Of dat het een TARDIS-situatie is waar iets ruimer is dan het lijkt?

Met een gnuif, gebaar ik naar links. "Dat is de keuken." Ik wijs naar mijn opklapbed dat ook dienst doet als bank wanneer het niet wordt gebruikt. "Dat is de slaapkamer en de woonkamer. En als laatste, maar zeker niet de minste, mijn cactus." Ik lach naar El Duderino. "Einde van de tour."

"Oh." Hij kijkt naar de enige andere deur in mijn huis. "Dat leidt niet naar meer kamers?"

"Alleen als je een badkamer als een kamer beschouwt," zeg ik. "En ja, ik heb veel geld uitgegeven zodat mijn toilet niet alleen in het midden van alles staat."

Hij loopt naar de badkamerdeur en gluurt naar binnen.

Shit. Heb ik geen onsmakelijkheden laten rondslingeren? Gezien hoe onverstoord hij eruitziet als hij de deur sluit, waarschijnlijk niet.

"Laten we gaan," zegt hij en hij loopt naar de voordeur.

Hij houdt op weg naar buiten en als we bij de limo komen de deur voor me open — een bewijs dat je in één woedend-makend pakket zowel onbeleefd als een heer kunt zijn.

We zitten tegenover elkaar en hij biedt me een drankje aan.

Wauw, hij speelt echt op het heer-gedeelte in.

"Bedankt," zeg ik overduidelijk wanneer hij het aan me geeft, zodat hij het woord misschien op een bepaald moment aan zijn woordenschat zal toevoegen.

We drinken onze drankjes in ongemakkelijke stilte. Dan zegt hij, "Wat voor soort hond ben je?"

Ik verslik me bijna in mijn champagne. "Wat?" Noemt hij me nu met een omweg een teef?

Hij zucht, alsof mijn reactie onredelijk is. "Als we honden waren in plaats van mensen, welk ras zou jij dan zijn?"

"Hoezo?" vraag ik — dat is slechts het topje van de ijsberg voor zover mijn vragen gaan.

"Het is gewoon een vraag om elkaar te leren kennen."

Ik houd mijn hoofd schuin. "Weet je het zeker?"

Hij haalt zijn telefoon tevoorschijn en laat me het scherm zien. "Ik heb er online een paar opgezocht."

Heeft hij zich hierop voorbereid? Ik scan de lijst met vragen. Wauw. Degene die hij heeft gekozen was niet eens de ergste. Er zijn parels zoals: "Als je onzichtbaar was, wie zou je dan bespieden?" en "Welke geur vind je het ergst?"

Ik adem uit van ergernis. "Als ik dit stomme spel *moest* spelen, dan zou ik een chihuahua kiezen."

Hij knikt goedkeurend. "Kefferig, klein en gemeen — dat klopt wel."

Zal ik een clausule in ons contract verbreken als ik mijn champagne in zijn gezicht gooi? "Ik heb voor een chihuahua gekozen vanwege de Chihuahuawoestijn, de thuisbasis van de Mexicaanse vuurvatcactus en Arizona-regenboogcactussen."

Hij nipt van zijn drankje. "Het zijn eigenlijk cacti, geen cactussen."

Mijn nekharen komen omhoog. Of is het de haren in mijn nekti? Dyslexie of niet, deze weet ik. "Je vindt beide spellingen in het woordenboek, dus waarom zou iets een uitzondering zijn als dat niet nodig is?"

Over het algemeen genomen, zou de Engelse taal gemakkelijker voor me zijn om te lezen als die regelmatiger was.

Lucius staart me boos aan. "Wat bedoel je met

'uitzondering'? Cactus is van Latijnse afkomst en heeft aan het eind een 'us'. Het is stimulans en stimuli, niet stimulansus. Bacillus en bacilli, geen bacillussen. Locus en loci, niet locussen."

Ik rol met mijn ogen. "Is grammatica-nazi het meervoud van 'grammatica nazus?'"

"Dat slaat nergens op," zegt hij.

"En cacti ook niet."

Hij zucht. "Goed dan. Wil je de volgende vraag?"

"Nee. Je hebt nooit gezegd wat voor soort hond jij bent." Waarschijnlijk een pitbull, of een ander ras dat bekend staat om zijn slechte temperament.

"Rottweiler," zegt hij trots.

Huh. Ik zat er zo dichtbij. "Niet te trainen en slecht gehumeurd? Dat klopt helemaal."

"Dat zijn misvattingen," zegt hij. "Rottweilers dienen mensen al tweeduizend jaar. Ze werden in het oude Rome gebruikt."

Ik gnuif. "Wat dacht je ervan als ik de volgende kennismakingsvraag kies?"

Hij begint me zijn telefoon te geven, maar ik schud mijn hoofd. "Een normale vraag."

Hij trekt een wenkbrauw op. "Normaal? Jij? Tuurlijk. Wat is de vraag?"

"Wat is je favoriete kleur?" vraag ik.

Ongetwijfeld zwart, zoals zijn ziel.

Hij kijkt me in de ogen. "Honing."

"Dat is nogal vaag," zeg ik. "De kleur van honing varieert op basis van de nectar van de plant die de bijen eten. Oranjebloesemhoning is lichter, terwijl avocado donkerder amberkleurig is."

"Licht amber," zegt hij. "Wat is jouw favoriet?"

"Groen," zeg ik zonder aarzeling.

Hij knikt. "Wat voor een aspirant-botanist zou je anders zijn?"

Wacht, hoe weet hij —? Oh, tuurlijk, het dossier.

"Mijn beurt weer," zegt hij. "Als het om huisdieren gaat, ben je dan een hondenmens, een kattenmens of een frettenmens?"

"Hoeveel van je vragen zijn hondengerelateerde vragen? Nee, schrap dat, wat voor soort persoon is een frettenpersoon?"

"Ik." Een vleugje van een glimlach vormt zich om zijn lippen. "Ik heb er drie."

"Fretten?" Moet ik hem vertellen dat hij meer op een hagedissenman lijkt? Of iemand die eigenaar is van een haarloze kat met de naam Mr. Bigglesworth?

"Is dat je volgende kennismakingsvraag?" vraagt hij.

"Waarom niet?"

Hij vertelt me over zijn moeder die hem met de fretten had opgezadeld en het nuttige feit dat Romeinen ze hadden gebruikt om op muizen te jagen.

Ik krimp ineen. "Heb je muizen?" Ik ben geen fan van muizen, ratten, mollen of eekhoorns. Ze eten allemaal cactussen.

"Geen muizen. Alleen fretten."

Mooi. "Wat voor soort films vind je leuk?" vraag ik.

"Het is mijn beurt om een vraag te stellen."

Ik kreun. "Goed dan. Ga je gang."

"Als je keer op keer heel hard naar dezelfde muziek zou moeten luisteren, wat zou dat dan zijn?"

"Dat is sowieso een makkie," zeg ik. "Metallica."

Zijn ogen worden groot. "Dit ga je niet geloven." Hij pakt een afstandsbediening en geeft hem aan me. "Zet het volume hoger."

Ik doe wat hij zegt en de vertrouwde riffs van *Enter Sandman* knallen uit de speakers.

Dat is waar ook. Hij was in de lift naar ze aan het luisteren. Hoe kon ik dat vergeten? Ik zet het volume lager voordat de drang om te headbangen te sterk wordt. Dat zou mijn zorgvuldig ontworpen kapsel verpesten, en ik heb het gevoel dat als de Mohawk-kerel een foto van zulke wreedheid zou zien, hij me zou opzoeken en mijn hoofd zou scheren.

"Ze zijn ook mijn favoriet," zegt Lucius. "Ik ben gewoon verbaasd dat *jij* ze leuk vindt."

Ik knijp harder in de steel van mijn glas. "Hoezo?"

"Je ziet eruit alsof je Justin Bieber leuk vindt," zegt hij zonder aarzeling.

Als geweld nergens het antwoord op is, waarom lijkt het dan alsof ik er heel erg van zou genieten? "En jij ziet eruit alsof je Ariana Grande leuk vindt."

"Touché." Hij trekt zijn das recht. "Hoe ben je bij Metallica terechtgekomen?"

Ik nip van de champagne. "Ik probeerde erachter te komen welke muziek mijn cactus prettig vond. Het meeste was zoals verwacht — The Beach Boys en andere surfrock. De verrassende was Metallica. Na een tijdje begon ik het ook leuk te vinden — dat wil zeggen, Metallica, niet het surfgedoe."

Hij staart me aan alsof ik zelf in een stekelige plant ben veranderd. "Je cactus?"

"Ja. Ik heb hem tijdens de 'tour' aan je voorgesteld. "

Hij schudt met zijn hoofd. "Ik besefte niet hoe belangrijk *hij* voor je was. Dan zou ik beter hebben opgelet."

"De volgende keer moet je dat doen. Niemand die me kent, zou onze fartlek geloven als je anticactus was."

Hij knikt. "Ik zal dat in gedachten houden."

Neemt hij me in de maling? Misschien niet. "Hoe ben *jij* bij Metallica terechtgekomen?" vraag ik.

"Mijn moeder is een grote fan, dus ik heb ze veel gehoord toen ik opgroeide." Hij zet zijn glas neer, een beetje te ruw. "Ze beweert zelfs dat ze een relatie had met een lid van de band, hoewel vertaald vanuit mama die iets zegt, betekent dat waarschijnlijk een one-night-stand."

Wauw. Er is daar veel om naar te vragen, maar voordat ik de kans krijg, stopt de limo en doet Elijah zijn magische truc-achtige deuropeningsroutine.

"We zijn er," zegt Elijah als we uitstappen.

'Er' is toevallig de parkeerplaats van het California Science Center, een plek waar ik slechts één keer en zo lang geleden ben geweest dat ik me nauwelijks iets herinner, behalve hoe cool het gebouw er aan de buitenkant uitziet.

Tot mijn grote schrik grijpt Lucius me bij de hand.

Oh. Mijn. Saguaro.

Terwijl hij me naar binnen leidt, voelt het alsof mijn handpalm een orgasme krijgt... en dan misschien gaat exploderen. Ik begrijp deze reactie niet. Helemaal niet.

Tuurlijk, zijn hand is groot en warm en zo, maar ik mag hem niet eens.

Onze bestemming is een hangar waar de spaceshuttle Endeavour hangt. Iemand heeft grote ronde tafels onder de shuttle gezet, met bloemen en mooie stoelen en andere chique spullen.

Lucius leidt me naar een tafel onder de linkervleugel van de shuttle en trekt een van de twee overgebleven lege stoelen naar achteren.

Een beetje overweldigd, ga ik zitten en bedank hem.

Een blonde, extreem gepolijste en klassiek mooie vrouw zit een paar stoelen verder. Ze bekijkt me met koude nieuwsgierigheid. De glitterrijke, chique omgeving lijkt haar natuurlijke habitat te zijn, terwijl ik als een woestijncactus in een moeras moet opvallen.

Wanneer Lucius gaat zitten, richt ze haar aandacht op hem — en ik vind de bewonderende uitdrukking op haar gezicht helemaal niet prettig.

"Hoi," zeg ik met onechte vrolijkheid tegen haar. "Het lijkt erop dat we de enige meisjes aan tafel zijn."

De deftige man links van me grinnikt.

De vrouw rukt haar blik weg van mijn date. "Hallo. Ik geloof niet dat we aan elkaar zijn voorgesteld."

Verdorie. Ik had me niet gerealiseerd dat het mogelijk is om als 'oud geld' te klinken, maar ze beheert dat kenmerk perfect.

Lucius gebaart naar haar. "Juno, dit is Eidith. Ze werkt voor me."

Hmm. 'Voor' is beter dan 'onder' hem werken, denk ik.

"Dat is Eidith met een extra 'i'," zegt Eidith.

Waarom extra letters aan woorden of namen toevoegen?

"Eidith, dit is Juno, mijn vriendin," vervolgt Lucius.

Wauw. Zodra ze het V-woord hoort, gaat Eidiths gezicht door een caleidoscoop van uitdrukkingen. Schok, teleurstelling en ongeloof zijn het begin, gevolgd door een opstel dat neerkomt op:

Zulk uitschot hoort niet bij iemand die zo rijk en succesvol is als Lucius. Alleen een raszuiver lid van de één procent hoort dat te zijn. Iemand als ik, Eidith met een extra 'i'.

Het meest indrukwekkende deel is hoe snel dat allemaal weg is, vervangen door een glimlach die je in een woordenboek naast 'koele beleefdheid' zou kunnen vinden.

"Het is erg leuk je te ontmoeten, Juno," zegt Eidith, die zo serieus klinkt dat ik me bijna afvraag of ik me haar eerste reactie heb ingebeeld.

"Het is ook leuk om jou te ontmoeten," zeg ik.

Een ober nadert met een dienblad met drankjes, dus iedereen pakt een glas.

"Hoe hebben jullie elkaar ontmoet?" vraagt Eidith met schijnbaar oprechte nieuwsgierigheid.

Shit. Waarom hebben we ons niet op zoiets fundamenteels voorbereid?

"We zaten vast in de lift," zegt Lucius.

Huh. Met de waarheid meegaan. Moedig.

Eidith houdt haar parels vast. "Tijdens die kelderbrand?"

"Ja," zeg ik. "Ik had het koud en hij gaf me zijn jas."

"En toen klikte het," zegt Lucius.

Já, het klikte hard, dat is zeker.

"Een lichtpuntje na een ramp," zegt Eidith en ze klinkt opnieuw alsof ze het meent.

Serieus, heb ik haar verkeerd beoordeeld?

"Precies," zegt Lucius. "Toen we buiten kwamen, moeten de verslaggevers onze vibe hebben opgepikt, dus hebben ze een artikel over ons geschreven. Heb je het niet gezien?"

Te oordelen naar de blik op Eidiths gezicht, heeft ze het niet gezien, maar had ze het wel moeten zien.

Voordat Lucius meer over onze ontmoeting kan

liegen, komt er een horde obers met dienbladen van voorgerechten die ze op tafel zetten.

"Staat dit ding aan?" zegt iemand op het grote podium — een beroemdheid wiens naam ik me niet kan herinneren.

Terwijl de ruimte rustiger wordt, zegt de beroemdheid, "Heel erg bedankt dat jullie zijn gekomen om de kinderen te steunen."

Kinderen? Ik vroeg me al af waar die inzameling over ging.

Terwijl ik luister, pak ik een gevuld ei en een cracker met kaviaar.

Het blijkt dat we hier zijn om technologie naar de klaslokalen in de buurten te brengen die het hard nodig hebben — een griezelig toeval gezien mijn verlangen over tekst-naar-spraak eerder vandaag.

Terwijl ik van het podium terug naar mijn bord kijk, kijk ik nog een keer goed.

Het grootste deel van mijn ei is weg, net als alle kaviaar. Alleen de vulling van het ei en de cracker zijn nog over.

Wat voor de duivel?

Ik gluur stiekem naar de dikke man naast me. Hij eet andere hapjes. Trouwens, er liggen meer eieren en kaviaar op tafel, dus waarom zou je van mijn bord stelen?

Misschien was het Eidith? Ze is zo dun dat ze wel wat extra eten kan gebruiken. Maar nee. Ze zit te ver weg om er ongemerkt mee weg te komen.

Ach ja. Ik pak nog wat en let goed op mijn bord. Nee. Ondanks dat deze hangar een ruimtethema heeft, is er geen wormgat dat toevallig mijn bord met een ander sterrenstelsel verbindt. Zowel kippen- als viseieren blijven liggen tot ik ze opeet.

"En nu verwelkomen we iedereen op de dansvloer," zegt de beroemdheid, en er begint clubmuziek te spelen.

Zit Eidith hoopvol naar Lucius te kijken?

Oh, nee, dat ga je niet. Als er iemand met mijn nepvriendje danst, dan ben ik het.

Alsof hij mijn gedachten leest, laat Lucius zijn lippen naar mijn oor zakken en vraagt in een sexy fluistering, "Wil je dansen?"

Hoofdstuk 18

Lucius

Juno knippert een paar seconden met haar lange wimpers naar me voordat ze opstaat. "Tuurlijk."

Ik leid haar naar de dansvloer, waar al een paar andere stellen dansen. Het nummer dat de DJ speelt moet van Ariana Grande zijn, omdat het een vrouwenstem is en Juno als een gek grijnst terwijl ze tegen me zegt, "Dit is je favoriet."

Ik ben meestal geen fan van dansen, maar Juno zien bewegen maakt het karwei verrassend draaglijk. Het moet haar stralende glimlach zijn. Of de manier waarop haar ronde heupen bewegen. Of de schittering in haar honingkleurige ogen. Of het feit dat haar snel bewegende voeten moeilijk te negeren zijn. Nu we het daar toch over hebben, heeft ze altijd een enkelband en teenring gehad?

Ik trek mijn blik terug naar haar gezicht. Ze heeft

dezelfde vrolijke glimlach als eerder. Plotseling verbleekt ze en kijkt ze naar iemand links van ons. Haar glimlach verdampt, en wordt door een diepe frons vervangen.

"Wat is er?" Ik volg haar blik en zie een saai stel: een louche uitziende man van mijn leeftijd en een vrouw die duidelijk een van die vervelende erfgenamen is met een trustfonds en zo'n zelfingenomen houding dat het een paard zou kunnen doden.

"Dat is mijn ex," zegt Juno met een licht verstikte stem. "Met zijn nieuwe vrouw. De rijkere en slimmere upgrade."

Rijker? Wie boeit dat? Slimmer? Ik betwijfel het ten zeerste. Ere waar ere toekomt, Juno's geest is vlijmscherp.

De louche man ziet ons, en om welke reden dan ook, lijkt hij meer naar mij te kijken dan naar Juno terwijl hij zijn vrouw naar ons toe sleept.

Wat voor hel is dit?

"Juno," schreeuwt hij over de muziek heen wanneer ze dichtbij genoeg zijn. "Wat doe jij hier?"

"Ze is mijn date," antwoord ik en ik probeer mijn best te doen om een houding uit te stralen die zegt "laat ons nu verdomme met rust".

De man lijkt op de rand van kwijlen te staan. "Jij bent Lucius Warren, toch?"

Zoals gewoonlijk kan ik zien wat hij echt zegt, en

het is: *jij bent die man die iets voor me kan doen. Alsjeblieft, wees die man. Alsjeblieft.*

"Dat is hij," zegt de vrouw stralend. "Ik zei toch dat hij het was."

"Wat doe jij hier?" eist Juno.

De ex haalt zijn schouders op. "Dit doel is belangrijk voor de vrouw."

Gaat het echt om het doel, of gaat het om je optutten en je tussen de juiste mensen mengen?

Juno ziet er net zo sceptisch uit als ik me voel. "Nou," zegt ze. "Leuk om jullie twee tegen het lijf te lopen."

Vertaling uit beleefde taal:

Het is klote, dus ga weg.

"Ik heb gehoord dat je voor een geheim project dokters vraagt," zegt de ex tegen me, zijn kraaloogjes stralen.

En daar is het dan. *Mag ik alsjeblieft meedoen met het Novus Rome-project? Alsjeblieft.*

"Dat is waar," zeg ik. "Maar wat gaat jou dat aan? Ik ben op zoek naar de *beste* artsen."

Is het duidelijk dat ik 'en jij bent niet een van hen' impliceer. Yep. Gebaseerd op de grote ogen van Juno en de vrouw van de man, komt de boodschap door. De ex moet het ook snappen, want hij ziet eruit alsof hij overweegt om een klap uit te delen.

Ik geef hem een blik die zegt, *Ja, alsjeblieft. Goed idee. Zorg ervoor dat naar dit feest komen mijn tijd waard is geweest.*

Helaas krabbelt hij terug. "We kunnen jullie beter met z'n tweeën laten dansen," zegt de eikel tegen Juno. "Laten we even knuffelen en —"

"Knuffelen?" Mijn handen ballen zich in vuisten.

Hij doet een stap achteruit. "Ik ben een knuffelaar."

Juno rolt met haar ogen, maar knikt. "Dat is altijd zo geweest."

"Ik ben een mepper," zeg ik. "Gaan we vandaag onze natuur verwennen?"

De ex draait zich op zijn hielen om en loopt weg. Zijn vrouw snuift verontwaardigd en volgt.

"Holbewoner," zegt Juno tegen me, maar de glimlach in haar ogen verraadt haar.

Ik durf te wedden dat ze blij is dat haar ex er als een eikel mee wegkwam.

"Laten we de dans hervatten," zeg ik.

Ze knikt en op dat moment verandert de muziek in een traag nummer.

"Dit is onze kans om iedereen te laten zien dat deze fartlek echt is," fluister ik in haar oor.

"Je hebt gelijk." Haar uitdrukking is onleesbaar als ze dichterbij komt. "Laten we ze iets geven om te onthouden." Daarmee legt ze haar onderarmen op mijn schouders.

Fuck. Haar nabijheid is bedwelmend.

Aan de andere kant, misschien kan ik dit als een kans gebruiken om mezelf te trainen om mijn biologische driften te weerstaan. Ik leg mijn handen op haar heupen, trek haar dichterbij en begin op het ritme van de muziek te bewegen.

Dubbel fuck. We zijn amper begonnen, en ik verlies nu al de strijd tegen mijn lichaam.

Ze ruikt gewoon te lekker, en in de amberkleurige diepten van haar ogen kijken, is te hypnotiserend.

Kan ze mijn enorme erectie voelen?

Haar Mona Lisa-glimlach laat ook niets zien.

Ze gaat op haar tenen staan om met haar lippen bij mijn oor te komen. "Je bent een goede danser."

"Is dat zo?" Mijn pik trilt bij het gevoel van haar warme adem en mijn stem is veel te hees als ik zeg, "Dat is nieuw voor me."

Ze knikt en kijkt me aan. "Waar heb je het geleerd?"

Ik dwing mezelf om me te concentreren. "Ik dans soms met mijn oma."

Ze kijkt beledigend verrast. "Is dat zo?"

"Ja. Waarom niet? Is er iets aan mij dat zegt 'haat zijn oma'?"

Ze likt als een gek aan haar lippen. "Nee. Sorry. Ik had alleen niet verwacht dat je dat zou zeggen."

Verdomme.

Haar lippen roepen me, zoals die sirenes die zeelui laten verdrinken.

Ik trek haar dichterbij, en ze lijkt het niet erg te vinden.

Ik leun voorover zonder het te willen, en ze —

Fuck.

Ik verstijf en kijk opzij.

Is dat wat ik denk dat het is?

Yep. Er rent een harig schepsel over de dansvloer en die houdt een stuk gevuld ei vast.

Ik moet het me verbeelden.

Ik knijp met mijn ogen.

Nee.

Dat is Blackbeard, een van mijn fretten.

Hoofdstuk 19

Juno

Heilige saguaro.

Lucius stond op het punt om me te kussen.

En ik denk dat ik het hem zou hebben laten doen.

Gelukkig stopte hij, en het idee moet hem nu echt afstoten — althans dat is hoe ik interpreteer dat hij me liet gaan en nu zo aandachtig onder ieders voeten staat te staren.

"Ik ben zo terug," zegt hij en hij begint naar het podium te lopen.

Huh?

Hij pakt een microfoon en roept, "Iedereen, stilstaan! Beweeg nog geen centimeter. Mijn fret is op de dansvloer ontsnapt, en als iemand op hem stapt, zal ik persoonlijk met al mijn advocaten op jou trappen."

Bij de stekels van saguaro. Iedereen blijft inderdaad staan waar hij of zij is, de muziek stopt, en er gebeuren veel dingen tegelijk.

"Zei hij *wilde rat*?" schreeuwt de nieuwe vrouw van mijn ex en ze springt op de dichtstbijzijnde stoel.

Ik ben er vrij zeker van dat hij 'fret' zei, gezien het feit dat hij fretten bezit. Hoe dan ook, bij het woord 'rat' begint een vrouw als een banshee op crack te gillen, en een man van middelbare leeftijd springt op een stoel, die onmiddellijk omvalt. Er volgt meer geschreeuw, en tientallen vrouwen gooien hun rokken omhoog, als sloeries in een western saloon. Anderen klimmen op hun stoel, en een paar bijzonder behendige socialites eindigen op tafels. Alle anderen blijven bevroren staan, hetzij in shock of als gevolg van de dreiging van Lucius.

Vanuit mijn ooghoek zie ik een harige schaduw terwijl hij onder een nabijgelegen lege tafel duikt.

"Daar!" schreeuw ik voor Lucius, en ren dan naar — hopelijk — de fret toe.

Als ik bij de tafel aankom, is er geen schepsel te zien, maar ik zie wel een stuk ei met fretachtige bijtwonden.

Dus dit is er met mijn kaviaar en eiervoorgerecht gebeurd. De fret moet het gepakt hebben.

Lucius haast zich mijn kant op. "Blackbeard!"

"Hij is er niet," roep ik terug. Heeft hij zijn fret Blackbeard genoemd? Dat is als het arme wezen *vragen* om problemen te veroorzaken. Maar misschien heeft hij de fret zo genoemd *nadat* hij hem had leren kennen.

Ik kijk verwoed om me heen. Iedereen die niet op

een stoel of tafel zit, staat nog steeds bevroren en kijkt vol afschuw onder zijn voeten.

Dan zie ik hem. "Blackbeard staat op het podium!"

Lucius moet me gehoord hebben, want hij sprint daarheen, net als ik.

Ondertussen pakt Blackbeard met zijn tanden de kabel die aan de microfoon is bevestigd en trekt eraan.

De microfoon begint om te vallen.

Oh nee.

Wat als hij de —

Oef.

De metalen staaf mist de fret op een centimeter en raakt de grond met een oorverdovende krijs die ervoor zorgt dat iedereen zijn handen over zijn oren doet.

In tegenstelling tot de mensen lijkt Blackbeard meer geïntrigeerd dan bang te zijn. Hij haast zich naar de microfoon, en te oordelen naar de daaropvolgende knarsende geluiden, probeert hij hem op te eten.

Ik ren de trap op die naar het podium leidt, en Lucius doet hetzelfde aan de andere kant.

Dit is het dan.

We hebben het beest in het nauw gedreven.

We bespringen hem.

Onze lichamen botsen tegen elkaar. De hand van Lucius landt op mijn borst, maar de fret ontsnapt en maakt opgewonden geluiden.

"Sorry," zegt Lucius, achteruit strompelend. "Dat was per ongeluk, ik zweer het."

"Het geeft niet," lieg ik. Mijn tepel staat duidelijk

naar voren waar hij me heeft aangeraakt, en mijn ademhaling is meer dan een beetje onstabiel — en niet alleen van de frettenjacht. "Laten we hem pakken."

We volgen Blackbeard naar de andere kant van de kamer, waar hij stopt en naar de spaceshuttle opkijkt.

Zijn gedachten zijn niet moeilijk te lezen:

Argh! Als ik daar binnen kon komen, zou ik de allereerste ruimtepiraat kunnen zijn. Buitenaardsen en roofdieren zouden in hun hout rillen — wat dat ook mag betekenen — en over de ruimteplank lopen.

Ik beweeg me langzaam, bang dat ik opgemerkt word. Terwijl ik langs een tafel in de buurt loop, pak ik een gevuld ei.

Achter de fret kruipt Lucius ook dichterbij, maar zonder aas.

Als ik drie meter bij hem vandaan ben, kijkt de fret me recht aan met een ondeugende blik in zijn ogen.

"Hé, kleine haarbal." Ik laat het ei tussen ons in vallen. "Kom deze sappige buit maar halen."

Piraten houden van een buit, toch?

Wacht, waarom kijken mensen naar mijn kont?

Whatever. Het goede nieuws is dat het lokaasidee heeft gewerkt. Blackbeard haast zich naar het ei en kijkt me af en toe voorzichtig aan. Wat de arme fret niet beseft is dat ik een afleiding ben.

Net als hij het ei doorslikt, grijpt Lucius hem van achteren vast.

"Tijd om deze naar huis te brengen," zegt Lucius,

terwijl hij zijn kleine vriend voorzichtig, maar stevig vasthoudt.

Ik volg ze naar de limo.

Als we er eenmaal in zitten, vraagt Lucius, "Vind je het erg als ik hem eerst naar huis breng?"

"Natuurlijk niet," zeg ik. "Mag ik hem vasthouden?"

Lucius krabbelt Blackbeard even, wat me een beetje jaloers maakt. "Vind je het erg om te wachten tot we in de kas zijn? Die is fretbestendig... althans, dat dacht ik."

Mijn lippen vormen een glimlach. "Hoe denk je dat hij eruit is gekomen?"

Lucius tilt zijn schouders op. "Ik heb voordat ik vertrok met ze gespeeld. Dus misschien is hij toen in mijn jaszak gaan zitten?"

Ik raak de prachtige ketting aan. "Had je de tas van Tiffany's bij je?"

Hij kijkt Blackbeard respectvol aan. "Je hebt gelijk. Hij moet in die tas zijn gekropen en zich vervolgens ergens in deze auto hebben verstopt."

Ik grinnik. "Dat is een mooi iets aan mijn cactus. Hij blijft waar hij is."

Lucius aait de vacht van zijn fret met een lichte oogrol. "Niet zo leuk om aan te raken, je cactus."

"Maar hij kan levengevende zuurstof produceren, dus dat is een voordeel."

Lucius lijkt niet overtuigd te zijn, maar gelukkig

verandert hij van onderwerp. "Wil je het 'leer elkaar kennen'-spel blijven spelen?"

Ik zucht. "Tuurlijk. Wat was de volgende vraag op die geniale lijst die je hebt opgegraven?"

Terwijl hij de fret met één hand vasthoudt, haalt hij met de andere zijn telefoon tevoorschijn en werpt er een korte blik op. "Geef je de voorkeur aan feestballonnen of clowns?"

Ik wacht op de clou die nooit komt. Zelfs de fret lijkt, "Waarom is dat relevant?", te denken.

Ik adem uit. "Ballonnen, denk ik. Clowns zijn eng."

"Dat zijn ze nu, maar dat waren ze niet door de geschiedenis heen — waar ze veel van hebben. Zelfs in het oude Rome hadden ze *stupidus* — een soort clown. Ik wed dat het John Wayne Gacy en Pennywise van *It* waren die clowns eng hebben gemaakt. Misschien de Joker ook."

Ik neem het in overweging. "Nee. Ik hield als kind al niet van clowns — zonder aan seriemoordenaars of fictieve kwaadaardige clowns blootgesteld te zijn. Ik denk dat het door hun rare outfits en make-up kwam."

Lucius tilt Blackbeard naar zijn gezicht en wrijft met zijn stoppelig uitziende wang tegen de vacht van de fret. "Wat wilde je me vragen?"

Ik staar hem aan. Ben ik aan het hallucineren, of is dit het minst klootzakachtige wat ik een man ooit heb zien doen? Ik bedoel, wat schattigheid betreft, is het gelijk aan een man die een baby knuffelt, en Lucius moet dit regelmatig doen, omdat Blackbeard het leuk lijkt te vinden. De fret sluit van genot zijn ogen. Als hij een kat was, dan zou hij spinnen.

Dit is niet wat ik van Lucius had verwacht. Helemaal niet.

Ik raap mijn geklutste hersenen bij elkaar. "Wat is je favoriete film?"

Hij gnuift. "Waarom is deze vraag beter dan die op de lijst waarover je hebt lopen zeuren?"

Ah, de lullige Lucius is terug... of hij is nooit weggeweest. "Ik wed dat ik van het antwoord veel over je kan leren."

"Goed dan," zegt hij. "*Gladiator*. Wat zegt dat je?"

Ik grijns. "Dat we iets gemeen hebben. Ik ben dol op die film. Het zegt me ook dat je net als ik Russell Crowe sexy vindt. Nietwaar?"

Was dat een hint van een glimlach? "Nee," zegt Lucius. "Maar hij heeft wel geweldig geacteerd en de film is de beste van alle films die ik Rome heb zien uitbeelden."

Boem. Een verzameling van zijn andere antwoorden flitst door mijn hoofd, samen met die stomme liftknoppen. "Je houdt *echt* van het oude Rome, hè?"

"En jij houdt echt van cactussen. Dus?"

Ik steek mijn tong uit — een gebaar dat de fret onmiddellijk nadoet voordat hij een stapje verdergaat en de wang van Lucius likt. "Het laat gewoon zien hoeveel ik dankzij deze ene vraag over je te weten ben gekomen."

Lucius gebruikt zijn schouder om het speeksel van de fret van zijn gezicht te vegen. "Jij wint. Ik zal toekomstige afspraakjes naar hun favoriete film vragen. Ben je nu tevreden?"

Nee. Helemaal niet. Ik haat het idee van hem met toekomstige dates... dat wil zeggen, met andere mensen. "Waarom Rome?" vraag ik, gretig om mijn irrationele reactie te maskeren.

Hij drukt de fret tegen zijn borst alsof het kleine wezen een baby is. "Mijn moeder nam me mee daar naartoe als ze er zin in had. Voor haar bleek het gewoon een andere fase te zijn. Bij mij is het blijven hangen."

Er lijkt hier iets onuitgesproken te zijn, vooral gezien de suggestie dat zijn moeder een one-night-stand heeft gehad met een van de leden van Metallica.

"Zijn jij en je moeder close?" vraag ik.

Zijn lippen worden strak. "Nu niet meer."

"Oh?" is het enige waarmee ik durf te antwoorden.

Zijn staalkleurige ogen worden hard. "Ze heeft me achtergelaten toen ik acht was om de wereld rond te reizen. Een moeder zijn was gewoon een andere fase voor haar. Mijn grootmoeder heeft me opgevoed. Maar genoeg over mij. Waarom hou je zo van cactussen?"

Ik heb het gevoel dat ik de kwestie van zijn moeder beter met rust kan laten. "Waarom zou ik niet van cactussen houden?"

"Omdat je er spijt van zou kunnen krijgen om er een aan te raken?"

Er liggen een aantal onaardige woorden op het puntje van mijn tong, maar gezien wat hij net over zijn moeder heeft verteld, slik ik ze in. "Je vergist je. Cactussen zijn geweldig. Ze zijn taai. Ze gedijen waar andere planten niet eens zouden durven te groeien. Ze hebben verborgen diepten in zich. Je ziet boven de grond misschien een paar centimeter van een cactus, maar de wortels kunnen zich twee meter diep bevinden. Ondanks hun stekels, hebben cactussen onder de juiste omstandigheden, de mooiste bloemen. En ze —"

De limo stopt voor lange, smeedijzeren poorten.

"Bijna thuis," zegt Lucius terwijl de poorten uit elkaar glijden, waardoor ik een glimp krijg van een landhuis dat eruitziet als een museum voor moderne kunst.

Ik fluit. "Heb je de ontwerpen voor het Getty Center gestolen?"

Hij verstevigt zijn greep op de plotseling opgewonden Blackbeard. "Mijn huis is zowel op het Getty Center als de Getty Villa geïnspireerd."

Klinkt logisch. J. Paul Getty was een miljardair uit de vorige eeuw, dus waarom zou hij hem niet als rolmodel gebruiken?

De limo doorkruist de prachtige binnenplaats tot hij naast een groot koepelvormig gebouw stopt.

"Daarbinnen," zegt Lucius terwijl Elijah de deur opent. "Ik denk dat je de kas leuk zult vinden."

We stappen uit, en zodra we door de deur in die kas stappen, begint Blackbeard te blaffen — en een koor van geblaf weerklinkt terug.

In een waas van vacht arriveren er nog twee fretten en ze beginnen met elkaar te dollen.

"Hebben jullie je zorgen gemaakt over Blackbeard?" vraagt Lucius aan hen en hij zet het harige wezentje zachtjes op de grond.

Als antwoord hierop knabbelt de ene fret aan Blackbeards kont, en de andere aan de schoen van Lucius. Dan beginnen de fretten vrolijk achter elkaar aan te jagen.

"Dat zijn Caligula en Malfoy." Lucius wijst naar elke fret. Er zit een duidelijke toon van vaderlijke trots in zijn stem.

"Geweldige namen. Je hebt een piraat, een krankzinnige tiran en een volbloed zwadderaar."

Moet ik vermelden dat de vader van Draco Malfoy Lucius heette?

Nee. Dat weet hij vast wel.

Lucius grinnikt. "Ik heb met het idee gespeeld om er nog een te nemen. Als ik dat doe, dan noem ik die Fluffy."

Ik grijns. "En het zal de slechtste blijken te zijn."

De ogen van Lucius blijven op mijn gezicht hangen. "Wil je de rest van de kas zien?"

Dat wil ik, en hij leidt me door de gigantische

ruimte. Elke hoek heeft een kattenbak, vermoedelijk voor de fretten. Persoonlijk ben ik meer geïntrigeerd door de overvloed van plantensoorten, zoals kalanchoë, peperomia, slangen- en spinnenplanten, vlinderorchideeën — de lijst gaat maar door.

Als we terugkomen bij de ingang, zegt Lucius, "Als je dit leuk vond, dan is er iets dat je buiten in de tuinen moet zien."

Heeft hij ook nog tuinen? Ik vecht tegen de drang om op en neer te springen. "Ja, graag."

Hij laat mij eerst gaan, sluit dan voorzichtig de deur en zorgt ervoor dat hij zeker weet dat de fretten binnen zijn.

Ik volg hem door rijen duizendblad, berendruif en prairiemalva tot we onze bestemming bereiken.

Het is een cactustuin.

Ik snak van ontzag naar adem.

Een majestueuze schoonmoedersstoelcactus. Prachtige vijgcactus. Mooie zeeëgelcactus. En ga zo maar door.

"Kijk jullie knappe wezens eens," zeg ik terwijl ik ze stuk voor stuk bekijk, en even vergeet waar ik ben.

Lucius valt naast me in de pas. "Dus je speelt niet alleen Metallica voor cacti? Praat je ook met hen?"

"Cactussen," zeg ik. "En ja, dat doe ik. Heb je daar een probleem mee?"

Hij kijkt me serieus aan. "Ik vind het schattig."

Mijn buik voelt fladderend aan, als een cactusbloem die bestoven wordt door een kolibrie.

Ik maak mijn lippen vochtig. "Is dit nog een inspiratie uit het Getty Center?"

Hij houdt zijn hoofd schuin. "Hoe dat zo?"

Ik knipper met mijn ogen naar hem. "Heb je de cactustuin daar nog nooit gezien? Dat is de mooiste plek in heel LA." Ik wend me tot zijn cactussen. "Of de op-één-na mooiste."

Hij bekijkt zijn cactussen alsof hij ze voor het eerst ziet. "Ik denk dat ik de tuinontwerper die ik voor mijn huis heb gebruikt, zal inhuren om met Novus Rome te helpen."

Ik trek met tegenzin mijn blik weg van de majestueuze wezens die zijn cactussen zijn. "Novus Rome?"

Zijn ogen worden groot. "Heb ik je niet over Novus Rome verteld?"

"Nee."

"Kom, laat me je een rondleiding geven, en dan zal ik het uitleggen."

Dus dat doet hij, en voor zover ik het kan begrijpen, zal Novus Rome een futuristische slimme stad zijn die precies volgens Lucius nauwkeurige specificaties zal worden gebouwd en gerund. Hij legt niet uit waarom hij dit wil, maar ik denk dat het komt omdat het de ultieme power trip is. Ik heb altijd gedacht dat als je rijk genoeg bent, je voor God wilt spelen.

Tijdens de uitleg krijg ik ook de zogenaamde thuis van Lucius te zien — een belachelijke vertoning van rijkdom die van beton en glas gemaakt is. Elke kamer is met een Latijnse inscriptie gelabeld, die Lucius vertaalt als de Zonnekamer, het Atrium, enzovoort. Het is niet verwonderlijk dat er veel galeriekamers zijn die aan alles wat met Rome te maken heeft zijn gewijd. Ze doen me aan vleugels in een natuurhistorisch museum denken. Iets interessanter is de Metallica-kamer, waar Lucius parafernalia toont die bij de band hoorden, het grootste deel gesigneerd. Telkens als ik het vraag, blijkt dat het object in kwestie voor een echt obscene prijs op een veiling is gekocht.

Hij stopt met praten als we een grote reeks deuren bereiken, met een woord in één van hen geëtst die mijn hersenen als "Cumbilubecube" waarneemt. Lucius leest het als *Cubiculum*, wat niet veel logischer is, maar whatever.

"Waar ga je Novus Rome bouwen?" vraag ik. "Op een onbewoond eiland?"

Hij stopt en kijkt me aan. "Op een schiereiland. Je hebt misschien van de plaats gehoord. Hij heet Florida."

Ik gnuif. "Sinaasappels en zonneschijn?"

"Die bedoel ik. Ik ga een episch stuk grond niet ver van Gainesville kopen."

"Vervloekt! Ik heb me net bij de Universiteit van Florida aangemeld, die zich in Gainesville bevindt."

Hij lacht flauwtjes. "Dubbele vervloeking dan — ik vlieg er morgen heen."

"Is dat zo?" Ik vind het moeilijk om de jaloezie uit mijn stem te houden.

Zijn ogen glinsteren. "Waarom ga je niet mee?"

Ik knipper met mijn ogen naar hem. "Mee op zakenreis?"

"Waarom niet?"

"Om te beginnen, omdat ik geen vliegticket heb."

Hij wuift dat weg. "We zouden met mijn vliegtuig vliegen."

Natuurlijk heeft hij een privéjet. Die werd standaard bij dit landhuis geleverd.

"Ik wil me niet opdringen." Het is moeilijk om te klinken alsof ik het meen, omdat ik absoluut, heel graag met een privéjet zou willen vliegen om de UF-campus te bekijken.

"Je zou je niet opdringen," zegt hij. "Het zou ons de kans geven om elkaar beter te leren kennen. Ik doe zelden iets productiefs als ik vlieg, dus het zou perfect zijn."

"Dus... Ik zal je entertainment tijdens de vlucht zijn." Shit. Klonk dat vies?

Hij kijkt me met een vreemde uitdrukking aan. "Is dat een ja?"

"Ja." Ik schraap mijn plotseling droge keel. "Zullen we de rondleiding voortzetten?" Ik knik naar het Cubiculum.

"Ik weet niet zeker of het netjes is om daar naar binnen te gaan," zegt hij met een frons. "Dat is mijn slaapkamer."

"Allemachtig." Ik hou heel theatraal de diamanten ketting vast. "En zonder chaperonne? Ondenkbaar."

Hij mompelt iets binnensmonds en gebaart dan naar een kamer die we nog niet hebben bezocht. "Zullen we naar de studeerkamer gaan?"

"Tuurlijk. Wat komt er daarna — de wijnkelder? Of de lounge? De kluis, misschien?"

"Als je wilt," zegt hij, zijn uitdrukking bloedserieus. "Ik ben geen grote wijnkenner, dus mijn kelder is vrij klein."

Ja, tuurlijk. Hij is waarschijnlijk groter dan mijn hele appartement.

Als we de studeerkamer binnengaan, realiseer ik me dat het misschien wel de meest bescheiden kamer in het hele landhuis is. Ik zie een bank, een boekenplank, een mooi tapijt en een pilaar bedekt met een prachtige vaas van cameo-glas — waarschijnlijk uit het oude Rome. Het lijkt het enige waanzinnig kostbare ding in de kamer te zijn... tenzij alle boeken eerste edities zijn en ondertekend door de auteurs. Of als de poten van de bank van diamanten zijn gemaakt. Of als tapijt van gouddraad is gemaakt en daarna overgeschilderd.

Ik kijk om me heen terwijl ik heel duidelijk met mijn wenkbrauwen frons. "Waar is de kamer met het zwembad?"

Hij fronst. "Je hebt het zwembad gezien."

"Nee, degene die gevuld is met goud waar je in zwemt. Je weet wel, zoals Dagobert Duck?"

Hij stapt naar me toe, ogen glanzend van het lachen of van ondeugendheid. "Wist je dat Caligula — de historische figuur, niet mijn fret — zoiets deed? Hij legde goud op de grond en waadde er dan doorheen, of hij liep er met blote voeten overheen." Hij kijkt naar mijn voeten terwijl hij dit zegt, en als het idee is om die historische figuur te kanaliseren die beroemd is om zijn onverzadigbare libido, dan doet hij het griezelig goed.

Mijn adem versnelt, ik doe een stap achteruit en struikel over de rand van het tapijt.

Shit!

Ik zwaai met mijn armen en probeer iets vast te pakken om mijn val te breken. Mijn hand slaat tegen de vaas en laat hem vliegen, maar het helpt niets om mijn kont tegen te houden om met de vloer in contact te komen.

Behalve dat het niet zo onvermijdelijk is.

Vlak voordat mijn stuitbeen het harde marmer kust, vangen krachtige handen me en kijk ik in het bezorgde gezicht van Lucius, zelfs als een luide knal mijn oren bereikt.

Oh shit. De vaas.

Te oordelen naar het geluid, ligt hij in stukjes.

"Ik heb je," mompelt Lucius, de opluchting is in zijn stem te horen.

"Maar de vaas niet," zeg ik naar adem snakkend en sla mijn armen om zijn sterke nek. In zijn omhelzing spreken is verrassend moeilijk, vooral omdat hij me nog steeds in een semi-horizontale positie houdt, alsof hij de tango met me danst.

"Maak je daar geen zorgen over," zegt hij zonder aarzeling. Om de een of andere reden lijkt hij geen haast te hebben om me rechtop te zetten en me los te laten.

Ik bevochtig mijn lippen. "Maar... was hij duur?"

Zijn metallic kleurige ogen blijven in de mijne kijken, de glans in hen is hypnotiserend. "Onbetaalbaar."

Slik. Ik weet niet zeker of het de val of het schuldgevoel is, maar ik voel me een beetje zweverig. Sta ik op het punt om flauw te vallen?

"Gaat het?" vraagt hij, ongetwijfeld omdat mijn lichaam in zijn armen is verslapt.

Ik staar naar hem terwijl ik een antwoord probeer te bedenken. Aan de ene kant, zijn gespierde arm die mijn rug vasthoudt, voelt geweldig. Aan de andere kant voel ik me vreselijk over het oude artefact dat ik heb geruïneerd, zelfs hoewel het hem niet lijkt te interesseren. Aangezien ik mezelf niet kan vertrouwen om niet te gaan brabbelen, antwoord ik met een verkorte versie — een ademloze "Ik ben in orde".

Hij zet me eindelijk rechtop, en ik word me hyperbewust van het traject van onze lippen. Vooral de kleine correcties die ik moet maken om ze op een ramkoers te zetten. Ze zijn maar een paar centimeter van elkaar verwijderd. Nu vijf centimeter, twee, één... en gaan.

Bij de ruimte saguaro, NASA zou trots op me zijn.

Als een shuttle die aanlegt bij een ruimtestation, komen onze lippen op elkaar. Hitte stroomt als een zonnevlam door me heen, en onze tongen dansen, als een planeet en zijn maan. Als monden konden zien, dan zou de mijne sterren, nevels en verre sterrenstelsels bewonderen. Endorfines exploderen als supernova's in mijn hersenen, en ik voel een vochtigheid tussen mijn benen, zoals... eh... iets in de ruimte dat nat is.

Ik krom me tegen hem aan, en iets hard drukt in mijn buik.

Zijn erectie.

Oh shit. Wat zijn we aan het doen?

Ik laat zijn nek los, en ga wankelend achteruit — en het is een wonder dat ik uiteindelijk niet op mijn kont eindig. Of nog iets van onschatbare waarde kapot maak.

Hijgend raak ik mijn lippen aan, en staar naar hem. "Ik... Het spijt me."

De randen van zijn jukbeenderen zijn met een donkere kleur gekleurd, en zijn ademhaling lijkt even ongelijkmatig te zijn. Dan, zelfs als ik kijk, komt er een hard masker over zijn gelaatstrekken. "Ik heb *jou* gekust," zegt hij hard. "Zou *ik* er geen spijt van moeten hebben?"

Heeft hij dat? Ik dacht dat ik hem gekust had. Whatever. Wie het ook begonnen is, we gingen er met een enthousiasme tegenaan die elke regel breekt die we hebben afgesproken.

"Ik denk dat ik moet gaan." Ik kijk stom om me heen — alsof er zich op magische wijze een uitgang van het landhuis in deze kamer zal materialiseren.

"Begrepen." Hij luidt een bel die aan de muur hangt.

Ik knipper met mijn ogen terwijl Elijah bijna onmiddellijk verschijnt. Blijkbaar is het openen van limodeuren slechts een van zijn mythische butler vaardigheden.

"Breng Juno naar huis," zegt Lucius keizerlijk.

Met een kort knikje gebaart Elijah dat ik naar de deur moet gaan.

Ik volg hem, mijn stappen zombieachtig, en pas als ik bij de limo ben realiseer ik me dat ik nooit afscheid van Lucius heb genomen.

Hij heeft mij ook geen gedag gezegd, hoewel hij ter verdediging (als het een verdediging zou kunnen worden genoemd) een onbeschofte klootzak is.

Terwijl de auto in beweging komt, komt de enorme omvang van wat er net gebeurd is bij me binnen, als een stier die een onervaren matador raakt.

Lucius en ik hebben gezoend.

Het beviel me goed.

Het beviel me meer dan goed.

Maar beviel het hem ook? Of beviel het hem niet? Er was een erectie...

Maar waarom schopt hij me er dan uit?

Heeft hij me er wel uit geschopt?

Hoe dan ook, wat dacht ik wel niet? Dat deed ik duidelijk niet. Dat gebeurt er als je eierstokken het werk van hersenen over laat nemen. Gaat onze deal nu niet door? Heb ik onze regeling verpest?

De vragen zwermen de hele weg naar huis en als ik door mijn avondroutine ga door mijn neuronen, maar ik kom met precies nul antwoorden.

Het is pas als ik in slaap val dat er nog één vraag naar boven komt.

Ga ik morgen nog steeds naar Florida?

Hoofdstuk 20

Lucius

Zodra Juno weg is, wil ik mezelf tegen mijn pik slaan — de schuldige voor dit fiasco.

Hmm. Een variatie daarop is misschien geen slecht idee. Ik sla de deur naar mijn slaapkamer dicht en doe hem op slot, voordat ik mijn pik in mijn hand pak — gretig om de seksuele energie vrij te laten voordat er iets in mijn ballen ontploft.

Terwijl ik mezelf daarna schoonmaak, label ik wat er is gebeurd als wat het was: mijn ergste verlies aan de biologie, ooit. En het is niet Juno's schuld — zij kan er niks aan doen dat ze zo heet is. Maar het was *mijn* idiote idee om haar te kleden en daar bovenop op te laten maken, alsof ik mijn zelfbeheersing wilde uitdagen.

Nou, ik heb gefaald. Nu zal ze waarschijnlijk de hele fartlek laten voor wat het is, voordat ik überhaupt de kans heb gekregen om met haar bij mijn oma te pronken.

Misschien is het maar beter zo. Toch is een deel van me teleurgesteld dat ze uit mijn leven zal zijn — een deel dat zonder twijfel gestoord is.

Zoals gebruikelijk voor mij is, kom ik in een oogwenk tot een beslissing.

Ik zal haar niet bellen of appen om te kijken waar we staan. Ik zal Elijah morgenochtend met de auto sturen, alsof er niets is veranderd. Als ze weigert om te gaan, dan zal ik een andere oplossing bedenken.

Daarmee geef ik weer aan de biologie toe door potentieel productieve tijd aan slaap te verspillen.

———

Ik zit achter mijn laptop in mijn jet als er een berichtje van Elijah binnenkomt.

Ze is in de auto gestapt.

De opluchting die ik voel, is onlogisch, maar ik wil het niet te nauwkeurig onderzoeken — en ik concentreer me in plaats daarvan op het werk, want zodra de motoren beginnen te brullen, zal ik me moeilijk kunnen concentreren, zelfs met een koptelefoon die geluid onderdrukt. En Juno's komst kan mijn concentratie ook verstoren.

Ze is er verdomme nog niet eens en ze doet het al.

———

Iemand schraapt haar keel.

Ik kijk op vanaf mijn laptop.

Yep.

Daar is ze.

Juno.

Ze is vandaag veel nonchalanter gekleed, in een jeans, een T-shirt en sandalen, maar ze ziet er nog steeds sexy uit.

Wel afleidend.

"Hallo." Ik sluit mijn laptop — een beleefdheid die ik maar aan een paar mensen heb laten zien.

Ze zet haar handen op haar heupen. "Is dat alles wat je tegen me te zeggen hebt?"

Ik zet de laptop onder mijn stoel. "Hallo... hoe gaat het?"

Haar honingkleurige ogen glanzen als bijensteken. "Dus dat is hoe je het wilt spelen?" Ze lacht dan lief naar me en in een stemmetje dat me aan de manier doet denken waarop ze met planten praat, zegt ze, "Het gaat geweldig, schat. Hoe gaat het met jou?"

Ik zucht. "Gaat dit over wat er gisteren is gebeurd?"

"Oh?" vraagt ze in diezelfde honingzoete toon. "Wat is er gisteren gebeurd?"

"We waren voor onze rollen aan het oefenen. Lijkt me duidelijk." Zo. Een perfecte uitweg.

Ze staart me gedurende een paar seconden aan, en ik kan niet zeggen of ze opgelucht of boos is. Eidith zou het kunnen uitvogelen, maar mij kost het moeite. Ik zou het willen vragen, maar zelfs ik weet dat sommige dingen beter onuitgesproken kunnen blijven.

Uiteindelijk knippert Juno met haar ogen, verbreekt ons oogcontact en vraagt met haar normale stem, "Waar mag ik gaan zitten?"

Hoofdstuk 21

Juno

LUCIUS GEBAART NAAR DE RUIME STOEL TEGENOVER HEM, dus ga ik erheen.

Vanmorgen was een avontuur. Ik kan nog steeds niet geloven dat hij zijn butler naar me toe heeft gestuurd alsof er niets is gebeurd. Maar ik denk dat het logisch is als hij wat er gisteren gebeurde als een soort PDA-oefening beschouwt.

Bij saguaro's naalden, ik heb me nog nooit zo tegenstrijdig gevoeld. Ik zou opgelucht moeten zijn dat de kus niets voorstelde, maar ik kan het niet helpen dat ik een irrationeel gevoel van teleurstelling heb. Ik moet gewild hebben dat het echt was. Of een gek deel van mij wilde dat.

Ik plof gracieus in de leren stoel, en hij voelt als een wolk. Ik negeer Lucius even en scan het luxueuze interieur van de jet.

Verdorie.

Na eersteklas secties op reguliere vliegtuigen gepasseerd te hebben, kan ik dit met hen vergelijken, en het is als een vijfsterrenhotel versus een door ratten geteisterd krot.

"Als je een massage wilt, druk dan gewoon op deze knop." Lucius wijst naar een bedieningspaneel naast zijn elleboog.

Geïntrigeerd doe ik het.

Mijn stoel komt tot leven. Hij laat me achteroverleunen, en de armleuningen en voetensteun openen zich, als drie hongerige alligators.

"Als je een arm- en/of voetmassage wilt, steek dan daar de juiste ledematen in," legt Lucius uit.

Bij de vermelding van een voetmassage, begin ik te blozen. Weet hij nog wat ik toen heb gezegd? Waarschijnlijk — ik herinner me nog steeds dat hij zei dat hij ze graag geeft...

Whatever. Om mijn nieuwsgierigheid te bevredigen, steek ik mijn armen in de armsecties, en dan, na een lichte aarzeling, schop ik mijn sandalen uit en zet mijn voeten in het onderste gedeelte.

Hmm. Bleven de ogen van Lucius een moment te lang op mijn voeten hangen? Als dat zo was, waarom dan? Had ik sokken aan moeten trekken... of heeft het te maken met dat hele voetmassage gebeu —

Wauw. De massage begint en hij is geweldig. Misschien te geweldig — een kreun staat op het punt om aan mijn lippen te ontsnappen.

"Hoe zet ik dit uit?" vraag ik dringend.

Lucius springt uit zijn stoel en drukt op iets op mijn afstandsbediening, waardoor de stoel stopt.

"Gaat het?" vraagt hij, terwijl hij bezorgd boven me uittorent.

Ik trek mijn sandalen weer aan. "Het was te intens. Ik denk niet dat ik tegelijkertijd een gesprek kan voeren en deze stoel kan gebruiken."

Hij gaat terug naar zijn stoel. "Dus... je bent nog steeds bereid om een gesprek te voeren?"

Ik rol met mijn ogen. "Zelfs als dat meer van je domme 'elkaar leren kennen'-vragen betekent."

Hij haalt zijn telefoon tevoorschijn en kijkt naar het scherm. "In dat geval, als je op magische wijze één lichaamsfunctie kwijt zou kunnen raken, welke zou je dan kiezen?"

"Serieus?"

Hij verbergt de telefoon. "Waarom zou ik niet serieus zijn?"

"Omdat lichaamsfuncties buiten de grapjes om meestal geen deel uitmaken van beleefde gesprekken. Tenzij een hersenscheet een lichamelijke functie is, omdat ik denk dat degene die deze vragen heeft gemaakt er een moet hebben gehad." Wat ik niet zeg, is dat Lucius ook een hersenscheet moet hebben gehad toen hij ervoor koos om die vragen te stellen.

Hij wrijft over zijn slapen. "Het juiste antwoord is prima voor een beleefd gesprek."

Is een oogrol een lichaamsfunctie? Want het

gebeurt weer. "En wat is het juiste antwoord? Zweten?"

"Slapen."

Mijn wenkbrauwen springen omhoog — een lichaamsfunctie die je met botox kunt fixen in plaats van magie. "Is slaap wel een lichaamsfunctie?"

"Een essentiële," zegt hij. "Maar omdat we het over magische interventie hebben, zou je gezondheid er niet onder lijden als je het in dit scenario zou opgeven. Slaap is degene om van af te willen komen, omdat het maar liefst een derde van ons leven in beslag neemt."

Misschien is een massage precies wat ik nodig heb om mezelf kalm te houden als ik met hem praat?

"Kennismakingsvragen horen open te zijn," zeg ik. "Als ze goede of foute antwoorden hebben, dan is het een quiz."

"Vraag jij dan iets," zegt hij.

"Oké. Waarom zou je überhaupt van een lichaamsfunctie af willen?"

Hij wrijft over zijn kin. "Dat is een goede vraag. Ik denk dat het mijn afkeer is van biologisch zijn."

Ik staar hem aan. "In tegenstelling tot wat, metafysisch?"

Hij schudt met zijn hoofd. "Een van de dingen waar ik in de toekomst naar uitkijk is om de inhoud van mijn hersenen in een stevigere constructie te uploaden, en dan in een lichaam te leven dat veel beter ontworpen is dan deze vleeszak." Hij kijkt afkeurend naar zichzelf.

Moet ik hem geruststellen dat de vleeszak in kwestie er eigenlijk heel knap uitziet? En dat het de hersenen zijn die erin zitten die wat verbetering kunnen gebruiken — in ieder geval de onderdelen die verantwoordelijk zijn voor sociale vaardigheden?

Nee.

In plaats daarvan vraag ik, "Dus... je zou willen dat je een robot was?"

"Of op zijn minst een cyborg," zegt hij doodleuk.

"En weet je zeker dat je stiekem nog geen robot bent?"

Dat zou veel verklaren.

Hij gnuift. "Als ik een robot was, dan zouden woorden mijn titanium botten niet pijn doen."

Ik kan niet anders dan snuiven. "Als we ervan uitgaan dat een robot — of een cyborg — worden een goed idee is, wat niet zo is, zit de technologie daar dan niet heel ver vandaan?"

Hij schudt met zijn hoofd. "Velen denken van wel, maar ik geloof dat het net om de hoek is. Oma is al een cyborg — ze heeft een cochleair implantaat. En als ze ooit ernstige retinitis pigmentosa zou ontwikkelen, dan zou ik voor haar bionische ogen kunnen krijgen, wat veel mensen al hebben."

Wauw. Bestaan er al bionische ogen? Dat wist ik niet. "Ik begrijp waarom je een gizmo zou nemen om een functie te herstellen, maar je denkt eraan om je lichaam gewoon voor de lol te dumpen." Ik grijns naar hem. "En als je een robot was, zou je geen lol kunnen hebben."

Rolde hij net met zijn ogen naar me? "Vertel me niet dat je een van degenen bent die denken dat het menselijk lichaam perfect is zoals het is."

"Ik zou zeggen dat de lichamen van *sommige* mensen perfect zijn." Mijn verraderlijke, niet-bionische ogen kunnen het niet helpen, maar scannen zijn lange, zeer gespierde gestalte.

"Hoe zit het met de keel?" vraagt hij.

Ik kijk in verwarring naar zijn uiterst mannelijke adamsappel... en met een klein vleugje lust. "Wat is daarmee?"

"Zelfde doorgang voor voedsel en ademhaling," zegt hij met minachting. "Weet je hoeveel mensen er stikken? Hoeveel baby's? En laat me niet eens beginnen over hoe gemakkelijk een nek te breken is — en hoe onherstelbaar de schade is die daaruit voortvloeit."

De nek breken? Ik hoop dat hij het mij niet aandoet door te vragen, "Zal je robotlichaam een blaasgat hebben, zoals een dolfijn?"

Hij is onaangedaan. "Ervan uitgaande dat het lichaam zuurstof nodig heeft, misschien wel. Of misschien heeft hij zonnepanelen, of hij maakt gebruik van fotosynthese."

Oooh, ik hou van het laatste idee. Als ik fotosynthese kon uitvoeren, dan zou ik als een cactus zijn.

Ik wrijf over de achterkant van mijn plotseling nutteloos aanvoelende nek. "Dat is slechts één lichaamsdeel. Waarom zou je van de rest af willen?"

"Dat is nog maar het begin. Onze knieën zijn belachelijk makkelijk te scheuren. Onze smaakpapillen hunkeren naar dingen die slecht zijn voor onze gezondheid. En, in tegenstelling tot de meeste andere dieren, produceren we in ons lichaam geen essentiële voedingsstoffen, zoals vitamine C."

Huh. Ik heb er nooit over nagedacht, maar hij heeft gelijk. Herten eten alleen gras, maar ze hebben nooit een proteïnetekort, en ze nemen nooit multivitaminen. Toch lijkt een robotlichaam overkill.

Dan schiet het me te binnen. "Dit is net als de stad die je wilt bouwen. Je probeert voor God te spelen. Om *alles* onder controle te hebben. "

Hij houdt zijn hoofd schuin. "Je zegt dat alsof het iets slechts is."

Ik weersta de drang om weer met mijn ogen te rollen. "Ik kan niet geloven dat ik dit zeg, maar ik denk dat ik klaar ben voor de volgende vraag."

"Als iemand je zou vertellen dat je een jaar lang gedwongen wordt om één soort voedsel te eten, welk voedsel zou je dan kiezen?"

"Dat klinkt verschrikkelijk," zeg ik en ik pauzeer om even te denken. "Misschien aardappelen. Ik geloof dat ze alles hebben wat ik nodig heb om te overleven. Dat was in ieder geval het geval voor Matt Damon in *The Martian*."

Lucius grijnst. "Ik wilde bananen zeggen, maar ik vind jouw antwoord leuker."

Ons gesprek gaat nog een tijdje in deze richting door. We ontdekken dat hij liever een super hete rode peper eet, terwijl ik voor een colonoscopie kies. Als hij een auto was, dan zou hij een Tesla zijn, terwijl ik een Citroën Cactus zou zijn. En ga zo maar door, inclusief mijn favoriete nieuwtje: als het om het opgeven van persoonlijke hygiëne gaat om onze doelen te bereiken, dan zouden we het allebei doen.

Al snel is het brunchtijd, en het is een gastronomische maaltijd die door een van de privékoks van Lucius bereid blijkt te zijn.

Ja, koks, als in meervoud.

"Als het niet optimaal heeft gesmaakt, dan is het niet de schuld van de chef-kok", zegt Lucius nadat we klaar zijn. "Zelfs met een luchtbevochtiger is de lucht hier koel en droog, waardoor onze smaakpapillen verdoofd raken. Nog een foutje in de biologie, voor het geval je de score bijhoudt."

Ik kantel mijn lege bord naar hem toe. "Als dit een minder smakelijke versie is, dan verdient je chef-kok opslag."

"Ik zal hem je complimenten doorgeven," zegt Lucius. "Heb je nog meer kennismakingsvragen?"

Ik wrijf over mijn uitstekende buik. "Daar zit ik misschien te vol voor."

Hij zucht. "Een andere fout van biologische lichamen — al het bloed wordt voor de spijsvertering gebruikt, waardoor er weinig overblijft voor de hersenen."

Ik gaap. "Wanneer gaan we landen?"

Hij kijkt uit het raam. "Om twee uur Eastern time."

"Wat? Is het het gebrek aan bloed in mijn hersenen, of is dat te snel?"

Hij grijnst. "Dit is een supersonisch jet-prototype. De vlucht duurt minder dan twee uur. De verandering in tijdzones is de enige reden waarom we 's middags landen."

Moet ik verbaasd zijn dat hij de nieuwste en grootste technologische wonderen tot zijn beschikking heeft? De verrassing is dat hij Elijah nog niet door een zelfrijdende limo heeft vervangen.

"Vind je het erg als ik een massage neem?" vraagt hij. "Dat doe ik graag als ik na een maaltijd niet kan lopen."

Ik schud met mijn hoofd. "Ik kan er ook wel een gebruiken."

We activeren allebei onze stoelen, en ik kan het niet helpen om te glimlachen bij de gedachte dat dit een soort van koppelmassage is.

Dan begint de stoel zijn magie te gebruiken, en in combinatie met de heerlijke maaltijd, geef ik uiteindelijk toe aan het genot van die lichaamsfunctie die Lucius zo haat — slapen.

———

Het kost me even om mijn zintuigen op een rijtje te krijgen als ik wakker word.

Oké, ik zit in de supersonische jet, en de massagestoel doet nog steeds zijn ding, wat kan verklaren waarom ik me als pudding voel.

Huh. Lucius ligt in zijn stoel te slapen, maar het vliegtuig beweegt niet meer. Wat leuk. In een gewoon vliegtuig maken ze je wakker als je landt, maar hier niet.

Ik schraap mijn keel.

Lucius knippert met zijn ogen.

"Ik denk dat we er zijn." Ik gluur uit het raam naar een groen veld. "Waar dat ook is."

"Een privéluchthaven," zegt hij. "Kom, de auto staat al op ons te wachten."

En verrassing, de auto blijkt een limo te zijn. Als je zo rijk bent als Lucius, dan weigeren andere soorten auto's om je een lift te geven.

"Wat is het reisschema?" vraag ik als we beginnen te rijden.

"Op dit moment ga ik naar de bespreking waarvoor ik hier ben gekomen," zegt hij. "Ik zou het op prijs stellen als je met me mee zou gaan."

Is dat zo? "Waarom heb je me daar nodig?"

Hij haalt zijn schouders op. "De landeigenaar noemde zichzelf ouderwets, dus ik dacht dat hij zich prettiger zou voelen om tegenover een familieman te staan — of tenminste tegenover iemand die samen met een mooie vrouw is."

Als mijn hart een cactus was, dan zou hij hier en nu bloeien bij de beschrijving van de 'mooie vrouw' die hij zo nonchalant op mijn pad heeft gegooid.

"Oké," verbaas ik mezelf door dat te zeggen. "Ik zal met je meegaan."

Saguaro bijt me. Waarom heb ik dat gezegd? Ik ben hier voornamelijk om de UF-campus te bezoeken.

Ach ja. Ik denk dat het waar is wat ze over de kracht van vleierij zeggen.

———

De bespreking vindt plaats in een statig twee verdiepingen tellend gebouw omgeven door onberispelijke landschapsarchitectuur. Als we de vergaderzaal binnenkomen, zie ik waarom de landeigenaar zichzelf ouderwets noemde. Hij is zo oud dat hij waarschijnlijk ouder is dan de uitvinding van mode.

"Dit is meneer Winston," zegt Lucius.

"Ik sta er nogmaals op," zegt meneer Winston met een glimlach die de groeven en rimpels rond zijn ogen verdiept. "Noem me John."

Lucius knikt. "Sorry... John."

"Aangenaam kennis te maken, *John*," zeg ik. "Ik heet Juno."

"Aangenaam, Juno." John kijkt naar Lucius. "Zijn jullie jongelingen getrouwd?"

"Aan het daten," zegt Lucius.

"Ah," zegt John. "Vroeger deed ik dat ook. Ik heb een hele week met mijn vrouw gedatet voordat we de knoop hebben doorgehakt."

Een week? Dingen gingen wel snel toen je moest trouwen voordat je iets met elkaar kon doen.

"Hoe dan ook." John gaat zitten. "Jullie zijn een mooi stel."

"Bedankt," zeggen Lucius en ik tegelijk en wij gaan ook zitten.

"Zullen we ter zake komen?" zegt Lucius, en hij haalt een map met een aantal papieren tevoorschijn.

Ze beginnen een discussie over enquêtes en ontwikkeling waar ik niet naar luister, totdat een vraag van John mijn oren bereikt.

"Ga je stappen ondernemen om lokale plantensoorten te behouden?" vraagt hij.

"Plantenbehoud," herhaalt Lucius met een frons. "Ik ben niet—"

"Schat, vind je het erg als ik er even tussen spring?" vraag ik. Ik ben misschien niet zakelijk onderlegd, maar planten ken ik.

Lucius gebaart met een open hand. "Alsjeblieft."

Dat is misschien de eerste alsjeblieft die ik hem heb horen zeggen, en het feit dat hij me genoeg vertrouwt om op deze belangrijke zakelijke bijeenkomst te spreken, geeft me gevoelens die ik niet zou moeten voelen.

"Ik weet niet zeker of je je dit realiseert, maar bij stedelijke landschapsarchitectuur worden al zo'n tachtig verschillende inheemse soorten gebruikt, wat betekent dat ze tijdens de ontwikkeling gemakkelijk kunnen worden gered."

"Oh?" Johns witte rups van een wenkbrauw beweegt zich op zijn voorhoofd.

Lucius knikt, alsof dat al die tijd al het plan was. "Ja, daarmee bespaar je op de landschapskosten." Hij kijkt me goedkeurend aan.

Aangemoedigd ga ik verder. "We zouden zelfs ter plaatse een kwekerij kunnen bouwen om de geredde planten op te slaan. Wat niet wordt gebruikt voor Novus Rome kan aan andere ontwikkelaars worden verkocht."

"Fascinerend," zegt John. "Wat zijn enkele voorbeelden van dit soort planten?"

Ik haal mijn telefoon tevoorschijn en doe een zoekopdracht. "Dit is de rode esdoorn." Ik toon de foto aan hen beiden.

"Ik herken hem," zegt John. "Deze zouden goed werken als schaduwplanten."

Ik knik. "Dat zouden ze inderdaad, en vogels en bestuivers zouden ons dankbaar zijn." Ik laat de volgende afbeelding zien. "Dit is Amerikaanse hulst. Hij zou privacy kunnen bieden." Ik zoek er nog een op. "Bosbessen kunnen mooie hagen zijn."

Voordat ik iets in de cactusfamilie kan zoeken, zegt John: "Ontzettend bedankt. Je hebt me gerustgesteld." Hij richt zijn blik op Lucius. "Ik ben klaar om door te gaan met de deal."

Hoofdstuk 22

Lucius

TERWIJL WE TEGENOVER ELKAAR IN DE LIMO ZITTEN, bestudeer ik Juno.

Haar hulp bij de bespreking was geweldig. Ik werd er door overrompeld, ook al had ik dat niet moeten worden. Ze heeft een vlijmscherpe geest en een duidelijke liefde voor planten. Ter verdediging, zelfs een getrainde botanicus zou niet in staat zijn geweest om feiten over Florida's inheemse flora zo gemakkelijk te spuien.

"Weet je zeker dat je voor die graad in plantenkunde wilt gaan?" vraag ik als de limo in beweging komt.

"Hoezo?" Ze ziet er opeens wantrouwend uit. "Denk je dat ik het niet af kan maken?"

Fuck. Heb ik haar op haar tenen getrapt? "Ik zie een diploma als een middel om een doel te bereiken," zeg ik zorgvuldig. "Meestal is het einde ervan iets om op je cv te zetten. Dus wat ik bedoelde was: weet je zeker dat je voor het werk van je dromen meer over planten moet leren? Op basis van wat je tijdens ons gesprek hebt gedaan, kun je misschien naar de volgende stap gaan."

In één ademhaling, gaan haar samengeknepen ogen naar ogen die zo groot als schoteltjes zijn. "Was dat een compliment?"

Ik weersta de drang om in frustratie te grommen. "Was dat niet duidelijk?"

Ze bijt op haar lip. "Niet echt, maar bedankt. Om je vraag te beantwoorden, ik heb niet het gevoel dat ik alles weet wat er over planten te weten valt. Ik betwijfel of ik ooit dat gevoel zal hebben. De meeste banen die ik wil vereisen een diploma, dus ik zou zonder een diploma niet eens voor een sollicitatiegesprek mogen komen. Daarbij" — haar kin trekt naar beneden — "wil ik mijn studie afmaken om te bewijzen dat ik dat kan."

"Dat is dwaas," zeg ik en ik zie haar dan fronsen. Het is duidelijk dat ik weer op haar tenen heb getrapt. Snel voeg ik eraan toe, "Natuurlijk kun je dat."

De stralende uitdrukking op haar gezicht trekt aan iets dat diep in me zit waarvan ik liever had dat het begraven zou blijven. "Denk je dat echt?"

Ik knik.

Ze kijkt naar de vloer van de limousine. "Ik weet het niet zo zeker."

"Hoezo?"

Ze zucht. "Heeft het dossier dat je over mij hebt verzameld mijn dyslexie niet vermeld?"

"Nee," zeg ik. "Maar wat dan nog? Albert Einstein was dyslectisch. Steve Jobs ook. En Henry Ford. Walt Disney ook. Het is een lange, ijverige lijst en ze zijn in het leven allemaal ver gekomen. En dat lang voor dat er tekst-naar-spraak-technologie bestond." Ik pak haar hand en knijp zachtjes. "Ik twijfel er niet aan dat iemand die zo vastberaden en slim is als jij, de universiteit *summa cum laude* af zal maken."

Ze kijkt me stralend aan. "Ik hoop dat je gelijk hebt."

"Ik weet dat ik gelijk heb." Met tegenzin laat ik haar hand los.

Ze kijkt me met een vreemde uitdrukking aan die me aan de kus doet denken die ik uit mijn hoofd probeer te zetten. "Waar gaan we naartoe?"

"Dat is een verrassing," zeg ik.

Haar adem stokt, waardoor ik me realiseer dat ik naar haar borst staar. "Een verrassing?"

Ik dwing mijn ogen omhoog te kijken. "Een verrassing is een gebeurtenis waarbij je niet op de uitkomst anticipeert."

"Ah. Dus een voorbeeld zou een hele minuut zijn waarin jij geen eikel bent?"

Ik zucht. "We gaan naar het Florida Museum of Natural History."

Haar ogen lichten op, als een pot honing die door

een zonnestraal geraakt wordt. "Is dat niet op de campus van de Universiteit van Florida?"

Ik kan een zelfvoldane grijns niet weerstaan. "Ik dacht dat je dat wel leuk zou vinden."

"Dat zou ik geweldig vinden! Kunnen we over de campus wandelen als we er zijn?"

"Natuurlijk." Ik denk dat ik door riolen zou lopen als het betekende dat ik die uitdrukking op haar gezicht zou kunnen laten zitten.

Wacht, wat? Als ik alleen was, zou ik mijn vleeszak-ik slaan... misschien tegen mijn pik — de waarschijnlijke boosdoener van deze dwalende gedachten.

"Bedankt." Ze likt weer aan haar lippen, waardoor het officieel wordt.

Door de verdomde biologie wil ik haar kussen.

Alweer.

Hoofdstuk 23

Juno

LUCIUS STAART ME MET EEN MOEILIJK TE BEGRIJPEN UITDRUKKING AAN.

Heeft hij nu al spijt van het mooie gebaar? Of van zijn eerdere complimenten? Of is dat zijn gezicht als hij last heeft van constipatie?

"Ik moet een aantal werkmails controleren," zegt hij, zijn toon is nors.

"Wat jij wil." Heb ik iets gedaan om hem te beledigen, of is hij gewoon zijn gewoonlijke klootzakzelf?

Hij haalt zijn telefoon tevoorschijn, dus pak ik mijn cd-speler en start mijn audioboek. Op een gegeven moment betrap ik hem erop dat hij minachtend naar mijn apparaat kijkt.

Ah, dat is waar ook. Een beetje gedateerde technologie ergert hem.

Ik had een stoommachine mee moeten nemen.

———

"Dit is geweldig," zeg ik terwijl we de weelderige vlindertuin binnengaan.

De brochure beloofde duizend vlinders en motten van meer dan vijftig soorten, en de vliegende insecten stellen niet teleur.

Ik ben zelfs vergeten dat ik een beetje boos ben op Lucius voor zijn abrupte gedragsverandering in de auto.

"Ja." Hij bekijkt onze kleurrijke, serene omgeving. "Dit alleen al maakt de reis naar Gainesville de moeite waard."

Ik reik naar voren om zijn schouder aan te raken en realiseer me dan dat we niet in het soort relatie zitten dat voor zo'n bekend gebaar gepast is. "Het spijt me dat ze geen spullen met betrekking tot het oude Rome hebben."

"Ik wist dat ze dat niet hadden." Hij draait zich naar me toe, zijn ogen glinsteren duivels. "Geen enkele plek is perfect."

Ik kijk in zijn ogen. Ik slik moeizaam en doe een stap terug voordat ik iets geks doe, zoals mijn lippen tegen de zijne drukken. Toch is mijn stem een beetje hees als ik zeg, "Als ik aangenomen word, dan denk ik dat ik hier de hele tijd naartoe zal komen."

"Wanneer," zegt hij, terwijl hij zich omdraait om een bijzonder spectaculaire orchidee te bekijken. "Niet als."

Er zitten meer vlinders in mijn buik dan in deze tuin. Hij is weer honderdtachtig graden gedraaid, alleen in de tegenovergestelde richting — en ik kan het niet helpen om het in me op te zuigen. Eerst had hij me 'vastberaden en slim' genoemd en nu weet hij zeker dat ik aangenomen zal worden. Meent hij dat? Zou hij het zeggen als hij dacht dat het niet zo was? Hij is zeker niet het type om te liegen om aardig te lijken.

Hij kijkt me op dat moment aan, en onze ogen vangen elkaars blik weer op. Mijn hartslag gaat omhoog, het ritme is plotseling onstabiel. Ik zie subtiele blauwe vlekjes in zijn staalgrijze ogen en mijn ademhaling wordt oppervlakkig terwijl verontrustende warmte zich door mijn lichaam verspreidt. Ik slik moeizaam als mijn blik op zijn lippen valt, waarvan de strenge curve zachter lijkt nu ze iets geopend zijn.

Gaat hij me weer kussen? Zal ik hem het laten doen?

Ik slik weer en zwaai naar hem toe — om vervolgens op te springen wanneer luide stemmen plotseling in mijn gehoor dreunen. Geschrokken draai ik me om en zie dat een onstuimige groep jonge mannen de tentoonstelling is binnengekomen.

Ugh. Ze hebben niet alleen een kus onderbroken, maar ze ruiken ook naar een brouwerij en dragen T-shirts met wat de Griekse letters *Alpha*, *Pi* en *Epsilon* lijken te zijn — en met een afbeelding van een aap.

Over apen gesproken, zo klinken ze — als chimpansees die met uitwerpselen gaan gooien.

"Aspiranten," zegt Lucius, waardoor het als een vies woord klinkt.

Als om dat te bevestigen, schreeuwt een van hen, "Dit zijn de rupsaspiranten!"

Yep. Ze hebben allemaal een handvol insecten vast, genoeg om nog twee tentoonstellingen van motten en vlinders te maken.

Ik staar vol afgrijzen terwijl de nieuwkomers, als uitgehongerde koekoeken, hun mond met de genoemde rupsen volproppen. "Gaan ze —"

Ik doe geen moeite om de rest van mijn vraag te stellen, want als één, beginnen de kerels te kauwen.

Lucius pakt mijn hand. "Laten we hier weggaan voordat het kotsen begint." Hij sleept me achter zich aan en duwt de rupskauwende idioten uit de weg.

Terwijl we naar buitengaan, klinken er verdachte kokhalsgeluiden — wat bewijst dat Lucius gelijk had.

"Wil je nog steeds naar deze fijne onderwijsinstelling?" vraagt Lucius als we het museumterrein verlaten.

Ik kijk om me heen naar de palmbomen en de onberispelijk onderhouden groene ruimtes. "Yep. Ik sla het Griekse leven gewoon over."

"Dat spreekt voor zich," zegt hij. "Maar goed. Als je er nog steeds naartoe wilt, laten we dan met de rondleiding beginnen."

Dat doen we en het is leuk — en niet alleen omdat de UF-campus een droom is. Tot mijn verbazing is het gezelschap van Lucius wat het voor mij echt leuk maakt, waarschijnlijk omdat hij het wonderbaarlijke voor elkaar krijgt om zich niet als een klootzak te gedragen. Hij vraagt alleen welke lessen ik ga volgen als ik eenmaal aangenomen ben (niet zeker) en of ik van plan ben om op de campus te gaan wonen (dat is nog minder zeker).

Als ik hem vertel dat ik moe word van de tour, beweert hij op mysterieuze wijze dat er nog één ding is dat ik moet zien en leidt me ergens heen.

Voordat ik te nieuwsgierig kan worden, gaan we een hoek om en zie ik een deken uitgespreid op een stuk gras liggen, met een grote mand erop.

Een picknick?

"Ik heb Elijah deze kleine verrassing laten regelen," zegt Lucius. "Het eten is met dank aan de Gator Dining-services, voor het geval je nieuwsgierig bent naar wat je zult gaan eten zodra je aangenomen bent."

Wauw. Als ik niet beter wist, zou ik denken dat hij in mijn broek probeerde te komen.

"Er zit niet echt krokodillenvlees in, toch?" vraag ik terwijl ik in lotushouding op de deken ga zitten.

Lucius opent de mand en kijkt erin terwijl hij lichtjes zijn neus optrekt. "Dat kan maar beter niet zo zijn."

Ik haal een zwart plastic bakje tevoorschijn en onderzoek het. "Lijkt op kip en pasta."

Hij opent zijn ogen. "Ruikt eetbaar."

Hij ziet er niet zo zeker uit.

Met een oogrol begin ik te eten... en kokhals — tegelijk met Lucius.

"Deze kippenborst smaakt naar een schoenzool," zeg ik nadat ik erin geslaagd ben de inhoud van mijn mond door te slikken. "Ik denk dat Elijah in zijn Britse accent om 'soulfood' heeft gevraagd, en ze het verkeerd hebben begrepen."

Lucius spuugt de pasta die in zijn mond zit in het bakje terug. "Over schoenen gesproken, deze pasta is taaier dan veters. Zo smaakloos ook."

Is er iemand verwend door zijn persoonlijke chef? Ik neem een sierlijke hap van de pasta en slaag er nauwelijks in om het door te slikken. Of ik ben ook verwend, of deze pasta is voor de rest van zijn soort zoals Hitler voor de rest van de mensheid was.

"Misschien aten die dombo's de rupsen op, omdat ze een verbetering waren ten opzichte van het eten in de kantine?" speculeer ik.

Lucius haalt zijn telefoon tevoorschijn en typt snel een berichtje. Dan zegt hij, "Dit is beschamend. Zal ik je naar ons huis brengen? Ik heb Elijah net gevraagd om ervoor te zorgen dat er daar een *fatsoenlijke* maaltijd op ons wacht." Op een strengere toon voegt hij eraan toe, "Hij zal door mijn chef-koks worden gemaakt en Elijah zal hem persoonlijk proeven."

Mijn wenkbrauw gaat op eigen initiatief omhoog. "*Ons* huis?"

Hij laat zijn plastic bakje in de mand vallen. "Ik

heb hier iets gehuurd. Zodat we ons niet terug naar LA zouden hoeven te haasten."

"Als in... we overnachten hier?" Kan hij mijn wangen zien blozen?

Hij zucht. "In verschillende kamers, natuurlijk."

"Uiteraard." Het gevoel van teleurstelling dat ik voel staat op gelijke voet met mijn ervaring met deze kip en pasta.

"Als je wilt, kan ik ervoor zorgen dat je terugvliegt," zegt Lucius. "Ik dacht dat je meer zou willen zien van wat Gainesville te bieden heeft... Bovendien hebben we morgen een fotoshoot."

"Een fotoshoot?"

Hij legt uit hoe hij de paparazzi wil dwarsbomen door flatterende, professioneel gemaakte foto's van ons tweeën te 'lekken' en er zo gelukkig uit te zien als iemand die geen UF-kantinevoedsel hoeft te eten.

"Dat klinkt goed," zeg ik. "Ik blijf."

We gaan naar de limo. Ik weet niet waarom, maar ondanks zijn verzekering dat we in verschillende kamers slapen, voel ik me nog steeds als een maagdelijke Victoriaanse dame die een wandeling met een charmante hertog verwacht — zonder een chaperonne.

———

"Is dit wat je hebt gehuurd?" zeg ik verwonderd terwijl ik naar het uitgestrekte landhuis voor ons staar. Het huis ziet er te chique uit, zelfs voor het luxe gedeelte van Airbnb.

Lucius haalt alleen zijn schouders op. "Dit is het beste wat ik op korte termijn kon doen."

Dus, als hij tijd had gehad, dan zou hij zoiets als een magisch kasteel hebben gehuurd? Misschien iemand een landhuis voor hem hebben laten bouwen?

"Zullen we gaan kijken?" vraagt hij.

Ik knik en we besteden een paar minuten aan het onderzoeken van het pand — dat van binnen net zo ruim is als het er van buitenaf uitzag.

Wanneer ik de verveelde uitdrukking op het gezicht van Lucius zie, kan ik niet anders dan "te klein?" zeggen.

"Het had een koloniale stijl moeten zijn," zegt hij. "Maar het ziet er mediterraan uit."

Serieus, ik wil zijn problemen, gewoon voor een dag.

Voordat ik kan reageren, materialiseert Elijah zich in ninja-butlerstijl. "Het avondeten is klaar."

———

Het avondeten is een heerlijke graankorrel die ik niet herken met kreeft die met kaviaar is gegarneerd, omdat kreeft zonder kaviaar niet chique genoeg is.

Het smaakt zo lekker dat ik bijna op mijn tong bijt. "Het lijkt erop dat Elijah de eerdere blunder heeft gecompenseerd," zeg ik, terwijl ik mijn stem laat zakken. "Wat voor graan is dit?"

"Teff," zegt Lucius. "Zou jij dat niet moeten weten? Het was een van de eerste planten die gekweekt werden."

Ik weersta de drang om te blazen. "Ik weet niet *alles* van planten. Gewoon een heleboel dingen."

"Het is ook de kleinste graankorrel," zegt hij professoraal. "Oorspronkelijk geteeld in Ethiopië."

In plaats van geïrriteerd te zijn, herinner ik mezelf eraan om over eetbare planten te gaan lezen, zodat ik er nooit meer als een sufferd uitzie. Oh, en ik zal Lucius een boek over manieren geven. "Laten we het over iets anders hebben."

Iets anders.

"Zoals wat?" vraagt hij.

"Vertel me over je oma." Ik kijk hongerig naar een ander stuk kreeft. "Zij is immers de katalysator voor de fartlek."

Lucius glimlacht en onthult de volle glorie van zijn kuiltje. "Over oma heb ik veel verhalen."

"Zoals wat?"

"Nou"— zijn glimlach wordt breder — "ze zegt dat ze Andy Warhol heeft gekend."

"Degene die *Campbell's soepblikken* heeft geschilderd?"

Lucius knikt. "Naar verluidt hebben ze samen wat soep van Campbell gegeten."

"Wauw."

"Ja," zegt hij. "En ze houdt van muziek. Ze zegt dat ze mee heeft gedaan aan de Beatlemania, en daarvoor was ze een grote Bob Dylan-fan. Ze beweert dat ze hem zelfs in *The Tonight Show* heeft ontmoet, met Johnny Carson in de zomer van '63."

Huh. "Heeft ze met hem kunnen praten?"

"Misschien meer dan alleen praten. Mam liet door de jaren heen ongevraagd doorschemeren dat er misschien een affaire is geweest, maar oma heeft het nooit bevestigd. Ik heb nooit dieper gezocht, omdat ik liever geen dingen over mijn oma's privéleven weet. Of die van mijn moeder." Hij zegt dat laatste op een manier die lijkt te impliceren dat zijn moeder te veel deelt — wat in het licht van zijn eerdere commentaar over Metallica niet zo moeilijk te geloven is.

"Je oma klinkt leuk," zeg ik. Zijn moeder niet zo, maar dat zeg ik niet. "En je lijkt veel over haar te weten."

"Dat weet ik ook," zegt hij. "Ik weet dat oma's favoriete boek *The Feminine Mystique* van Betty Friedan is. Haar favoriete film is *2001 Space Odyssey*, en ze was een grote fan van de maanrace."

Ik houd mijn hoofd schuin. "Heb je je liefde voor technologie van haar gekregen?"

Hij overweegt dit even. "Weet je, dat is best mogelijk."

"Wil ze ook een robot zijn?"

"Niet met zoveel woorden," zegt hij. "Oma is sceptisch dat een kunstmatig gecreëerd lichaam alle genuanceerde sensaties en emoties die mensen kunnen voelen zou toestaan. Dat is wat er bij haar voor nodig is om haar hersenen in een robot te stoppen."

"Als dat mogelijk wordt, dan zou ik overwegen om mijn hersenen in zo'n lichaam te duwen," zeg ik. "Als ik tachtig ben, bedoel ik."

Lucius wijst triomfantelijk met zijn kreeft naar me. "Dus je bent niet zo technofoob als ik dacht."

"Dat heb ik nooit gezegd."

Hij schraapt zijn keel. "De cd-speler. De fliptelefoon. Je snapt niet hoe iemand dat idee kan krijgen?"

Ik rol met mijn ogen. "Wanneer ga ik de legendarische oma ontmoeten?"

Zijn telefoon piept.

Hij kijkt ernaar en grijnst breed. "Vervloekt. Ze heeft me net gevraagd wanneer ze je gaat ontmoeten."

"Wat dacht je van kort nadat we terug zijn?"

"Weet je het zeker?" Hij kijkt naar zijn telefoon, alsof zijn grootmoeder ons er doorheen kan horen — en voor zover ik weet, kan ze dat misschien ook wel.

"Ja. Ik zou haar graag willen ontmoeten."

Hij stuurt snel een berichtje. "Het is vastgelegd. We kunnen nu niet meer terug."

Ik neem nog een hapje en vraag dan, "Nog last-minute-dingen die we over elkaar moeten weten?"

"Je hebt me niet veel over je familie verteld."

Ik tuit mijn lippen. "Is je dossier over mij daar niet op ingegaan?"

Hij zucht. "Kun je dat nu eens vergeten?"

Kan ik dat? Nee. Kan ik doen alsof zodat we de maaltijd in relatieve vrede kunnen voortzetten? Tuurlijk. "Nou, mijn ouders en hun ouders zijn allemaal aardige mensen, met wie ik een goede relatie heb. Ze wonen allemaal in of in de buurt van Big Bear Lake, waar ik ben opgegroeid."

Hij lijkt oprecht geïnteresseerd te zijn, of hij is een betere acteur dan ik dacht. "Wat doen ze voor werk?"

"Mijn ouders hebben een snowboardbedrijf," zeg ik. "Mama's ouders bezitten een visserij en papa's ouders zijn gepensioneerde leraren."

Ik ga duidelijk niet in detail over hoe teleurgesteld mijn hele clan was toen ik naar de grote stad verhuisde, wel twee hele uren rijden bij hen vandaan. Of over hoe ik tot nu toe hun dromen van veel kleinkinderen en achterkleinkinderen heb verijdeld. Of —

"Moet leuk zijn om zo'n grote familie te hebben," zegt Lucius.

De zweem van weemoed in zijn toon laat iets in mijn borst samenknijpen. "Is het bij jou alleen je moeder en je grootmoeder?"

"Meer mijn grootmoeder dan mijn moeder, maar ja."

"Hoe zit het met je vader en zijn familie?"

Zijn lippen versmallen zich. "Mijn vader was er niet toen ik opgroeide, dus nu heb ik geen interesse in hem en mijn grootouders aan zijn kant zijn overleden."

Mijn hand gaat vanzelf naar voren om de zijne te

bedekken. "Op een dag ga je zelf een gezin stichten." Het zal niet met mij zijn, maar ik weet zeker dat de lijst van vrijwilligers zich van hier tot Antarctica zou uitstrekken.

Hij kijkt met zo'n vreemde uitdrukking naar mijn hand dat ik hem terugtrek.

Zijn gezicht verandert weer.

Is dat teleurstelling? Boosheid? Zou zijn toekomstige gezicht — de robot — ook zo moeilijk te lezen zijn?

Na een paar seconden van stilte die zo ongemakkelijk zijn als een spijkerbed, zegt hij, "Ik weet niet zeker of ik het type ben om een gezin te stichten."

Hoofdstuk 24

Lucius

Fuck. Waarom heb ik dat gezegd?

Nu is er medelijden in haar ogen te zien — en ik walg van medelijden. Wat nog erger is, is dat ik lieg. Ik *kan* me mezelf met een gezin voorstellen — en zij zit erin, maar dat is gek. Het tijdsverschil van drie uur tussen Californië en Florida moet me het ergste geval van jetlag in de geschiedenis hebben bezorgd — een geval dat bovenop al het andere gepaard gaat met waanideeën.

Of, wat waarschijnlijker is, begin ik te vergeten dat de fartlek geen echte relatie is.

Ik duw mijn bord weg, de helft van de lekkernijen is nog niet opgegeten.

Juno kijkt me verward aan.

Ik sta op. "Ik heb plotseling mijn eetlust verloren."

Nu kijkt ze me aan alsof er kreeft uit mijn ogen kruipt en ik kaviaar kots.

En dat is logisch. Zelfs ik, die verre van een expert in manieren is, weet dat het onbeleefd is om haar hier halverwege het avondeten achter te laten. Maar het is beter dan het alternatief, dat uithalen zou zijn naar een vrouw die haar uiterste best heeft gedaan om plezierig te zijn, ook al was dat geen onderdeel van ons contract.

Ze heeft een beslissing genomen, klemt haar lippen op elkaar en duwt haar eigen bord weg. "Het ligt niet aan je eetlust. Ik denk dat het door het tijdsverschil komt. Thuis is het nog geen etenstijd."

Ik begin spijt te krijgen van mijn impulsiviteit. Verdomde biologie en de emoties die daarbij horen. Nu we hebben besloten om het avondeten kort te houden zullen we allebei de lychee panna cotta missen die het dessert zou worden.

"Wil je dat ik je je slaapkamer laat zien?" vraag ik, terwijl ik me een idioot voel.

Ze schudt haar hoofd. "Hij is twee gangen verderop, aan de linkerkant, toch?"

"Links, klopt," zeg ik.

Ze zegt niets terug, zelfs geen bedankje, dus vul ik de stilte met, "Er staat een nieuwe tandenborstel voor je klaar, en een tube Sensodyne, evenals een fles Neutrogena-shampoo en Dove-body wash."

Fuck. Waarom heb ik dat allemaal verteld?

Zoals verwacht, is er nu een opstandige uitdrukking in haar ogen. Voordat ze met haar kenmerkende hatelijke opmerkingen kan beginnen, zeg ik, "Ik heb de producten gezien die je gebruikt toen ik laatst in je badkamer gluurde. Dit komt niet uit het dossier."

Ze ziet er sceptisch uit. Het enige wat ze zegt, is, "Welterusten."

"Welterusten," antwoord ik en ik loop mijn slaapkamer binnen, waar ik mijn avondroutine doorloop voordat ik me realiseer hoe stom dat is.

We lopen drie uur vooruit, en het is zelfs in Florida nog niet eens bedtijd.

Ach ja. Ik kan de tijd gewoon gebruiken om aan Novus Rome te werken, die nu, mede dankzij Juno, een perceel grond heeft.

───────

Om drie uur 's nachts lokale tijd — middernacht thuis — kleed ik me uit tot in mijn boxershort en ga naar bed.

Er gaat een uur voorbij, maar de slaap komt niet.

Ik overweeg om me af te trekken, zoals een traditie begint te worden.

Iets houdt me tegen. Op de een of andere manier voelt het verkeerd om dit met Juno zo dichtbij te doen. Of misschien voel ik me gewoon zielig om genoegen te nemen met mijn vuist, terwijl wat ik echt wil —

Nee. Ik heb gewoon honger... naar voedsel. Dat is het. Ik wed dat als ik wat lychee panna cotta eet, ik als een dronken baby zal slapen.

Ik schuif mijn voeten in slippers en marcheer naar de keuken.

Huh.

Hoor ik daar iemand rondlopen? En hoe zit het met dat licht?

Ik stap voorzichtig naar binnen. Het licht komt uit de koelkast en Juno wordt erdoor verlicht. Ze draagt het meest sexy, meest doorschijnende nachthemd dat ik ooit heb gezien en ze staat de panna cotta, dat mijn doel was, als een uitgehongerd dier rechtstreeks met haar blote handen uit de voorraadpot te eten.

Ik schraap mijn keel. "Ben je een wasbeer aan het channelen?"

Ze laat bijna de kostbare pot vallen en kijkt me dan met een zucht onderzoekend aan. Haar blik blijft op mijn naakte romp hangen. Dan likt ze, bijna als een bijzaak, haar vingers schoon en slikt dan alles hoorbaar door.

Fuck mij. Mijn biologie neemt mijn lichaam volledig over. Mijn neusvleugels trillen en mijn benen dragen me naar de koelkast — op hetzelfde moment beweegt mijn pik, wat betekent dat ik overal zou moeten zijn behalve in Juno's gezelschap.

"Wat doe je hier?" fluistert ze als ik dichtbij genoeg ben voor nog een kus.

Terwijl ze praat, gaat haar borst moeizamer op en neer, waardoor ik me bewust word van haar vooruitgestoken tepels.

Droom ik? Ik had laatst een natte droom die hierop leek, maar toen droeg ze nog minder.

Met moeite onderdruk ik mijn verbeelding en knik naar de pot in haar handen. "Ik heb een hunkering... naar panna cotta."

"Oh." Ze doopt haar wijsvinger en middelvinger weer in de pot, om vervolgens haar hand naar me uit te strekken. "Wil je?"

Zonder een seconde van aarzeling, hap ik toe. Een oogwenk later, zitten haar vingers in mijn mond.

Juno's ogen worden groter. Er is een echte mogelijkheid dat ze een grapje maakte om mij op deze manier te voeren — of ze had het aanbod niet goed doordacht.

Nou, het is nu te laat. Ik doe met haar vingers wat ik met haar tepels wil doen... en met haar poesje. Ik zuig er zachtjes aan, mijn tong likt aan elk stukje heerlijkheid dat hij tegenkomt.

Ze laat de pot vallen. Met een behendigheid die ik niet wist dat ik bezat, vang ik hem midden in de lucht op en zet hem op het aanrecht — en dat allemaal zonder haar nu-panna-cotta-vrije vingers los te laten.

Ze trekt haar hand weg van mijn mond, laat haar blik naar beneden gaan om mijn enorme erectie in zich op te nemen en bloost als de aardbei die als topping voor de panna cotta bedoeld was.

Als ze mijn blik weer ontmoet, is haar gezicht helemaal rood en haar stem is hees als ze fluistert, "Je hebt het toetje over je hele mond zitten."

Ik voel de waarheid van haar verklaring met mijn tong. Tegen beter weten in komt er een boosaardige grijns over mijn mond terwijl ik haar aanbod nadoe. "Wil je?"

Krankzinnigheid is duidelijk besmettelijk.

Haar ogen worden groter, haar borst gaat sneller op en neer, en net als ik denk dat ze het schreeuwend op een lopen zal zetten, pakt ze de achterkant van mijn hoofd en trekt mijn mond naar de hare.

Mijn hartslag gaat omhoog. De laatste keer was de kus geweldig, maar deze keer is hij gekmakend. Mijn ademhaling wordt onregelmatig, mijn pik wordt pijnlijk hard, en het enige wat ik wil is, als een holbewoner, Juno's nachtjapon afrukken.

Ze kreunt in mijn mond, haar adem ruikt naar de zoetheid van de panna cotta terwijl haar tong met de mijne danst.

Fuuuuck.

Waar is dat robotlichaam als je er een nodig hebt? Deze biologische is losgeslagen.

Met een laag gegrom, pak ik haar billen, til haar van haar voeten, en zet haar op het aanrecht, en veeg de panna cotta opzij en wat er nog meer lag. In de verte hoor ik het glazen potje breken als het de vloer raakt, en ik trek me weg van de kus en adem hard.

Zij lijkt ook buiten adem te zijn, haar gezicht is nog roder. Als ik naar beneden kijk, zie ik haar benen zich voor me uitspreiden als een offer. Mijn hartslag gaat sneller. Ze draagt een slipje, maar net als de nachtjapon is hij doorzichtig.

De drang om de stof aan flarden te scheuren neemt toe.

"Ik heb een nieuw idee voor het dessert," zeg ik hees zonder mijn ogen van de prijs af te houden.

Ze likt haar lippen. Haar ogen zijn half gesloten als ze knikt. Ik neem dat als toestemming, pak de dunne stof van haar slipje vast en trek het opzij, niet te voorzichtig. Het scheurt in mijn greep. Ach ja. Ik denk dat dat voorbestemd was.

Ik begin te watertanden, buig over het donkere stukje met krullen dat ik nu kan zien. Ik hou ervan dat ze heel natuurlijk is, als de perfecte Romeinse godin die ze is. Eerbiedig kus ik haar dij. Haar huid voelt zijdezacht aan en ze snakt naar adem als ik een andere kus hoger plaats.

De plek waar ik een kus gaf is nu met kippenvel bedekt.

Ik verschuif om mijn lippen hoger te bewegen, om vervolgens van een vreemd geluid te schrikken dat bij de ingang van de keuken vandaan komt.

Dan lichten duizend plafondlampen op, die me met plotselinge helderheid verblinden.

Wat voor de duivel?

Ik spring overeind en staar naar de bron van de afleiding — Elijah, die van alle dingen een revolver op me richt.

Een antiek uitziende revolver — vertrouw maar op Elijah en zijn butlerachtige gevoeligheden om een antieke te nemen.

Als hij Juno en mij ziet, gaan zijn ogen wijd open en wordt zijn gezicht rood. "Het spijt me, meneer!" Hij laat de revolver zakken. "Ik dacht dat u een indringer was en —"

Ik luister niet. Ik pak een verbijsterde Juno en zet haar op haar voeten achter me neer, op een van de weinige plekken op de vloer die vrij is van de rotzooi die ik heb gemaakt.

Om ervoor te zorgen dat haar lichaam door het mijne aan het zicht wordt onttrokken, ontplof ik tegen Elijah, zonder de moeite te nemen mijn toorn te verbergen. "Een verdomde revolver?"

Mijn butler ziet eruit alsof hij door de vloer wil zakken. "Dit *is* Florida, meneer."

"Tuurlijk, ik moet het gemist hebben toen ze dodelijke wapens uitdeelden toen we het vliegtuig verlieten. En ook nog eens een antiek wapen."

"Het spijt me vreselijk, meneer." Elijah trekt zich terug. "Ik zal de lichten uitdoen als ik naar buiten ga."

Elijah kijkt alleen niet waar hij heengaat en zijn voet landt op een grote glasscherf die in een klodder panna cotta ligt. Heel voorspelbaar begint de scherf als een bananenschil in een tekenfilm te glijden. Alsof Elijah een scène uit diezelfde tekenfilm uitbeeldt, zwaait hij wild met zijn armen voordat hij op zijn kont valt.

De revolver glijdt uit zijn greep en raakt de vloer met een gekletter van metaal op tegel.

Voordat ik kan bewegen om te helpen, valt een oorverdovende knal mijn trommelvliezen aan, wat door een explosie van pijn wordt gevolgd.

Hoofdstuk 25

Juno

ALLES WAT ER GEBEURDE NADAT LUCIUS ME IN DE KEUKEN HAD BETRAPT, was als een droom. Zijn gelik aan mijn vingers, het kussen... van mijn lippen naar ergens anders. Toen Elijah binnenstormde met een wapen, was het net zo onwerkelijk als de rest, tot het wapen afging.

Zodra de *knal* mijn oren raakt, slaat een overdosis adrenaline mijn hersenen in. Lucius wankelt, grijpt zijn hoofd en tot mijn verschrikking zie ik dat er bloed vloeit alsof het zijn werk is.

Naar adem snakkend ren ik naar hem toe, net als Elijah, die erin geslaagd is om overeind te komen ondanks het feit dat hij een paar keer in de panna cotta uit is gegleden.

"Meneer!" Zijn Britse accent is extra aanwezig. "Ik heb u neergeschoten!"

Dat was ook mijn aanvankelijke angst, maar met de

helderheid die alleen mogelijk is als men op het punt staat om een hartaanval te krijgen, zie ik stukjes gebroken glas om Lucius heen liggen.

Ik werp een blik op het plafond.

Er ontbreekt een plafondlamp.

"Ik denk dat je de armatuur hebt geraakt," schreeuw ik tegen Elijah. "Dat is wat er op hem is gevallen!"

Ik kniel naast Lucius neer, die nu op de grond zit en een stroom vloeken mompelt. Grafische, welsprekende vervloekingen. Ik zie de rijkdom van zijn woordenschat als een goed teken. Als hij hersenletsel had, dan zou hij kwijlen of zoiets.

Verbaasd dat ik geen jammerende puinhoop ben, praat ik rustgevend tegen Lucius terwijl ik zijn hand voorzichtig weghaal om de situatie te beoordelen. Het bloeden is krankzinnig, maar er is geen teken van glas dat uit zijn hoofd steekt, en wat dat betreft is er ook geen kogelwond te zien. Ik zie ook geen bot of lekkende hersenen.

Elijah wringt met zijn handen en maakt cirkels om ons heen. "Het spijt me, meneer!" Hij klinkt alsof hij op het punt staat om te huilen.

Ik kijk met een frons naar hem. "Gaat het?"

Hij struikelt bijna weer terwijl hij naar het bloedende hoofd van Lucius probeert te kijken. "Ik heb hem neergeschoten! Oh, lieve God, ik heb hem neergeschoten."

Mijn frons verandert in een boze blik. "Ik bedoel, is je stuitbeen oké? Je bent tenslotte op je kont gevallen."

Elijah wuift dat weg. "Ik wist dat al die koekjes op een dag van pas zouden komen."

"Geef me alcohol," zeg ik commanderend. "En bereid je voor om ons naar het ziekenhuis te brengen. Snel."

Elijah ziet er dankbaar uit om iets te doen te hebben en rent weg.

"Het ziekenhuis?" Lucius drukt zijn hand weer tegen de wond en kijkt dan naar het bloed dat zijn handpalm bedekt. Zijn gezicht wordt bleek. "Hoe erg is het?"

Nogal erg, althans naar mijn niet-medische mening. "Je bent in orde," zeg ik kalmerend. "Het is gewoon uit voorzorg."

Hij lijkt zich te ontspannen, dus ik spring overeind en ren naar de koelkast, met de bedoeling wat ijs te pakken.

"Stop!" De stem van Lucius wordt sterker. "Je gaat op gebroken glas trappen."

Hij heeft een punt. Er liggen overal stukjes van de pot, en ik was dom genoeg om hier op blote voeten heen te komen.

"Ik zal voorzichtig zijn," zeg ik en stap voorzichtig over een paar scherven voordat ik de vriezer bereik.

Ik doe hem open.

Het ding is bijna leeg. Het enige wat erin ligt, is een zak bevroren pizzabagels.

Ik haal die eruit, net op tijd om Elijah terug te zien komen in de kamer met een fles ontsmettingsalcohol en een doos gaasjes van industriële grootte.

"Er is een ambulance onderweg," zegt Elijah hijgend. "Of we kunnen de limo nemen, die over twee minuten klaar is."

"Haal haar schoenen voordat ze haar voeten bezeert," blaft Lucius naar zijn arme butler. Vervolgens onderzoekt hij mijn lichaam met samengeknepen ogen en voegt eraan toe "Pak voor haar ook iets substantiëlers om aan te trekken."

Hoe kan hij met zo'n verwonding zo bazig zijn? En wat maakt het uit wat ik draag?

Elijah draait zich om om het bevel te gehoorzamen, maar ik roep, "Wacht! Laat de alcohol hier. En hoe zit het hiermee?" Ik zwaai met de pizzabagels en knik naar de lege vriezer.

"De meester eet die af en toe." Elijah zet de medische benodigdheden op het aanrecht. "Ze herinneren hem aan zijn kindertijd."

"Oké. Ga. En pak voor hem alsjeblieft ook wat kleren."

Elijah rent weg en Lucius herinnert me eraan om op het glas te letten terwijl ik rondloop.

Voorzichtig lopend, pak ik de medische benodigdheden en neem ze mee naar waar Lucius zit.

"Dit zal prikken," zeg ik terwijl ik de alcohol openmaak.

Hij haalt diep adem en knikt.

Ik sprenkel een beetje op de nog steeds stromende wond. Lucius verstijft, maar blijft in stoïcijnse stilte zitten, terwijl ik de helft van de gaasjes in de doos rond de wond rangschik en ze dan met de pizzabagels naar beneden duw.

"Ik bedacht me dat de kou een zwelling zou moeten voorkomen," zeg ik, voornamelijk tegen mezelf. "En misschien helpt het met stollen."

"Ik denk dat ik in orde ben," zegt Lucius. "Het was gewoon de schok van alles."

Het bloeden is gestopt, maar ik durf de pizzabagels niet los te laten.

"Laat me je pupillen controleren." Ik kijk in zijn ogen.

Hmm. Moeten de pupillen bij een hersenschudding verwijd of vernauwd zijn? Hoe het ook zij, hij lijkt normaal te zijn, maar wat weet ik er nou van? "Ben je misselijk?" vraag ik, omdat dat duidelijker is.

Als dat zo is, dan is het erg.

Hij schudt zijn hoofd en krimpt ineen.

"Gebruik woorden," zeg ik streng. "Ik moet onder andere horen of je moeite hebt met praten." Dat zou ook niet goed zijn, daar ben ik vrij zeker van.

"Ik ben niet misselijk. Ik heb ook geen suizende oren," zegt hij. "En ik heb mijn gevoel voor geur of smaak niet verloren."

Ik frons. "Zijn dat ook tekenen van een hersenschudding?"

"Ik denk het wel," zegt hij, maar hij klinkt niet zo zeker.

"Dit is precies waarom we een dokter nodig hebben."

Elijah rent de kamer in met een stapel kleren en schoenen.

"Voorzichtig," zeg ik tegen hem. "Als je weer uitglijdt, wie gaat me dan helpen om Lucius naar de limo te brengen?"

Lucius gnuift. "Ik laat me niet dragen."

"Dat doe je wel."

Hij schudt zijn hoofd en grimast weer. "Als je eenmaal gekleed bent, zal Elijah me helpen om op te staan."

Ik pak wat Elijah voor me heeft meegenomen, een paar hakken en een oversized hoodie die ik voor de vliegreis heb ingepakt, voor het geval het op tien kilometer hoogte koud zou worden. Of hoe hoog supersonische jets ook gaan. Onnodig te zeggen, de hoodie past *niet* bij de hakken, maar ik ben niet van plan om de butler te berispen, die nog steeds op het punt lijkt te staan om te gaan huilen. Hij moet ook in een soort van shock zijn, gezien zijn keuzes voor Lucius — een colbert, joggingbroek en wandelschoenen. Geen sokken.

Okidoki. Lucius trekt de joggingbroek en de schoenen aan terwijl ik de pizzabagels tegen zijn hoofd gedrukt hou. Dan instrueer ik hem om de bagels vast te houden en wend ik me tot Elijah, die daar nu gewoon als een standbeeld staat.

"Help me hem overeind te krijgen," beveel ik, en de butler komt in actie en ziet er zielig dankbaar uit dat ik de leiding overneem.

Lucius oefent opnieuw zijn kleurrijke woordenschat terwijl Elijah en ik hem overeind helpen.

"Last van duizeligheid?" vraag ik wanneer hij volledig verticaal staat.

Hij begint zijn hoofd te schudden en herinnert zich dan op tijd om woorden te gebruiken. "Het gaat prima. Ik heb geen dokter nodig."

Ik wijs naar de plas bloed op de vloer waar hij zat, en hij wordt weer bleek. Hij zegt niets meer, terwijl ik een van zijn armen over mijn schouders drapeer en Elijah aan de andere kant hetzelfde doet. We gaan met z'n drieën het landhuis uit en naar de oprit, waar de limo al staat te wachten.

"Denk je niet dat we op de ambulance moeten wachten?" vraagt Elijah, die een beetje meer op zichzelf lijkt.

"Nee," zegt Lucius keizerlijk. Nu we weg zijn van al het bloed, lijkt hij ook meer op zijn bazige zelf.

"Ik ben het met hem eens," zeg ik. "Op deze manier zijn we er sneller."

We brengen Lucius naar de limo, waar ik hem beveel om op de stoel te gaan liggen en mij de ontdooiende bagels vast te laten houden.

"Ik zal alles regelen terwijl we rijden," zegt Elijah.

Ik knik en hij sluit de deur terwijl ik naast het hoofd van Lucius zit. De limo vertrekt en ik hoor Elijah streng aan de telefoon spreken voordat de scheidingswand omhoog gaat.

Een beetje van mijn adrenaline begint weg te ebben. Overmand door een plotselinge golf van emotie, streel ik met mijn vrije hand over Lucius zijn arm. "Hoeveel pijn doet het?" vraag ik zacht.

"Het komt wel goed," zegt hij, terwijl hij zijn ogen sluit.

"Dat is je geraden ook." Een golf van verlate angst overvalt me. "Die kogel had *jou* kunnen raken in plaats van de plafondlamp."

Hij opent zijn ogen, zijn gezicht wordt grimmig terwijl hij gromt, "Hij had *jou* kunnen raken. Ik zal ervoor zorgen dat Elijah de dag berouwt dat hij —"

"Niet doen. De arme man verwijt het zichzelf al genoeg."

De neusvleugels van Lucius trillen. "Wat hij ook zou moeten doen. Hij zal op zijn minst nooit meer een wapen aanraken."

Dat is waarschijnlijk een goed idee. Lucius heeft genoeg geld om professionele bodyguards in te huren als hij dat wil. Een gewapende butler is niet nodig.

"Weet je waar het ziekenhuis is waar we naartoe gaan?" vraag ik.

"Nee. Kan echter niet ver zijn, anders denk ik dat we de helikopter hadden genomen."

213

"Welke helikopter?"

Hij verandert van positie. "Degene die ik voor het verblijf hier heb gehuurd."

Ik verwissel de hand die de bagels vasthoudt voordat ik last van bevriezing krijg. "Een helikopter? Dat klinkt als een redelijke uitgave."

Lucius glimlacht flauw. "Het is om het land te bekijken waarvoor ik hierheen ben gekomen om het te verwerven."

Zou hij zo goed zijn in het bedenken van antwoorden als hij een hersenschudding had? Hem kennende, waarschijnlijk wel.

Ik verwarm mijn vrije hand zo goed als ik kan met mijn adem en masseer dan licht zijn schouder. De harde spier ontspant zich onmiddellijk onder mijn aanraking en de rimpels op zijn voorhoofd worden gladder, wat me aanmoedigt om door te gaan.

Lucius sluit zijn ogen en laat me denken dat hij in slaap valt, maar dan opent hij ze. "Luister, Juno..." Zijn stem is hees. "Over wat er gebeurde voordat Elijah onderbrak. Ik—"

"Niet doen," zeg ik, een beetje te scherp. Als hij zou zeggen dat dat weer een PDA-oefening was, dan zou ik hem slaan, en dan zou ik me schuldig voelen als ik dat met iemand in zijn toestand zou doen. "We hoeven er niet over te praten."

De rimpels in zijn voorhoofd keren terug, en ik kan zien dat hij de kwestie wil pushen. Tot mijn opluchting doet hij dat niet. Hij sluit gewoon zijn ogen weer, en deze keer, streel ik zijn borst, in een poging niet na te denken over hoe blij ik ben dat er geen kogelgat in het warme, hard gespierde vlees zit.

De limo komt tot stilstand.

De deuren gaan open en Elijah helpt me Lucius eruit te krijgen.

Als ik me omdraai, zie ik dat we bij de voordeur van een ziekenhuis zijn. Daar staan een man en een vrouw op ons te wachten. Hij is in een pak gekleed, en zij in ziekenhuiskleding.

Ze stellen zich voor, en het blijkt dat hij de ziekenhuisdirecteur is en zij — en ik citeer — "de beste neurochirurg in de staat Florida is."

"Noem me dr. Brainiac," zegt ze met een grijns. "Zo noemen mijn vrienden me, dus waarom niet mensen die me midden in de nacht wakker maken, toch?"

Was Brainiac geen schurk in de Supermanstrips?

"Ga zitten," zegt dr. Brainiac, en pas dan zie ik de rolstoel.

"Nee," zegt Lucius scherp. "Ik kan zelf lopen."

Dr. Brainiac kijkt sceptisch naar hem op. "Je klinkt niet als iemand met een kogel in zijn hoofd."

Lucius staart haar aan. "Ik ben niet neergeschoten."

Elijah bestudeert zijn voeten. "Misschien ben ik niet helemaal eerlijk geweest. De kogel heeft een plafondlamp geraakt, en dat is wat er op zijn hoofd is gevallen. Of in ieder geval een scherf ervan."

Dr. Brainiac vernauwt haar ogen tot spleetjes. "En dat is wat er in zijn hersenen is gekomen?"

"Ik betwijfel het," zeg ik. "Er zit een snee, maar hij ziet er niet zo diep uit."

Ze kijkt me aan alsof ik de enige redelijke persoon ben die aanwezig is. "Waarom ben ik dan hier?"

Ik knik naar Elijah. "Hij heeft de regelingen getroffen."

"Het is zijn hoofd," zegt Elijah, die defensief klinkt. "Als het zijn borst was geweest, dan had ik de beste cardioloog geregeld."

"Volgens die logica moet je een darmspecialist raadplegen over je val," zegt Lucius doodleuk.

Elijah wrijft met een bedachtzame uitdrukking over zijn kont.

"Goed dan. Hoe dan ook," zegt dr. Brainiac, "we zijn er. Ga maar zitten."

Lucius kijkt naar de rolstoel zoals ik naar een kameel zou kijken die een cactus eet. "Zoals ik al zei, mijn benen werken prima."

"Mannen en hun ego's," mompelt dr. Brainiac binnensmonds. Ze gebaart naar de directeur. "Het is zijn ziekenhuisbeleid."

De directeur ziet er vastberaden uit. "Zelfs als je een papiersnee had, dan zou je in die stoel naar binnengaan."

Met een geïrriteerde zucht gaat Lucius als een Romeinse keizer op zijn troon zitten.

"Mag ik duwen?" vraagt Elijah.

"Tuurlijk," zegt Lucius. "Let deze keer gewoon op waar je loopt."

Gemeen, maar alles bij elkaar genomen niet onredelijk.

Als we bij de lift zijn, laat de directeur ons in de handen van dr. Brainiac achter, en ze neemt ons mee naar een kamer die meer op een vijfsterrenhotelkamer lijkt dan op een ziekenhuiskamer. De enige aanwijzing dat dit een medische instelling is, is al het enge materiaal.

Dit moet een soort VIP-kamer zijn. Tussen dit, de neurochirurg, en de directeur, vraag ik me af of Elijah in naam van Lucius heeft toegezegd om voor dit ziekenhuis een nieuwe vleugel te kopen.

"Je kunt daar gaan zitten," zegt de dokter tegen Lucius en wijst naar de meest comfortabele patiëntenstoel ooit. "Jullie twee kunnen de bank nemen," zegt ze tegen mij en Elijah. Dan grijnst ze weer als ze de bagels opmerkt. "Sommige patiënten nemen comfortabele dekens mee, maar ik zeg dat troostvoedsel praktischer is."

Lucius kijkt helemaal niet geamuseerd als hij de half ontdooide zak aan de dokter geeft, die hem op de tafel gooit die in de buurt staat. Ze trekt vervolgens handschoenen aan, verwijdert de gaasjes en kijkt naar de wond. "Dankzij je knecht moet je worden gehecht."

Saguaro, help ons. Dr. Brainiac wil duidelijk haar carrière van neurochirurg naar komiek veranderen. Lucius ziet er *niet* vermaakt uit.

Ze negeert zijn blik, loopt naar de tafel, en pakt een pincet en een tube crème.

"Dit is een plaatselijke verdoving," zegt ze. "Wil je dat ik die gebruik?"

"Nee," zegt Lucius grimmig.

"Ik dacht al dat je dat zou zeggen. Wat jij wil. Dit zal mij helemaal geen pijn doen."

En dan steekt ze de pincet in de wond.

Ik voel een sterke drang om in de trut te snijden, maar Lucius draagt de pijn stoïcijns, dus ik kalmeer mezelf.

Dr. Brainiac ziet er triomfantelijk uit en haalt een klein glasscherfje tevoorschijn en laat het aan iedereen zien. "Waren alle operaties maar zo eenvoudig."

Verdorie. Heeft dat er al die tijd ingezeten?

Ze pakt vervolgens wat jodium en brengt het royaal rond de wond aan, waarna ik niet meer kijk, omdat het zien van het hechten ervoor kan zorgen dat ik gewelddadig word... of flauwval.

"Dat was het," zegt dr. Brainiac even later. "Drink dit."

Als ik terugkijk, is het hoofd van Lucius bedekt met verband, waardoor hij op een mummie lijkt, en hij drinkt appelsap uit een drinkpakje.

Elijah staat op. "Hoe bedoelt u? Wat als hij een hersenschudding heeft?"

"Gezien de geringe zwelling rond de snee, was de impact niet al te hard. Hij vertoont ook geen enkel symptoom van een hersenschudding. De suiker in het sap zou hem moeten helpen om na het kleine beetje bloedverlies te herstellen."

"Maar moet u niet wat tests doen?" eist Elijah.

Ze haalt haar schouders op. "Naar mijn professionele mening is dit een geval van een auwie. Ik zou voorschrijven om die bagels morgenochtend op te eten. Maar als je je tijd aan tests wilt verspillen, dan kan ik er een paar aanvragen."

Lucius staat op en ziet er veel stabieler uit dan eerst. Het sap heeft duidelijk zijn werk gedaan. "Als de neurochirurg denkt dat ik in orde ben, dan ben ik verdomme in orde."

Dr. Brainiac geeft hem haar kenmerkende grijns. "Maak daar een neurochirurg van die niet wil dat haar verzekering tegen wanpraktijken omhooggaat. Of iemand die het volgende artikel in de roddelkolommen niet wil lezen: *De nalatigheid van de dokter doodt miljardair.*"

"In dat geval, heel erg bedankt, dokter," zegt Elijah stijfjes.

"Graag gedaan," zegt ze. "Als je ooit hersenletsel oploopt of een tumor moet laten verwijderen, bel me dan."

Elijah verbleekt. "Laten we hopen dat het niet zover komt. Nogmaals mijn excuses dat ik u midden in de nacht wakker heb gemaakt."

Ze haalt haar schouders weer op. "Mijn bankrekening zou zeggen, 'Het was me een genoegen.'"

Zonder verder oponthoud stapt Lucius de kamer uit en haasten we ons achter hem aan.

Eenmaal in de limo geeuwt Lucius en sluit zijn ogen.

Wat een geweldig idee. Ik sluit de mijne ook en moet in slaap zijn gevallen, want een seconde later maakt Elijah me wakker.

"Gaat het?" vraag ik aan Lucius wanneer we het landhuis binnengaan en Elijah zich weghaast om de puinhoop in de keuken op te ruimen.

"Ja," antwoordt hij vermoeid als we voor de trap naar de slaapkamers stoppen. "Ik moet gewoon slapen."

Wat ik wil zeggen is, "En ik wil je zien slapen," maar in plaats daarvan ga ik voor de veel minder griezelige, "Ik ook."

Hij kust me zachtjes op de wang. "Bedankt dat je op weg naar het ziekenhuis voor me hebt gezorgd. Het heeft echt geholpen."

Met die bom gaat hij de trap op en laat me daar met mijn handpalm tegen mijn wang gedrukt staan en met een hoofd dat doordraait met allerlei vragen.

Hoofdstuk 26

Lucius

ALS IK WAKKER WORD, is de bovenkant van mijn hoofd een beetje pijnlijk, maar dat is het wel. Ik kan niet geloven dat ik gedwongen ben om met zoiets triviaals naar het ziekenhuis te gaan. Ik denk dat ik dat liet gebeuren omdat ik in shock was — niet door Elijahs onhandige moordaanslag, maar door wat er tussen mij en Juno gebeurde.

Zodra ik me die ontmoeting in de keuken herinner, krijg ik een stijve. Betekent dit dat ik al het bloed dat ik ben verloren, heb geregenereerd? Waarschijnlijk wel. Ik weet dit: in plaats van mijn biologie te temmen, heeft Juno van mij de slaaf van mijn biologie gemaakt.

Met een zucht doe ik het verband af en gebruik een tweede spiegel om de wond te onderzoeken. Het ziet er niet slecht uit, en mijn haar zou het allemaal mooi moeten bedekken. Maar toch, voor het geval dat, kan ik beter uit oma's buurt blijven tot ik volledig hersteld ben.

Als ik klaar ben met mijn ochtendroutine, controleer ik mijn telefoon om mezelf aan de plannen van vandaag te herinneren.

Ah, juist. De fotoshoot. Dat is een activiteit die Juno en ik kunnen doen die relatief veilig lijkt te zijn... wat betreft de biologische driften.

Oh jemig, had ik het even mis.

Juno ziet er extra sexy uit voor de shoot, wat achteraf gezien logisch is. Ze is een vrouw en we gaan foto's maken.

Ach ja.

Ik doe mijn best om te glimlachen in plaats van op mijn tanden te knarsen als de fotograaf me vraagt om haar te omhelzen. Haar aardse, heerlijke geur maakt me net zo licht in het hoofd als toen ik gisteravond al dat bloed had verloren.

"Lachen," zegt de fotograaf.

Met moeite til ik de hoeken van mijn lippen omhoog.

"Een echte glimlach," zegt hij.

Moet ik hem vertellen dat het moeilijk is om te glimlachen als je probeert om geen stijve te krijgen?

"Zeg cheese," dringt hij aan.

Kan Juno's lichaamswarmte kaas laten smelten? De

gedachte maakt me aan het glimlachen, wat de fotoshoot tot een gelukzalig einde brengt.

"Dus, wat nu?" vraagt Juno als we in de limo zijn.

Goeie vraag. Wat het ook is, het is het beste als we niet alleen zijn, of anders kan wat er gisteravond is gebeurd weer gebeuren — en dat zou om vele redenen een vergissing zijn, maar vooral omdat ze duidelijk heeft gemaakt dat ze er spijt van heeft. Hoe kan ik anders haar weigering om er zelfs maar over te praten interpreteren?

Daarom bekijken we twee geweldige parken: Ichetucknee Spring en Devil's Millhopper — de laatste is de enige attractie waar ik over heb gehoord dat in een gigantisch zinkgat ligt.

Met elke minuut voel ik me meer op mijn gemak in Juno's aanwezigheid. Ik zou zelfs willen zeggen dat ik echt van haar gezelschap geniet. Wat een probleem is, een probleem waarvoor ik denk dat ik een oplossing heb. Dus, als we terugkeren naar de limo, vraag ik, "Wanneer moet je terug naar huis?"

Ze zucht. "Binnenkort, ben ik bang. Ik moet voor alle planten van mijn klanten zorgen. Ze kunnen maar zo lang wachten om bewaterd te worden."

"Dat geeft de doorslag," zeg ik. "We zullen je naar het vliegtuig brengen."

Haar wenkbrauwen komen omhoog. "Mij? En jij dan?"

"Ik heb besloten om nog een paar dagen te blijven. Ik moet nog steeds het land onderzoeken, alle papieren ondertekenen en hopelijk de bal laten rollen om alle vergunningen te krijgen."

Ik ben niet goed in het lezen van mensen, maar ik denk dat Juno er teleurgesteld uitziet — hoewel het waarschijnlijk is omdat al onze natuurwandelingen zijn afgelopen, niet omdat ze mijn gezelschap zal missen.

"Hoe zit het met het bezoek aan je oma?" vraagt ze. "Ik dacht dat dat snel zou zijn."

"Het zal het eerste zijn wat we doen als ik terugkom," zeg ik. "Ik zal het allemaal regelen, maak je geen zorgen."

"Oké." Ze kauwt op een heerlijk volle lip. "Maar... kunnen we eerst via de telefoon praten?"

Ik hou verbaasd mijn hoofd schuin. "Waarom dat?"

Ze springt van voet naar voet. "Zodat we elkaar beter kunnen leren kennen. Je grootmoeder is tenslotte de belangrijkste reden voor de fartlek."

Dat klinkt logisch voor me. Ik knik resoluut. "Tuurlijk. Ik bel je later."

En waarom niet? Het zou veilig moeten zijn.

Het is niet zo dat ik haar poesje via de telefoon kan opeten.

Hoofdstuk 27

Juno

Op de vlucht terug naar LA voel ik me melancholisch.

Ik vond Gainesville duidelijk leuker dan ik dacht. Ik mis het nu al. En het spreekt voor zich, maar ik zeg het toch: het is *niet* mijn nepvriendje waar ik over zit te mokken. Nee. Het is de stad Gainesville, en daar blijf ik bij.

Als ik thuiskom, bel ik eindelijk Pearl terug — ze probeert een update over mijn 'relatie' te krijgen, dus ik moet haar er heel duidelijk aan herinneren dat a) een dame niets vertelt, en b) ik een NDA heb ondertekend.

Nadat Pearl me heeft laten gaan, maak ik kannen water met kunstmest erin. Dit zijn veel voorkomende instrumenten van mijn vak, en ik heb ze nodig om de klimop van het Smiths Family Estate te revitaliseren — een van mijn belangrijkste klanten.

———

Terwijl ik naar mijn audioboek luister en voor de planten zorg, slaag ik er bijna in om te vergeten wat er in Florida is gebeurd — de hete ontmoeting in de keuken, de afschuw van Lucius die gewond raakte, en hoe al het wandelen in de parken voelde.

Goed, *bijna* is misschien niet het juiste woord, maar ik blijf tenminste niet op elk moment dat ik wakker ben bij al die dingen stilstaan.

Alleen het merendeel van de tijd.

Ik ben bijna klaar met de Smiths als mijn telefoon gaat.

Mijn hart maakt een sprongetje.

Is dat Lucius al?

Nee. Het is mijn moeder.

"Hoi, lieverd," zegt ze.

"Hoi," zeg ik, terwijl ik mijn best doe om niet teleurgesteld te klinken. "Hoe gaat het ermee?"

"Je staat op de luidspreker," zegt mijn vader.

Hmm. Dit is zeer zeldzaam. Ik vraag me af waarom —

"Waarom heb je ons niet verteld dat je een relatie hebt?" eist mam.

"En ook nog eens met iemand die beroemd is," voegt papa eraan toe.

En daar is het dan.

"Je oma zag je op een foto in een tijdschrift," zegt papa.

"Je zag er zo mooi uit," voegt mama eraan toe. "Maar je had het ons moeten vertellen."

Hoe vloeit 'mooi' logischerwijs over in 'ons moeten vertellen'? Ik bedek de microfoon zodat ze me niet horen zuchten, en vertel hun dan over de NDA.

"Maar hoe serieus is het?" vraagt mam.

"De NDA verbiedt me om daar iets over te zeggen," antwoord ik.

"Behandelt hij je goed?" eist papa.

"Ik zou niet bij iemand zijn die dat niet doet," zeg ik. "En daar heb je me net de NDA laten verbreken."

Het gesprek — of beter gezegd, de ondervraging — gaat nog een tijdje in die richting door.

"Waarom breng je hem niet hierheen?" stelt mam uiteindelijk voor.

Ik laat de telefoon bijna vallen. "Hem meenemen?"

Dat is het gekste idee dat ik ooit heb gehoord. Als Lucius echt mijn vriend was, dan zou ik een jaar wachten om hem niet bang te maken.

"Wat een geweldig idee," zegt papa. "Op die manier kunnen we zelf zien hoe het zit, en je zult de NDA niet verbreken."

Tuurlijk. Ervan uitgaande dat Lucius met deze waanzin zou instemmen, en dat is onmogelijk.

"Alsjeblieft, schat," zegt mama. "Als het niet voor mij is, doe het dan voor je grootouders."

Geweldig. Een argument in een schuldgevoel

veranderen. "Ik kan het hem vragen," zeg ik met tegenzin.

"Beloofd?" vraagt mama.

"Ja."

"Geweldig. Laat me weten wanneer. Doei."

Ze hangt op voordat ik van gedachten kan veranderen. Zo slecht. Het komt net bij me op dat mam suggereerde dat mijn grootouders bij dit hypothetische samenzijn zouden zijn. Dat is het soort gebeuren waar ik mijn vriend pas doorheen zou laten gaan, nadat we verloofd waren.

Ach ja. Ik hoef me geen zorgen te maken, want dit is allemaal hypothetisch. Lucius zal natuurlijk nee zeggen, en dan zal mijn geweten zuiver zijn. Of zuiverder, wat het beste is waar ik op kan hopen voor het overwegen van alle leugens.

———

"Ik denk niet dat hij vandaag zal bellen," zeg ik tegen El Duderino nadat ik klaar ben met mijn avondeten en zijn grond heb gecontroleerd.

Gast. Als je met hem wilt praten, waarom bel je hem dan niet zelf?

Hmm. Misschien moet ik dat doen. Hij is gewond, dus ik zie er misschien niet zo wanhopig uit als ik vraag hoe het met hem gaat.

Het zou zelfs beleefd zijn om dat te doen.

Gast. Je denkt te veel na. Bel gewoon. Die kerel zal blij zijn om —

Mijn telefoon gaat. Ik kijk op het scherm en kijk dan triomfantelijk naar mijn cactus. "Het is Lucius."

Gast. Je praat over hem en hij belt. Net als die duivelse kerel.

Ik haal diep adem en probeer mijn opwinding te temperen terwijl ik opneem en hallo zeg.

"Hallo," zegt Lucius.

Geen "Hoe gaat het met je?"

Ik ga ervan uit dat dat geïmpliceerd was, dus zeg ik, "Het gaat geweldig met me. Ik heb wat werk in kunnen halen. En met jou?"

"Mijn dag was productief. Het land is eindelijk van mij en het is perfect voor Novus Rome."

Ik knijp de telefoon steviger vast. "Ik bedoelde 'hoe gaat het met je hoofd?'"

"Waarom zei je *dat* dan niet?" vraagt hij.

"Touché. *Hoe gaat het met je hoofd?*"

"Veel beter. Het ergste aan die hele puinhoop is de eindeloze stroom van excuses van Elijah. Ik weet niet zeker of hij voor ironie gaat, maar ik heb daardoor meer hoofdpijn dan door zijn pistoolwerpen."

"Arme schat, je hebt een loyale werknemer die zich slecht voelt nadat hij je lichamelijk letsel heeft toegebracht." Ik kijk met ergernis naar mijn cactus.

Gast. Rustig aan met het sarcasme. De man was dodelijk gewond.

"Touché," zegt Lucius. "Maar genoeg daarover."

Ik loop naar mijn bed en ga op de rand zitten. "Goed dan. Ik wilde je eerlijk gezegd iets vragen. Het is meer, ik heb mijn ouders beloofd om het je te vragen, maar ik weet zeker dat je nee zult zeggen, en dat is prima."

"Beloofd me wat te vragen?"

Ik bijt op mijn lip. "Ze hebben dankzij een artikel in een tijdschrift over ons gelezen en —"

"Heeft het tijdschrift de foto's van onze fotoshoot gebruikt?" vraagt hij.

"Dat heb ik niet gevraagd," zeg ik. "Omdat dat niet het punt was."

"Wat was het punt dan?"

Ik zucht. "Dat ze denken dat ik een vriendje heb."

"Dat wordt geïmpliceerd."

"En dus..." Ik haal diep adem. "Willen ze je graag ontmoeten. Maar ik begrijp het volkomen als —"

"Ja," zegt hij zelfverzekerd.

"Ja?" Ik staar verward naar El Duderino.

Gast. Ik had ook niet verwacht dat hij daarmee zou instemmen.

"Had je liever gehad dat ik nee had gezegd?" vraagt Lucius, en ik kan me voorstellen dat hij aan de andere kant van het gesprek zit te grijnzen.

Ja. Nee. Misschien. "Waarom zou ik het je vragen als ik niet wilde dat je ging?"

Ik verwacht van hem dat hij zegt, "Omdat je dat aan je nieuwsgierige ouders hebt beloofd." In plaats daarvan zegt hij, "Het is een goed idee."

En ik staar weer naar mijn cactus.

Gast. Ik heb geen idee waarom hij denkt dat het een goed idee is.

"Hoezo?" vraag ik uiteindelijk.

"Geweldige oefening," zegt Lucius. "Als je familie in de fartlek trapt, dan zal oma dat ook doen."

Natuurlijk. Klinkt logisch. Waarom voel ik me dan zo teleurgesteld door zijn robotachtige logica?

"Dat is dan geregeld," zeg ik. "We doen het als je terug bent."

Als iemand te horen krijgt dat ik zijn oma ga ontmoeten en hij mijn ouders gaat ontmoeten, dan zullen ze aannemen dat we op weg zijn naar een supersnelle bruiloft.

"Is er iets dat ik van tevoren moet voorbereiden?" vraagt hij.

"Zoals wat?" Het zou waarschijnlijk verstandig zijn om iedereen in mijn familie NDA's te laten tekenen, maar ik ga hem *dat* idee niet geven.

"Zijn er vragen die we nog niet hebben behandeld en die ze misschien aan de orde zullen stellen?"

Ik zucht. "Ze zullen je waarschijnlijk de meest beschamende dingen over mij vertellen, dus om het eerlijk te maken, kun je me misschien de jouwe vertellen?"

Zijn zucht klinkt als de mijne. "Oma zal je waarschijnlijk ook de meest gênante verhalen over mij vertellen."

"Zoals?"

Hij maakt tsk-tsk-geluiden. "Ik vertel je alleen de mijne als jij de jouwe vertelt."

Ik aarzel, maar bedenk me dan waarom ook niet. Hij weet al dat ik dyslectisch ben. Zachtjes zeg ik, "Ik betwijfel of mijn familie je dit zal vertellen, maar mijn meest beschamende momenten hebben allemaal met mijn leesproblemen te maken. Ik had een sadistische lerares die me altijd opriep om hardop voor te lezen. Enkele voorbeelden van mijn fouten zijn 'vagina' in plaats van 'vanille' en 'perioderood' in plaats van 'Perzisch rood'. Iedereen had lol ten koste van mij, en aangezien kinderen kinderen zijn, hebben ze me er maanden mee gepest."

"Kinderen kunnen dieren zijn," zegt hij met gevoel. "En het klinkt alsof die lerares ontslagen had moeten worden... op zijn minst. Hoe heet ze?"

"Oh, maak je geen zorgen, ik heb wraak genomen." Ik lach om de herinnering. "Ik heb stiekem Krazy Glue op haar stoel gesmeerd. Het eindigde voor haar met een behoorlijk gênante reis naar het ziekenhuis."

"Mooi zo." Er is een glimlach in zijn stem terwijl hij zegt, "Ik kan je maar beter niet kwaad maken."

"Dat klopt. En daarom ben je mij nu iets gênants verschuldigd — en niet iets wat je oma me zal vertellen."

Vloekte hij net binnensmonds?

"Goed dan," zegt hij met duidelijke tegenzin. "Maar dit wordt dubbel gedekt door onze NDA."

"Wat jij wil." Ik wrijf in mijn hoofd mijn handen

tegen elkaar. Hij gaat me duidelijk iets sappigs vertellen.

"Er was eens een pestkop die me in de kantine had gebroekt," zegt hij.

Ik knars met mijn kiezen. "Hij deed wat?"

"Hij trok mijn broek naar beneden," verduidelijkt Lucius.

Dat wist ik, maar ik onderbreek hem niet nog eens.

"Hoe dan ook," vervolgt Lucius. "Ik droeg mijn ondergoed met Spartacus erop — en aangezien kinderen kinderen zijn, stond iedereen te lachen. Maar dat was niet het einde, of het ergste. Op de een of andere manier kwam oma erachter wat er gebeurd was, en kwam ze de volgende dag op school. Ik heb geen idee hoe ze wist welk kind het had gedaan, maar ze schreeuwde tegen hem waar iedereen bij was en trok toen *zijn* broek naar beneden voordat ze wegging."

Ik snak naar adem.

"Ja," zegt Lucius droog. "Het is een geluk dat er geen bewakers of leraren als getuigen waren, anders zou ze nu op een lijst staan. In ieder geval noemde iedereen me gedurende de rest van de basisschool 'oma's' kindje."

Is het raar dat ik niet te veel van zijn oma's gedrag afkeur? Haar grootste fout was dat ze de daad in het openbaar had gedaan, waardoor Lucius in verlegenheid werd gebracht. Ze had de pestkop alleen op moeten zoeken en dan —

Nee. Wacht. Wat denk ik in vredesnaam? Ze heeft

de broek van een kind naar beneden getrokken. Dat is waar dan ook verkeerd om te doen, maar oneindig veel meer privé.

"Jij wint," zeg ik. "Als ik tijdens de basisschool in de kantine met mijn broek op mijn knieën was beland, dan had ik jarenlang therapie nodig gehad."

"Ik wist niet dat dit een wedstrijd was."

Ik grinnik. "Kun je je overwinning niet elegant accepteren?"

"Ik sta erop dat jij toch de winnaar van deze wedstrijd bent, maar ik kan niet zeggen waarom, omdat ik heb beloofd om de gebeurtenis in kwestie niet te noemen."

Ik bloos. Natuurlijk! Hoe kan ik het vergeten zijn? Het meest gênante moment van mijn leven was om in die lift te moeten plassen.

"Het spijt me," zegt Lucius en hij klinkt oprecht berouwvol. "Ik had niet moeten benoemen *waarover niet gesproken mocht worden.*"

"Ja. Dat was een stoot onder de gordel, vooral om een punt te maken."

Hij zucht. "Ik heb nu het gevoel alsof ik je nu weer een gênant verhaal verschuldigd ben."

"Op zijn minst."

"Oké, daar gaat ie," zegt hij. "Dit was op de middelbare school. Ik liep met mijn lunch en niesde op het verkeerde moment. Uiteindelijk kwam mijn pasta overal op me terecht. Natuurlijk zag het meisje dat ik leuk vond alles en lachte ze."

"Het kreng." Oeps, dat kan een overdreven reactie zijn geweest.

"Hé, in haar verdediging, het *was* grappig."

Ik kauw op de binnenkant van mijn wang en voel me irrationeel van streek. "Heb je haar toch mee uit gevraagd?"

"Nee," zegt hij, een beetje te scherp. "In ieder geval, nu dat we quitte staan, kan ik maar beter gaan."

Oké. Een beetje te abrupt, maar prima. "Welterusten."

Hij hangt op.

Heb ik iets verkeerds gezegd?

Hoe dan ook, ondanks het einde van het gesprek, was dat best leuk.

Ik hoop dat hij me morgen belt.

———

Hij belt inderdaad, en ons gesprek verloopt deze keer veel vlotter. We praten nog wat meer over onze dagen op school, en hij deelt wat verhalen over de universiteit. Ik ontdek ook iets over zijn tweede passie na het oude Rome: futurisme. Hij en zijn collega-futuristen denken graag na over welke nieuwe technologische ontwikkelingen er aan de horizon staan en hoe ze het leven zoals wij dat kennen zullen veranderen.

Als we afscheid nemen, belooft hij me morgen weer te bellen.

En hij houdt zich weer aan zijn belofte, en het hoogtepunt van dit gesprek is mijn vraag naar zijn eerste kus. Zoals gewoonlijk dwingt hij mij om eerst te gaan, en ik geef toe dat de mijne op de kleuterschool was, met een jongen met wie ik deed alsof we getrouwd waren. De kus was de 'voltrekking' van die vereniging. Nadat Lucius me heeft geplaagd, omdat ik getrouwd was, geeft hij toe dat zijn eerste kus gebeurde nadat hij zijn eerste miljoen had verdiend toen hij begin twintig was — met andere woorden, heel erg laat. Als ik vraag waarom het zo lang duurde voordat hij bij die mijlpaal kwam, wordt hij ongemakkelijk, dus laat ik het onderwerp vallen, voordat hij straks niet meer belt.

De volgende dag is ons gesprek ronduit aangenaam, deels omdat ik hem interessante feiten over cactussen vertel, zoals hoe langzaam de saguaro cactus groeit, met een snelheid van slechts anderhalve centimeter om de tien jaar — maar, verbijsterend genoeg, groeit de majestueuze plant door tot vierentwintig meter hoog. Lucius vertelt me zoveel over het oude Rome, dat ik het gevoel heb dat ik er met een tijdmachine heen ben gegaan.

En zo gaat het verder. Elke dag worden onze gesprekken langer en langer, totdat ze me beginnen te herinneren aan hoe het met mijn eerste vriendje op de middelbare school was geweest. Net als toen, lig ik vaak met mijn telefoon in bed tot middernacht te praten, wat voor Lucius aan de oostkust laat in de nacht is.

We leren zoveel over elkaar dat we de CIA ervan zouden kunnen overtuigen dat we echt verkering hebben. Onze families maken geen schijn van kans.

Het is geweldig, maar er is één probleem.

Naarmate de dagen verstrijken, begin ik hem te missen. De telefoontjes, zo informatief als ze zijn, zijn geen vervanging voor zijn magnetische aanwezigheid.

Het is stom, maar ik kan er niets aan doen.

Een deel van me is duidelijk vergeten hoe nep onze regeling is.

Hoofdstuk 28

Lucius

"Hoe gaat het met die kat?" vraag ik aan Juno terwijl mijn limousine naar de privéluchthaven rijdt waar mijn vliegtuig geparkeerd staat. We hebben de hele tijd zitten kletsen en ik ben nog niet klaar om op te hangen.

Ze lacht — een geluid dat ik opvallend aangenaam vind, vooral de laatste tijd. "Ben je echt benieuwd naar de pluizige would-be-moordenaar? Het is duidelijk dat we geen dingen meer hebben om over te praten."

Ik gaap, en kijk uit het raam naar de duisternis buiten. "Je hebt een punt."

"Stop met gapen," zegt ze, en dan begint ze luid te gapen. "Met de kat gaat het geweldig, maar dankzij de NDA die je me liet ondertekenen, gaat haar moeder me vermoorden. Als roddels een persoon waren, dan zou het Pearl zijn."

Ik frons. Om de een of andere reden erger ik me als

ik aan de NDA word herinnerd, of aan andere details die de ware aard van onze regeling benadrukken.

"Over de NDA gesproken," zegt Juno. "Je moet me vertellen wat ik wel en niet mag zeggen als we morgen mijn ouders bezoeken."

Mijn limo stopt, en ik stap uit terwijl Elijah de tassen pakt. "Als je twijfelt, kun je naar mij kijken," zeg ik. "Ik knipper met mijn ogen als het goed is om te delen waar je over begint te praten."

"Als je te veel knippert, zullen ze denken dat je conjunctivitis hebt."

Ik beklim de trap naar het vliegtuig en ga op mijn stoel zitten. "Waarom ga je aan de tafel van je ouders niet naast me zitten," zeg ik tegen Juno terwijl ik de massagefunctie activeer. "Als ik wil dat je stopt met praten, dan trap ik op je voet."

"Zachtjes," waarschuwt ze.

Ik grijns. "Ik zal het zo licht als een veertje doen."

"Oké."

"Mooi. Ik moet nu ophangen. We vertrekken over een minuut."

"Ik kan niet geloven dat ik je morgen eindelijk zie," zegt ze, en iets in haar stem maakt mijn borst strak en tegelijkertijd licht.

Ik voel een steek van schuld. Er is een kleine kans dat ik langer in Florida ben gebleven, omdat ik bang was wat er zou gebeuren als ik haar weer zou zien.

Waartoe de biologie me zou kunnen dwingen.

"Hoe dan ook, ga," zegt ze, maar ik hoor de verbinding niet verbreken.

"Nou, hang op," zeg ik, met tegenzin om dat zelf te doen.

"Nee, hang jij maar op."

Serieus? "Nee, dames eerst."

"Leeftijd voor schoonheid," zegt ze.

Ik weet niet wat belachelijker is, dit heen en weer gedoe of mijn vreemde koppigheid.

De motoren van het vliegtuig komen met een brul tot leven.

"Hoor je dat?" vraag ik. "Het zal te luidruchtig zijn om zo meteen nog te kunnen praten."

"Dus... hang op," zegt ze.

Ik sta er bijna op dat zij het eerst doet, maar ik beslis om de volwassene te zijn. "Tot morgen," zeg ik en ik maak met tegenzin een einde aan het gesprek.

———

De volgende dag, terwijl Elijah me langs de prachtige besneeuwde toppen rond het kalme water van Big Bear Lake rijdt, probeer ik me voor te stellen hoe het voor Juno was om hier in al deze sereniteit op te groeien.

Over sereniteit gesproken, ik ben allesbehalve kalm. Ik voel me zelfs bijna nerveus, alsof ik op het punt sta een miljardendeal te sluiten. Voor een deel is het omdat ik wil dat Juno's familie me aardig vindt, maar vooral omdat ik Juno na al die tijd weer ga zien.

Ik ben eerlijk genoeg tegen mezelf om dat toe te geven.

De limousine stopt en Elijah doet de deur voor me open.

Het huis voor me is klein, maar mooi, met een gloednieuw rood dak en een frisse laag witte verf die het van de buren onderscheidt. Het snowboardbedrijf van haar ouders doet het duidelijk goed.

Ik pak de cadeaus en stap de veranda op om aan te bellen.

Een aantrekkelijke vrouw van middelbare leeftijd met Juno's honingkleurige ogen en vrolijke glimlach opent de deur.

"Hallo," zeg ik. "Juno heeft me niet gewaarschuwd dat ze een zus had."

Slijmerig, ik weet het, maar Elijah verzekerde me dat dit me wat bonuspunten zou opleveren bij de moeder. Gezien de nog grotere glimlach op haar gezicht had Elijah gelijk.

"Jij moet Lucius zijn." Ze steekt haar hand uit.

In plaats van hem te schudden, geef ik er een kus op — nog een suggestie van Elijah die perfect is, in ieder geval voor zover als het om het genereren van een blos op haar gezicht gaat.

"Ik ben Lily," zegt ze. "Kom binnen. Ik snap waarom Juno zo smoorverliefd is."

Eerder *doet alsof* ze smoorverliefd is, maar dat is iets wat Juno's moeder niet mag weten.

"Dit is voor jou, Lily." Ik geef haar een boeket van

gloriosa lelies vers uit Zimbabwe geleverd terwijl ik haar door het huis volg.

Ze ruikt met een extatische uitdrukking op haar gezicht aan de bloemen op het moment dat een lange man met zilverkleurig haar achter haar naar voren komt en zijn hand naar me uitstrekt. "Ik ben John," zegt hij vriendelijk. "Onderbreek ik je pogingen om mijn vrouw te charmeren?"

Ik geef hem een fles Hennessy Paradis. "Als je een fan bent van cognac, denk ik dat ik een betere kans heb om jou te charmeren."

Ik weet dat hij dat is, dankzij een beetje huiswerk, wat loont, gezien hoe groot Johns ogen worden als hij beseft wat hij vast heeft. "Hiervoor laat ik je misschien mijn vrouw meenemen op een date," zegt hij met klaarblijkelijke ernst.

Ik glimlach. "Juno is de enige die ik mee uit neem."

"Waar neem je me mee naartoe?" vraagt Juno, die van achter een hoek verschijnt.

De tijd lijkt even te vertragen, zoals in een tienerfilm wanneer de heldin voor het bal is opgetut en een trap afdaalt (zelfs als haar huis een verdieping hoog is).

De drang om naar haar toe te gaan en haar in mijn armen te trekken is meer dan sterk, maar haar ouders zijn hier. Uiteindelijk geef ik haar alleen maar een kuise kus op de wang, maar zelfs dat geeft me een stijve — een ongemakkelijke positie om bij haar familie in te zitten. Het lijkt erop dat dat gedoe over dat afscheid de liefde versterkt naar andere lichaamsdelen moet worden doorgevoerd.

Om mijn biologie onder controle te krijgen, denk ik snel aan onsexy dingen, zoals vuil onder de vingernagels, oogprut en politici. Net als het begint te werken, belt er iemand aan.

Het is een bejaard stel, en ze dragen allebei dienbladen met eten.

Ik leun naar voren om tegen Juno te fluisteren en lik tijdens het proces bijna aan haar oor. "Had ik eten mee moeten nemen?"

"Nee." Ze werpt een beschuldigende blik op haar moeder. "Mijn grootouders helpen graag."

Ik pak mijn telefoon en app Elijah om alles wat we in de koelkast van de limo hebben naar binnen te brengen. Als andere gasten eten meenemen, dan zal ik dat ook doen.

Tegen de tijd dat ik kennismaak met de eerste set grootouders, arriveert er een ander ouder stel — ook met eten.

"Zullen we naar de tafel gaan?" vraagt John.

De deurbel gaat.

Lily fronst. "Iedereen is er al."

"Dat is mijn butler," zeg ik.

Er gaan veel wenkbrauwen omhoog en Juno grinnikt. "Heb ik niet gezegd dat hij een butler heeft?"

Lily kijkt erg nieuwsgierig als ze de deur opent en Elijah met een groot dienblad onthult.

Ze bedankt hem, accepteert het offer en zegt, "Waarom kom je niet bij ons zitten?"

Elijah doet een stap terug. "Oh, ik denk niet dat het gepast zou zijn."

Er gaan meer wenkbrauwen omhoog, waarschijnlijk als reactie op het Britse accent.

"Onzin," zegt Lily. "Je hebt eten meegebracht; daarom moet je binnenkomen."

Elijah ziet er verbijsterd uit. "Dit is het eten van de meester. Ik heb het alleen naar binnen gebracht."

Lily maakt puppyogen naar hem. "Alsjeblieft? Ik zou niet graag gaan eten, wetende dat je alleen in de auto zit."

Elijah werpt me een vragende blik toe en ik knik zo onmerkbaar mogelijk. Als hij zich bij ons aansluit, kan dat me misschien van een sociale blunder redden die anders mijn intentie om deze familie te charmeren in gevaar zou brengen. Hij is als butler veel beter in deze dingen. Maar de meeste mensen zijn er beter in dan ik.

"Als je zo aandringt, zou het een eer zijn," zegt Elijah stijfjes. Hij reikt naar voren toe en pakt het dienblad van Lily. "Waar wil je dat ik dit neerzet?"

Lily leidt hem door de woonkamer en de rest van de familie volgt, behalve Juno.

Ze komt naar me toe en fluistert samenzweerderig, "Even een waarschuwing, mijn moeder kan niet goed koken."

Ik kijk met opgetrokken wenkbrauwen op haar neer. "Dat is niet aardig om te zeggen."

Ze zucht. "Ik weet het, maar als je eenmaal haar zogenaamde kookkunsten hebt geproefd, zul je beseffen dat 'niet goed' de mooiste woorden zijn die ik had kunnen gebruiken. 'Meer dan gruwelijk,' 'onvoorstelbaar gruwelijk,' of 'een misdaad tegen de mensheid' zijn passender, maar omdat ik van haar hou, toonde ik terughoudendheid."

"Ja," zeg ik. "Je terughoudendheid is legendarisch."

Ze knijpt haar ogen tot spleetjes. "Je bent gewaarschuwd. Pak gewoon wat van haar gerechten en eet er wat van, of als je het niet kunt verdragen, smeer dan op zijn minst het eten op je bord zodat ze het niet kan zien. En complimenteer haar natuurlijk."

Ik kijk in haar ogen en hunker meteen naar honing. "Wat voor monster denk je dat ik ben?"

Ze gnuift. "Je weet dat je bot kunt zijn."

"Ik, bot? Je kwetst me."

"Het is een ongeschreven regel in onze familie om mam te laten denken dat ze wel kan koken. Als haar gerechten de enige zijn die niet zijn opgegeten, dan zou ze achter de waarheid kunnen komen."

Ik bedenk me iets anders. "Is dat waarom je grootouders eten hebben meegenomen?"

Ze knikt. "Het officiële verhaal is dat ze willen helpen. Dat is ook de reden waarom mijn vader voor elk evenement een paar eigen gerechten maakt. Als het geen grote bijeenkomst is, dan is pap zelfs degene die moet koken."

245

Ik grinnik. "Beseft je moeder niet dat ze er slecht in is?"

Juno kijkt geschokt bij alleen al het idee. "Ze vindt haar eten geweldig. Pap heeft haar ervan overtuigd dat het te goed is, en dat hij te veel zou eten en dik zou worden als ze het de hele tijd zou maken. Dus 'voor zijn gezondheid,' kookt hij zijn 'inferieure' gerechten."

"Heel schattig," zeg ik. Mijn ogen zwerven over Juno's geanimeerde gelaatstrekken. Zonder het te willen, merk ik dat ik naar haar toe leun en mijn stem wordt dieper als ik mompel, "Nee. Prachtig."

Ze bevochtigt haar lippen en stapt een fractie dichterbij terwijl ze fluistert, "Als ik een gebrek had, dan zou ik het willen weten."

Moet ik haar over haar vele gebreken vertellen? Zoals dat haar lippen te verleidelijk zijn voor mijn comfort? Hoe haar intelligentie het onmogelijk maakte om haar deze week niet te bellen en afstand te houden zoals ik oorspronkelijk van plan was? Of dat haar op en neer bewegende borstkas te verdomde opwindend is, waardoor ik —

"Juno?" roept haar vader ergens vandaan, waardoor hij me ervan behoed om iets geks te doen, zoals haar hier en nu in deze gang aanvallen.

"Ik kom eraan!" roept ze terug en ze kijkt me dan verontschuldigend aan. "Klaar?"

"Ik ben vlak achter je," zeg ik, mijn stem is een beetje hees.

Ze vertelt me waar het toilet is indien ik dat nodig heb, en dan gaat ze weg.

Eerst volg ik haar, maar dan besluit ik dat een stop in het toilet de moeite waard zou zijn om wat koud water op mijn gezicht te spatten.

Als die zet mislukt, ben ik gedwongen om opnieuw aan de meest onseksuele gedachten in mijn arsenaal te denken, want ook al zijn oorsmeer en snotjes niet goed voor mijn eetlust, ze zijn beter dan het alternatief: dat Juno's ouders zien hoe mijn biologie op hun dochter reageert.

Hoofdstuk 29

Juno

Bij Saguaro's eierstokken, stond ik weer op het punt om Lucius te kussen?

Misschien. Dat wilde ik zeker, en als pap niet had geroepen, dan had ik dat misschien wel gedaan. Hoe zou Lucius hebben gereageerd? Even leek het alsof hij met me flirtte, maar misschien ging hij gewoon dieper in op de rol?

Ugh, ik moet echt mijn libido onder controle zien te krijgen. Ter verdediging, Lucius ziet er vandaag bijzonder lekker uit — en ik geef alle telefoongesprekken daarvoor de schuld.

Nu ik hem beter ken, is het moeilijk om hem als een chagrijnige klootzak te zien. Niet dat hij dat niet is, natuurlijk — er zitten gewoon zoveel andere kanten aan hem, inclusief de man die zoveel van zijn grootmoeder houdt dat hij bereid is om tot het uiterste te gaan om haar gelukkig te maken.

Als ik de keuken binnenloop, zie ik dat iedereen de meest zichtbare 'kop van de tafel'-plekken voor ons leeg hebben gelaten. Heel subtiel. Als we hier vandaag zouden trouwen, dan zouden we daar zitten.

"Waar is Lucius?" vraagt mam, die er naar omstandigheden veel te bezorgd uitziet. Wat denkt ze, dat ik op het moment dat ze ons met rust lieten het heb uitgemaakt? Of hem heb opgegeten?

"Hij komt vlak achter me aan," zeg ik. "Hij is waarschijnlijk zijn handen wassen."

Ik ga zitten en kijk naar de tafel.

Er is genoeg voedsel om een studentenhuis vol met hongerige studenten te voeden — ervan uitgaande dat ze niet op rupsen hebben lopen kauwen. Zoals gewoonlijk vertellen de ervaring en mijn verbeterde gevoel van zelfbehoud me welke gerechten van mama zijn. Lucius' bijdrage valt ook op: een dienblad met chique, kleine taartjes met gerookte vis en roomkaas, crackers met kaviaar, kleine krabkoekjes en komkommersandwiches samen met andere hors d' oeuvres. Het is duidelijk dat Elijah achter sommige van deze selecties zit, gezien hoe goed ze bij een Britse afternoon tea zouden passen.

"Ah, daar is hij," zegt mama en ze knippert met haar wimpers naar mijn date.

Serieus? Terwijl haar man erbij zit? Aan de andere kant kijken mijn grootmoeders ook bewonderend naar Lucius. Ik denk dat hij dat bij iedereen die van mannen houdt naar boven haalt.

"Alles ruikt heerlijk," zegt Lucius, met zijn lippen die een ongewoon warme glimlach vormen. Hij werpt een snelle blik op Elijah, die goedkeurend knikt.

Waar ging dat allemaal over? Heeft de butler hem gecoacht hoe hij aardig moest zijn tijdens het etentje?

"Wacht maar tot je Lily's paella proeft," zegt papa en hij wijst naar het gerecht waarvan ik al vermoedde dat het mama's speciale touch had. Er zitten anijshysopbloemen in (gebruikt als garnering?), die een zoethoutsmaak toevoegen waar hij in de verste verte niet thuishoort.

Terwijl iedereen om de beurt uitlegt wat ze mee hebben genomen, schep ik voor mezelf een beetje van alles op en maak ik er een grote show van om wat van mama's paella op te scheppen. Ik ben er eigenlijk best nieuwsgierig naar. De ingrediënten in dit gerecht kunnen sterk variëren, dus hoe erg kan ze het verpesten?

Het antwoord: spectaculair. Ik stop een klein lepeltje in mijn mond en vind het erg moeilijk om het niet uit te spugen.

Als ik aan kruiden en specerijen geassocieerd met paella denk, komen dingen als paprika, kurkuma, oregano, knoflook, peper, rozemarijn en saffraan in me op. Geen van hen zitten hierin. Wat ik wel bespeur, is vanille. En nootmuskaat. En sojasaus? En hoe zit het met de croutons? En laten we de nauwelijks gekookte rijst niet vergeten, de overgekookte, rubberachtige zeevruchten, en genoeg zout om iedereen onmiddellijk hypertensie te geven.

Mam is echt een virtuoos als het erom gaat om voedsel oneetbaar te maken. Niet voor het eerst vraag ik me af of er iets mis is met haar smaakpapillen — ze zit vol overgave op de paella te kauwen en het lijkt erop dat ze er echt van geniet.

Ik zie Lucius een vork vol van de wreedheid in zijn mond steken en kijk toe hoe goed hij zijn reactie verbergt.

Zijn ogen worden groot. Hij begint moeizaam te kauwen. Met duidelijke moeite slikt hij de mondvol door. Dan, met veel gevoel, zegt hij luid, "Wauw, Lily. Deze paella is niet van deze wereld."

Verdomme, dat was goed. Hij kanaliseerde zijn echte emoties in die leugen — die niet eens een leugen was. Dit voedsel is echt niet van deze wereld. Het is wat de Upside Down-monsters in *Stranger Things* moeten eten.

Pap kijkt Lucius goedkeurend aan. "Vanaf dit moment heb je mijn zegen als je met mijn dochter wilt trouwen."

"Pap!" Ik heb het gevoel dat ik door mijn stoel zou kunnen zakken.

"Wanneer *gaan* jullie twee trouwen?" vraagt mam opgewonden.

"Mam!" Maak daar door mijn stoel *en* de vloer zakken van.

"En wanneer kunnen we achterkleinkinderen

verwachten?" vragen mijn twee grootmoeders, op de een of andere manier in koor.

"Kun je van een van die kinderen een jongen maken?" springen de grootvaders ook in verdachte synchronisatie bij.

"Hebben jullie dit gerepeteerd?" vraag ik met een verstikte stem. Ik wil nu door de hele verdomde berg zakken en blijven vallen tot ik het midden van de aarde heb bereikt.

Lucius grijnst naar me. Ik denk dat dat beter is dan schreeuwend weglopen, dat is hoe een echte vriend op al dat huwelijk-en-kinderengedoe zou reageren.

Lucius verbergt zijn grijns, kijkt mijn familie aan en zegt plechtig, "Bedankt, John. Ik zal je zegen in gedachten houden. Voorlopig zijn Juno en ik daar nog niet beland." Hij kijkt me aanbiddend aan. "Toch, lieverd?"

"Juist, snoesje," zeg ik. "Het onheilige huwelijk zal moeten wachten."

Is mam aan het pruilen? En zijn mijn grootouders echt zo overstuur, of hebben ze gewoon wat paella doorgeslikt?

Over paella gesproken... Elijah lijkt zich te midden van al deze familiedingen ongemakkelijk te voelen, en pakt voor zichzelf een bord vol van mijn mams gerecht. Een grote vergissing.

Lucius kijkt zijn butler met medelijden aan, net als alle leden van mijn familie die niet mam zijn. Zodra mam echter zijn kant opkijkt, verandert de uitdrukking van Lucius in nieuwsgierigheid en vraagt hij haar hoe zij en papa elkaar hebben ontmoet.

Wauw. Als het Elijah was die die ijsbreker heeft voorgesteld, dan verdient hij opslag — of om gered te worden van die paella. Lucius zou mam waarschijnlijk een gekke vraag uit die lijst op het internet hebben gesteld, zoals wat voor soort clown ze zou willen eten.

Mams gezicht raakt geanimeerd als ze het verhaal van hun kennismaking begint te vertellen. Zij en pap zijn jeugdliefjes, dus hun lieve verhaal begint op de middelbare school.

Omdat ik het verhaal al een miljoen keer heb gehoord, luister ik er niet naar en kijk in plaats daarvan naar Elijah.

Met veel vertrouwen doet de butler de eerste lepel in zijn mond.

Terwijl de paella zijn arme smaakpapillen aanvalt, verwijden zijn pupillen, en wordt zijn gezicht groenig van kleur.

Het siert Elijah dat hij verder niets van afkeer laat zien. Hij slikt de mondvol door met een micro-expressie die me aan kinderen doet denken die pillen innemen.

Hij kauwt de volgende lepel in een stijl die aan een kameel doet denken. Dat lijkt niet veel te helpen. De kwelling is nog steeds zichtbaar op zijn gezicht als je er naar op zoek bent. Dan, met de blik van een man die op weg is naar de galg, neemt hij nog een lepel, en nog een.

Hij moet willen dat het leed snel voorbij is. Groot gelijk. Ik zou dat in zijn schoenen ook hebben gedaan — ervan uitgaande dat ik geen paella in mijn tas kon smokkelen.

In de dappere strijd tegen de paella komt Elijah als overwinnaar naar buiten en voor de rest van de maaltijd houdt hij zich uitsluitend aan de gerechten die hij uit de limo heeft meegenomen.

Hoofdstuk 30

Lucius

"WE HOPEN JE SNEL WEER TE ZIEN," zegt Lily terwijl ze mijn wangen kust, eerst de ene en dan de andere.

Ik tolereer de uiting van genegenheid, hoewel mijn instinct meestal zou zijn om me terug te trekken. Over het algemeen was tot mijn verbazing het hele etentje heel aanvaardbaar. Misschien zelfs leuk. De warme familiale sfeer, het goedaardige gekibbel, de manier waarop ze deden alsof ze Lily's vreselijke kookkunst lekker vonden — het maakte me allemaal een beetje weemoedig. Waar, ik heb een deel van dit met oma ervaren, maar ze is slechts één vrouw en ze kan niet zo'n feestelijke sfeer helemaal zelf creëren.

Misschien maak ik ooit zo'n grote familie van mezelf.

Wacht, wat denk ik in vredesnaam?

"We moeten ze met rust laten," zegt Lily, naar mij

en vervolgens naar Juno knikkend. "Laat ze 'afscheid' nemen." Ze zet het laatste woord in luchtcitaten en Juno rolt met haar ogen.

"Ga ik je geen lift geven?" vraag ik aan Juno zodra iedereen Lily's suggestie volgt en in het huis verdwijnt.

Ze schudt haar hoofd. "Mam wil dat ik blijf overnachten."

"Ah." Ik voel een steek van teleurstelling. We hebben vandaag niet echt de kans gehad om te praten.

Juno knikt naar de deur en fluistert, "Ik durf mijn cactus erom te verwedden dat ze naar ons kijken."

Mijn hart slaat een slag over. Zegt ze wat ik denk dat ze zegt? Ik beslis dat ik dat hoe dan ook ga aannemen.

"Nou dan." Ik leg mijn hand op haar onderrug en buig mijn hoofd. "Moeten we de schijn ophouden?"

Ze gaat op haar tenen staan, haar honingkleurige ogen glanzen. "Ben bang van wel." Haar warme adem fluistert over mijn lippen. "Ik kan al die repetities niet verloren laten gaan."

Mijn hart bonst sneller. Ik heb geen aanmoediging meer nodig, ik druk mijn lippen op de hare. Het is eerst een speelse kus, maar al snel beginnen onze tongen serieus te dansen. Haar lippen zijn heerlijk vol en vochtig, en mijn hele lichaam wordt stijf — sommige delen veel meer dan anderen.

Verdomme. Streelde ze net met haar kleine hand over mijn pik?

Onregelmatig ademend trek ik me terug. "Ik dacht dat je familie keek."

Ze knippert snel, alsof ze zich probeert te heroriënteren. Uiteindelijk fluistert ze, "Dat krijg je als je gluurt."

Ik ben opeens heel blij dat ze mijn aanbod van een limorit naar huis niet heeft geaccepteerd. Als we nog een seconde langer samen zijn, weet ik niet of ik mijn verstand erbij kan houden.

"Zie ik je bij oma thuis?" vraag ik hees. "Tenzij —"

"Ja." Ze doet een stap achteruit en bevochtigt haar lippen. "Wat moet ik meenemen?"

Die volle, zachte lippen. Verdomde hel. Ik doe mijn best om normaal te klinken. "Niets. Maar zeker *geen* restjes."

Ze grijnst. "Weet je het zeker? Ik wed dat je oma een fan is van paella."

Ik huiver als ik me de smaak herinner. "Laten we mijn chef-koks niet het gevoel geven dat hun banen op de tocht staan."

"*Chefs*, als in meervoud?"

"Ik heb er drie. De mensen die in mijn restaurants werken niet meegerekend."

Ze rolt met haar ogen. "Ik hoop dat drie genoeg is. Ik bedoel, wat als ze allemaal tegelijk ziek werden? Je zou verhongeren."

"Eerlijk gezegd zijn Elijahs kookkunsten bruikbaar. Hetzelfde geldt voor al mijn huishoudsters, op één na. En ik weet hoe ik in een mum van tijd macaroni met kaas of een omelet moet maken."

"Wauw. Met die kritische levensvaardigheden kun je zelfs op een onbewoond eiland overleven."

Waarom wil ik haar weer kussen? Waarschijnlijk om haar de mond te snoeren.

"Wanneer moet ik morgen de limousine naar je toe sturen?" vraag ik.

"Ik zal je appen."

"Oké." Waarom ben ik zo terughoudend om te vertrekken? "Doeg?"

Ze aarzelt even en blaast me dan een luchtkus toe voordat ze in het huis van haar ouders ontsnapt.

Zodra ik thuiskom, zorg ik voor mijn seksuele frustratie, en de sessie is een stuk krachtiger dan alle post-Floridatelefoongesprekken.

Ik neem dan een douche, ga hardlopen en bezoek mijn fretten.

Het collectieve zelfstandig naamwoord voor fretten is een 'business', en ik denk dat degene die dat bedacht dat deed, omdat er altijd een aantal grappige zaken gaande zijn als het om fretten gaat, vooral als er meer dan één in je buurt is.

Vandaag weet Caligula bijvoorbeeld de speciale traktaties te verslinden die ik voor iedereen heb meegebracht voordat Blackbeard en Malfoy überhaupt kunnen proeven. Ik vind ook de tuinhandschoenen die een of meer van hen hebben weten te stelen — en ze zijn aan flarden.

Terwijl ik met de duiveltjes speel, vecht ik tegen de drang om Juno te bellen. We zijn tenslotte pas drie uur uit elkaar. Zelfs als onze relatie echt was, zou het te vroeg zijn om haar te missen. Tenzij... Misschien moet ik —

Mijn telefoon gaat.

Kan dit Juno zijn?

Nee.

Het is oma.

Ondanks mijn teleurstelling glimlachend, neem ik op.

"Vond je het leuk om haar ouders te ontmoeten?" vraagt ze in plaats van gedag te zeggen.

Ik vertel haar er alles over, behalve over Lily's afschuwelijke kookkunsten. Ik wil oma geen vooroordeel aanpraten voor het geval ze ooit de kookkunsten zal proberen.

Wacht. Waarom zou ze het proberen?

"Als Juno me morgen leuk vindt, dan ben je zo goed als getrouwd," zegt oma, meer dan opgewonden.

Ik onderdruk een kreun. "Maak daar alsjeblieft geen grapjes over als je haar ziet. Haar familie zei hetzelfde."

"Wie zegt dat ik een grapje maak?" vraagt oma.

Ik knijp in de brug van mijn neus. "Oh, nee." Ik

maak mijn toon ongerust. "De fretten kauwen door mijn schoenen."

"Fretten," zegt oma alsof het een vloek is. "Ben je nog steeds met die beesten bezig?"

Omdat ze doodsbang is voor ratten, heeft oma besloten dat ze niet van fretten houdt omdat ze "op dezelfde manier gevormd zijn".

"Maak je geen zorgen. Ik neem ze niet mee." Ik herinner mezelf eraan om mijn zakken te controleren voordat ik naar haar huis ga. Het laatste wat ik bij oma thuis wil laten gebeuren is een herhaling van wat er bij de inzameling gebeurde. Ze zou waarschijnlijk proberen op een tafel te springen en zichzelf dan pijn doen.

"Neem ze niet mee," zegt ze. "Als ik aan die dingen denk, dan wil ik wat kamillethee drinken om te kalmeren."

"Ga jij dat maar doen," zeg ik met een glimlach. "Misschien ook wat valeriaanwortel."

"Goed idee. Doei."

Ik hang op en zie dat de fretten met vreemde uitdrukkingen op hun ondeugende gezichten naar me kijken.

"Sorry daarvoor," zeg ik tegen ze. "Jullie overgrootmoeder wilde niet gemeen zijn."

———

Terwijl ik naar bed ga, heb ik een sterke drang om Juno te bellen, of op zijn minst te appen. Ik heb pas geleden ontdekt dat er zoiets als een cactus-emoji bestaat — en ik wed dat als ik hem zou gebruiken, ze zou gaan zwijmelen.

Maar nee. Slecht idee.

Mijn prioriteit is om goed te slapen zodat ik op mijn allerbeste ben wanneer Juno en ik eindelijk de fartlek aan oma presenteren.

Hoofdstuk 31

Juno

Terwijl de limo die Lucius naar me toe heeft gestuurd naar het huis van Lucius zijn oma rijdt — wat eigenlijk een klein landgoed is — voelt mijn maag aan als een bloeiende cactus die door vlinders overspoeld wordt.

De combinatie van Lucius en mijn familie van gisteren maakte de lijn tussen nep en echt vriendje waziger dan ooit, zo erg zelfs dat ik nog steeds problemen heb om de idioterie in bedwang te houden. Die verzengende kus terzijde, was Lucius geweldig met mijn familie. Het maakt me niet uit hoeveel Elijah hem had gecoacht — Lucius zag eruit alsof hij het naar zijn zin had, en hij is niet goed genoeg om dat te veinzen... Ik denk tenminste van niet.

De limo stopt, en als de deur opengaat, kom ik oog in oog te staan met Lucius zelf, waardoor de bestuivers in mijn buik echt gek worden.

"Hoi." Ik stap er met behulp van zijn aangeboden hand uit, en als we elkaar aanraken, voel ik het tussen mijn benen — een aangename, maar onwelkome situatie.

Terwijl hij mijn hand loslaat, draait hij zijn rug naar me toe en zegt, "Volg mij."

Gewoon "volg mij?" Geen begroetingskus voor de neppe vriendin? Geen knuffel? Geen "leuk je te zien?"

Prima. Doe maar zo. Ik laat hem me naar binnen leiden, waar ik eindelijk zijn oma kan zien.

Het eerste wat me te binnen schiet, is hoe klein deze vrouw is — en dit komt van mij, die verre van een reuzin is. Het tweede ding: ze moet in haar leven veel gelachen hebben. Het bewijs ervan is in de lijnen rond haar mond en in het kuiltje in haar wang geëtst.

Hetzelfde soort kuiltje dat Lucius heeft, realiseer ik me met een eigenaardige vernauwing in mijn borst.

Lucius geeft haar een dikke, warme knuffel en kust haar op de wang — dit bewijst dat hij weet dat begroetingsknuffels en kussen dingen zijn die mensen doen.

Oma straalt naar hem, en de hele situatie is uiterst schattig, vooral omdat Lucius slechts een paar draden te kort komt om een robot te zijn.

"Oma, dit is mijn vriendin, Juno," zegt hij, waardoor ik het gevoel krijg dat ik net een gouden medaille heb ontvangen. "Juno, dit is —"

"Pearl," zegt zijn oma tegen me. "Noem me Pearl."

Ik grijns. "Mijn beste vriendin heet ook Pearl."

Ze grijnst terug. "Ik hoop dat ik ook je vriendin word, net als de andere Pearl."

Ik hoop dat ze niet te veel over seks zal vertellen zoals de jongere Pearl dat doet, zoals toen mijn vriendin me vertelde dat ze ongewoon geniet van een seksuele daad die *een parelketting* wordt genoemd.

"Je overdreef niet," zegt oma tegen Lucius. "Ze is echt opvallend mooi."

Hij ziet er verbaasd uit, waardoor ik betwijfel of hij zijn geslepen oma ooit zoiets heeft verteld.

Ik doe mijn best om de situatie te redden. "Dus, Pearl, heb je foto's van Lucius als kind?"

Ze kijkt me goedkeurend aan. "Je draait er niet omheen. Ik vind je nu al leuk."

Terwijl ze ons naar de woonkamer leidt, fluistert Lucius, "Dat is oneerlijk. Ik heb gisteren niet dat soort foto's van jou gezien."

Pearl geeft me een dik fotoalbum en ik plof op de bank.

Lucius zit naast me. Mijn hartslag gaat sneller. Zijn grote, gespierde gestalte straalt genoeg warmte uit om eieren te koken... of te bevruchten.

Als Pearl aan mijn andere kant zit, open ik het album en kijk ik er gretig naar, met een grijns van oor tot oor die bij de overdaad aan schattigheid mijn gezicht splijt. Lucius was het schattigste kind ooit, met een glimlach met kuiltjes en grote grijze ogen. Als we een zoon zouden hebben —

Nee. Ik sluit het album met een luide klap en kijk

met een schuldige blik naar Pearl. "Hoe zit het met zijn tienerjaren?"

Dat zou veiliger moeten zijn, toch?

Ze trekt een gezicht. "Helaas heeft de moeder van Lucius dat album 'geleend' en nooit teruggegeven."

"Zoals typisch is," mompelt Lucius binnensmonds.

Voordat ik commentaar kan geven, loopt er een stevige man van middelbare leeftijd de kamer binnen, met een dienblad met drankjes.

"Ah, dank je, lieverd," zegt Pearl tegen hem voordat hij zich tot mij keert. "Dit is Aleksy."

"Aangenaam kennis te maken. Ik ben Juno," zeg ik tegen Aleksy.

Aleksy zet de drankjes op de salontafel. "Van hetzelfde," zegt hij, en ik bespeur een Oost-Europees accent.

Met een hoffelijke buiging, laat hij ons verder.

Ik vraag Pearl welk drankje van haar is en geef het aan haar.

"Ook nog beleefd," zegt ze goedkeurend tegen Lucius. "Verpest dit niet."

Lucius zucht. "Willen jullie dames me even excuseren? Ik wil even met Aleksy praten."

Pearl vernauwt haar ogen. "Waarom? Ik verzeker je, mijn suiker is tussen de drie komma acht en vijf geweest. Mijn bloeddruk is die van een atleet. Nog steeds geen rugpijn, zonder pillen. Zelfs mijn bo— "

"Ik zou dit allemaal graag van Aleksy horen," zegt Lucius streng en hij staat op.

"Vertrouwt me niet," fluistert Pearl zo hard tegen me dat hij het zeker kan horen.

Voordat Lucius de kamer kan verlaten, gaat mijn telefoon.

Ik laat Pearl mijn telefoonscherm zien. "Zie je wel? Dat is mijn vriendin en jouw naamgenoot die belt." Ik weiger het telefoontje en leg mijn telefoon op de salontafel. "Ik bel haar later wel terug."

Lucius schudt zijn hoofd, zoals hij elke keer doet als hij mijn niet-smartphone ziet, en gaat dan weg om met Aleksy te praten.

Zodra hij weg is, leunt Pearl naar me toe en zegt met een lage stem, "Ik ben blij dat je die oproep niet hebt aangenomen."

"Oh?"

Pearl kijkt me aan. "Er is iets waar ik met je over wil praten zonder dat mijn kleinzoon aanwezig is."

Mijn hartslag versnelt. "Oh, natuurlijk. Wat is de vraag?"

Ze aarzelt even. "Lucius... hij kan een beetje prikkelbaar zijn."

Ik barst bijna in lachen uit. "Een *beetje* prikkelbaar?"

Ze zucht. "Is hij erg prikkelbaar?"

Ik glimlach schaapachtig. "Nou ja, misschien niet erg. Tenminste niet tegen mij."

"Goed," zegt ze zachtjes. "Ik maakte me zorgen. Hij lijkt veel om je te geven."

Het is meer dat hij een geweldige acteur is. "Het gaat goed met ons."

"Dat meen je blijkbaar niet," zegt ze, terwijl ze haar hoofd schuin houdt.

Verdomme. Ben ik de hele fartlek aan het verpesten? "Ik denk..." Ik haal diep adem en zoek iets om te zeggen dat haar waar in de oren zal klinken. "Soms krijg ik het gevoel dat hij zich inhoudt. Alsof hij op zijn hoede is om hechter met elkaar te worden."

Dat is waar, punt. Niet dat ik het hem kwalijk kan nemen, gezien de valsheid van onze relatie. Ik hou mezelf in, omdat dat gewoon logisch is.

Ze knikt. "Hij is op zijn hoede. Ik hoop dat je geduldig met hem kunt zijn. Hij is nu misschien rijk, maar hij heeft geen makkelijk leven gehad. Eerst heeft zijn nutteloze vader hem en mijn dochter verlaten. Toen bleek ze een minder dan ideale moeder te zijn, hoe verdrietig ik het ook vind om het te zeggen." Ze slaakt een diepe zucht. "Als dat soort dingen gebeuren, dan kan een jongen zich afvragen of hij geliefd kan worden — en de meisjes van de middelbare school hebben niet geholpen."

"Meisjes op de middelbare school?" zeg ik dubieus. Van de rest van wat ze zegt, had ik al een vermoeden — hoewel mijn hart pijn doet om het bevestigd te horen worden. "Ik zou denken dat meisjes van de middelbare school Lucius als boze bijen zouden overspoelen. Bronstige bijen."

Ik weet dat ik dat gedaan zou hebben, als we samen op school hadden gezeten.

Pearl trekt een gezicht. "Dat zou je denken als je nu naar hem kijkt, hè? Maar dat was helaas niet het geval. Zo schattig als hij als kind was, was hij een lelijke eendsituatie toen hij een tiener was. Tenminste, voor een tijdje. Hij werd van de ene op de andere dag slungelig, en het kostte hem een paar jaar om in zijn lichaam te groeien. Het hielp niet dat hij al prikkelbaar begon te worden." Ze zucht weer. "Voor zover ik weet, begon hij pas te daten toen hij veel geld verdiende — en nu denkt hij dat dat het enige is waar elke vrouw in geïnteresseerd is als het om hem gaat."

Natuurlijk. Dat zou verklaren waarom zijn eerste kus rond de tijd gebeurde dat hij zijn eerste miljoen verdiende — en waarom hij er niet over wilde uitweiden toen ik het vroeg.

"Aangezien ik kan zien dat wat jullie twee hebben echt is," vervolgt Pearl, "wilde ik —"

Lucius stapt de kamer binnen, zijn ogen staan keihard. "Natuurlijk is wat Juno en ik hebben echt. Maar ga door, wat was het dat je wilde zeggen?"

"Ik wilde Juno vertellen dat jullie het perfecte stel lijken te zijn," zegt Pearl — en het klinkt zo serieus dat ik haar zou geloven als ik niet zeker wist dat ze iets anders zou zeggen. Iets als "geef hem het voordeel van de twijfel."

"Probeer het nog eens," zegt Lucius.

"Goed dan." Pearls ogen schitteren op muitende

wijze. "Ik wilde haar over je doctoraat in de Romeinse geschiedenis vertellen. Ik weet dat jij dat nooit zou vertellen."

"Omdat het een erezaak is," zegt hij. "Word beroemd of geef een school een donatie die groot genoeg is, en jij krijgt er ook een."

"Ik weet zeker dat er wel meer bij komt kijken. Heb je Juno tenminste over je MBA verteld?" vraagt ze. "Die heb je verdiend, toch?"

Hij zucht. "Juno's droom is om zelf een diploma te behalen, dus ik dacht dat over mijn schoolprestaties opscheppen tactloos zou zijn."

"Dat is niet zo," zeg ik. "Ik kan trots op je zijn... en tegelijkertijd een beetje jaloers. Trouwens, ik wil een diploma in plantkunde behalen. Dat heb je niet, of wel?"

"Nee," zeggen hij en Pearl tegelijk.

"Dan ben ik maar een beetje jaloers," zeg ik. "En natuurlijk onder de indruk."

"Zie je?" zegt Pearl. "Geen probleem. Je had het haar moeten vertellen."

Lucius wrijft over zijn slapen. "Probeer je me te laten vergeten wat ik hier kwam zeggen?"

Pearl grijnst. "Het was waarschijnlijk, 'Juno, ik heb je gemist.'"

"Nee," zegt hij chagrijnig. "Ik wilde je wat over je elleboog vragen."

"Aleksy, je bent een verrader!" roept Pearl.

"Wat is er gebeurd?" eist Lucius.

269

Pearl tilt haar rechterelleboog theatraal op. "Niets. Ik heb waarschijnlijk te lang badminton gespeeld. Aleksy heeft me een paar dagen ijs op mijn elleboog laten leggen en het voelt beter."

Lucius onderzoekt haar elleboog met zo'n intensiteit dat je zou denken dat hij er met zijn blik een röntgenfoto van maakt. "Je gaat morgen naar een dokter," kondigt hij aan. "Ik weet dat je om tien uur op bent, dus dat is wanneer ik hem laat komen."

Terwijl ze zachtjes kibbelen over de tijd, kan ik niet anders dan vanbinnen glimlachen. Ik wist al dat Lucius om zijn grootmoeder gaf, maar zijn overbezorgdheid laat me zien hoeveel — en het geeft me een openbaring over hem die ik veel, veel eerder had moeten krijgen.

Als Lucius een plant was, dan zou hij een cactus zijn. Op het eerste gezicht prikkelbaar, maar in de juiste omstandigheden, zoals bij zijn grootmoeder, bloeit hij op. Hij heeft in het leven een moeilijke start gehad, maar was in staat om miljarden te verdienen en op een andere manier te gedijen. Net als zijn cactusbroeders, heeft Lucius verborgen diepten die ik nog steeds aan het ontrafelen ben.

Dit verklaart veel. Zoals dat hij de laatste tijd al mijn gedachten bezighoudt. Ik bedoel, ik hou van cactussen, dus zou het zo verrassend moeten zijn dat —

Aleksy loopt de kamer binnen. "De chef-koks zijn hier met het avondeten."

Tijdens het avondeten verandert Pearl in een hybride tussen een inquisiteur en een detective, dus al onze eerdere training op het gebied van kennismaking loont in overvloed. Wat me het meest imponeert, is hoeveel details Lucius zich over mij herinnert, zelfs dingen die ik terloops heb genoemd.

Het is leuk om zo opgemerkt te worden, ook al is het alleen maar om zijn grootmoeder vandaag voor de gek te houden.

"Heb je iets van je moeder gehoord?" vraagt Pearl aan Lucius terwijl we de goddelijke éclairs opeten die de banketbakker voor het dessert heeft gemaakt.

Hij knikt. "Je dochter is op safari in Botswana."

"Ah." Pearl dept haar mond met een servet. "Neem me niet kwalijk. Ik moet even mijn neus poederen."

Zodra ze vertrekt, fluistert Lucius, "Ik wed dat dit een test is."

Ik trek een wenkbrauw op. "Welke soort?"

"Om te zien of we van elkaar af kunnen blijven."

Zegt hij wat ik denk dat hij zegt? Ik slik het laatste beetje éclair in dat boven een brok in mijn keel is blijven hangen. "Wilde je onze eerdere oefening gebruiken?"

Hij kijkt hebzuchtig naar mijn lippen. "Als ze ons betrapt, zal het de fartlek bevestigen."

Grr. Ik begin dat f-woord echt te haten.

"Tenzij je er een probleem mee hebt?" zegt hij.

Saguaro geeft me kracht. Ik draai me naar hem toe en tuit mijn lippen. "Laten we het doen."

Hij leunt naar voren en onze lippen komen samen.

Oh hemeltje. Hij smaakt naar chocolade en vanille van de éclair, maar ook naar hem — heerlijk mannelijk.

Als dit puur een optreden van hem is, dan is hij goed. Mijn tepels geven het zeker een staande ovatie, en mijn eierstokken fluiten en roepen.

"Konden jullie niet wachten?" Pearls toon is het tegenovergestelde van veroordelend, maar ik voel me toch als een stoute tiener.

Ik trek me terug en mijn hart slaat een slag over bij de hitte in Lucius zijn ogen. Kan hij alsof doen? Is dat een tent onder het servet op zijn schoot, of zie ik dingen?

"Sorry," zeg ik schaapachtig tegen zijn grootmoeder. "Ik heb de mond van Lucius mond met een éclair verward."

Ugh, waarom heb ik dat net gezegd? Er zit veel meer onder dat servet met de vorm van een éclair.

"Het geeft niet, lieverd," zegt Pearl. "Het dessert is niet compleet zonder een kus van je geliefde."

"Oma," zegt Lucius met onechte strengheid. "Laat Juno zich niet ongemakkelijk voelen."

Ze grinnikt. "Weet je zeker dat het Juno is die zich ongemakkelijk voelt?"

Lucius legt zijn handen in een gebedshouding. "Kunnen we het nu alsjeblieft over iets anders hebben?"

Oh nee. De ogen die hij naar zijn grootmoeder trekt. Als hij die blik ooit op mij zou gebruiken, dan zou ik tegen zowat alles ja zeggen. Vooral tegen vieze dingen.

"Oké," zegt Pearl hoffelijk. "Laten jullie de restjes achter als jullie gaan?"

Lucius schudt zijn hoofd. "Ik denk dat ik het dessert beter mee kan nemen, zodat je niet in de verleiding komt."

Ze discussiëren een paar minuten over het lot van het dessert terwijl ik van mijn thee zonder cafeïne nip. Dan begint Pearl een verhaal over vechten voor vrouwenrechten in haar jeugd te vertellen.

Terwijl ik luister, voel ik een knagend gevoel van angst. Zullen Lucius en ik nu geen tijd meer samen doorbrengen nu zijn grootmoeder er helemaal van doordrongen is dat we samen zijn?

Nee. Daar is het te vroeg voor.

Toch hebben we een vervaldatum.

Het was me tot nu toe nog niet duidelijk geworden hoe erg ik niet wil om wat het tussen ons ook is — hoe nep het ook mag zijn — te laten eindigen. Ik vind het fijn om mijn menselijke cactus te kussen. Ik praat graag met hem aan de telefoon. En met hem dineren vind ik ook leuk.

Is het mogelijk dat hij iets soortgelijks voelt? Zo ja, hoe kom ik daar dan achter?

"Juno?" De stem van Lucius dringt mijn gedachten binnen, en ik ga geschrokken rechtop zitten.

"Ja?" Wat heb ik gemist?

Hij grijnst. "De vraag was, ben je klaar om te gaan?"

"Gaan?"

Hij knikt naar Pearl. "Het is oma's bedtijd."

Ze rolt met haar ogen. "Ik kan langer opblijven."

Ik spring overeind. "Nee, nee, ik ben er klaar voor. Sorry voor mijn gedagdroom."

"Het is begrijpelijk." Pearl geeft me een wellustige knipoog. "Het wordt al laat."

Wat impliceert deze grootmoeder? Wat het ook is, mijn wangen branden. Verraders.

Om het nog erger te maken, legt Lucius zijn hand op mijn onderrug om me naar buiten te leiden. Mijn wangen branden heter en mijn hersenen maken kortsluiting. Op de automatische piloot vertel ik Pearl hoe fijn het was om haar te ontmoeten, en ze geeft mij hetzelfde antwoord. Denk ik.

Lucius houdt zijn hand op me, leidt me naar de limo en helpt me in te stappen.

"Goed gedaan," zeg ik als zijn aanraking weg is en coherente gedachten terugkeren. "Ze moet denken dat we echt samen zijn."

Hij is het ermee eens, maar ik kan alleen maar denken dat Pearl niet de enige is die voor de gek wordt gehouden. De manier waarop hij naar me kijkt — ik weet niet zeker meer wat echt is... en dat zorgt ervoor dat er een gek idee mijn geest binnendringt.

Een manier om te zien of ik alleen ben in mijn verwarring, of dat Lucius in hetzelfde schuitje zit.

Het idee is de eenvoud zelf, maar ik weet niet zeker of ik de spreekwoordelijke ballen heb om het uit te voeren.

Ik hoef Lucius alleen maar bij mij thuis uit te nodigen.

Hoofdstuk 32

Lucius

Terwijl de limo wegrijdt van oma's huis, positioneer ik mijn benen om de stijve te verbergen die me de hele avond al dwarszit. Tot vandaag dacht ik dat 'blauwe ballen' iets was dat tienerjongens hadden uitgevonden om hun terughoudende vriendinnen zover te krijgen dat ze hen af zouden trekken, maar nu sta ik zelf op het punt om de mythische aandoening te verwerven.

"Lucius?" hoor ik Juno zeggen alsof het van een afstand is.

"Ja?"

Ze kauwt op haar lip. "Er is iets dat ik je wilde vragen."

Ik geef haar de helft van mijn aandacht terwijl de andere helft aan een lijst met smerige dingen werkt om mijn overactieve biologie te kalmeren. Op haar lip kauwen helpt niet.

"Laat maar," zegt ze na een tel.

Nu heeft ze mijn volledige aandacht. "Heeft het iets met oma te maken?"

Ze schudt haar hoofd. "Ik was gewoon... Laat maar zitten."

Ze is meestal veel welsprekender dan dat. Misschien is het een voedselcoma?

"Vind je het erg als ik mijn e-mail controleer?" vraag ik haar. Het is een niet-sexy activiteit die mijn pik kan kalmeren.

"Ga je gang," zegt ze, maar ze ziet er erg teleurgesteld uit. "Ik zou Pearl — mijn vriendin, de eigenaar van de kat — terug moeten bellen. Niet je grootmoeder." Ze klopt op haar zakken, rommelt dan in haar tas, haar uitdrukking wordt met de minuut bezorgder.

"Ben je je antiek kwijt?" vraag ik.

Ze knikt, maar dan lichten haar ogen op. "Ik denk dat ik hem op de salontafel bij je oma thuis heb laten liggen."

"Ah, dat klinkt logisch."

"Kunnen we hem gaan halen?" vraagt ze. "Ik kan misschien een telefoontje van mijn klanten krijgen en —"

"Tuurlijk," zeg ik, laat dan de partitie zakken en zeg tegen Elijah dat hij om moet draaien.

Juno kijkt plotseling ongemakkelijk. "Wacht. Slaapt je oma nu niet?"

Ik haal mijn schouders op. "Ik heb de sleutels."

———

"Laten we stilletjes naar binnen sluipen, zodat we oma niet wakker maken," zeg ik tegen Juno terwijl ik de deur open.

Ze knikt en we gaan op ons tenen het huis in en de gang door.

Als we de woonkamer naderen, hoor ik iets wat ik niet helemaal begrijp. Het geluid is alsof iemand langzaam in zijn handen klapt.

Shit. Een golf van bezorgdheid laat me sneller gaan, waardoor Juno achterblijft.

Een hectische hartslag later kom ik de woonkamer binnen — net op het moment dat het geklap door twee bloedstollende geluiden wordt vergezeld.

Een mannelijke grom en een vrouwelijke kreun.

Ik staar naar de scène voor me, mijn hersenen weigeren te begrijpen wat mijn ogen zien.

Een naakte Aleksy ligt uitgestrekt op de bank, zijn handen met een dik touw aan de salontafel vastgebonden die onze bestemming was. Maar dat is niet het deel dat het besturingssysteem van mijn hersenen laat crashen.

Die eer is voor de persoon die de bodyguard berijdt alsof hij een rodeostier is.

Oma.

Hoofdstuk 33

Juno

Ik wist niet dat een nek bleek kon worden, maar die van Lucius wel, gebaseerd op iets wat hij in de woonkamer ziet.

Mijn eerste enge gedachte is dat er iets met Pearl is gebeurd, maar dan hoor ik de geluiden.

Oh jeetje. Is dat wat ik denk dat het is?

Ik kom naast Lucius staan en stop, mijn ogen gaan wijd open terwijl mijn wangen in brand vliegen.

Yep. Het is inderdaad wat ik had vermoed.

Pearl heeft het naar haar zin met Aleksy — en als haar gekreun van zijn naam ook maar iets is om op af te gaan, dan heeft ze het zeker naar haar zin. Oh, en ondanks dat hij vastgebonden is, doet haar bodyguard dit duidelijk vrijwillig. Zijn gelukkige gekreun en de "ja, meesteres, ja!" zijn daar een bewijs van.

Mijn gezicht wordt nog heter van schaamte, en ik kan me niet voorstellen hoe Lucius zich voelt. De rug van Pearl is naar ons gekeerd, maar ik weet niet of dat het voor de psyche van Lucius makkelijker maakt. Als ik *mijn* grootouders het zou zien doen, dan zou ik bijna zeker getraumatiseerd zijn, zelfs als het niet op een scène uit *Fifty Shades* leek.

Met een hysterisch gegiechel raak ik de schouder van Lucius aan.

Hij springt op en draait zijn hoofd naar me toe, zijn ogen wild en verward. Ik knik naar de gang waar we vandaan kwamen en maak het lopengebaar met twee vingers.

Een sprankje gezond verstand keert terug naar zijn blik. Hij pakt mijn hand, en we lopen als twee dieven op onze tenen weg.

Eenmaal buiten sprint Lucius naar de limo alsof hij door geile weerwolven wordt achtervolgd, en omdat hij mijn hand nog steeds in een doodgreep vasthoudt, sprint ik met hem mee.

"We moeten gaan," roept hij tegen Elijah. "Nu!"

Zodra Elijah op het gas trapt, sluit ik de privacy-partitie.

"Gaat het?" vraag ik buiten adem. Gelukkig is de drang om als een klein meisje te giechelen weggeëbd, dus kan ik me op Lucius concentreren in plaats van op hoe vernederend die ontdekking was.

"Ik weet het niet zeker," antwoordt hij en klinkt versuft. "Ik bedoel, ik ben blij dat ze gezond genoeg is om dat te doen, maar..." Hij schudt met zijn hoofd.

"Sorry. Ik weet niet zeker of ik hier verder over wil praten."

"Oké." Ik zou zelf graag deze recente beelden uit mijn geheugen gewist willen hebben, dus ik wed dat hij er een miljard voor zou betalen om die geheugenwisbehandeling van *Eternal Sunshine* te krijgen. "Nog één laatste klein gerelateerd dingetje — mijn telefoon."

"Juist," zegt hij. "Ik zal hem morgen gaan halen."

Ik vecht tegen de drang om de rimpel op zijn voorhoofd te kussen. "Ga je tegen een van hen zeggen dat je het weet?"

"Nooit," zegt hij met gevoel.

Oké. Ik ben hem een grote verandering van onderwerp verschuldigd, dus ik zeg, "Vertel me wat je favoriete kenmerk van Novus Rome zal zijn."

Ik ben officieel een miljardairfluisteraar. Zijn gezicht keert terug naar zijn normale tint, de rimpel ontspant en zijn ogen worden helderder. "Het is moeilijk om slechts één favoriet te kiezen. Heb ik je al over ons slimme mobiliteitsplan verteld?"

Ik denk van wel, maar ik schud mijn hoofd omdat dit meer een therapiesituatie is, geen informatieverzameling van mijn kant.

Hij vertelt me dat Novus Rome niet zal toestaan dat bewoners hun auto's binnen de gemeenschap neerzetten. Degenen die persoonlijke auto's bezitten, moeten ze op een parkeerplaats buiten Novus Rome achterlaten. Binnen zal een vloot van zelfrijdende elektrische auto's het vervoermiddel van keuze zijn. Geen behoefte aan particuliere garages, geen luchtvervuiling, en iedereen zal veel veiliger zijn, omdat genoemde auto's altijd de maximumsnelheid zullen volgen en met elkaar en de wegen zullen communiceren om ongelukken te voorkomen.

"Wacht," zeg ik, ondanks mezelf geïntrigeerd. "Zal Novus Rome sensoren op de trottoirs en wegen hebben?"

Hij knikt opgewonden.

"Klinkt Orwelliaans," zeg ik.

Hij haalt zijn schouders op. "De gegevens worden alleen gebruikt voor de navigatie van auto's en voor de veiligheid van voetgangers."

"Huh, oké. Wat is je tweede favoriete kenmerk?"

Hij vertelt over de supersnelle internettoegang waar iedereen in Novus Rome gratis van zal genieten, zelfs tijdens een wandeling in het behouden bos.

Meestal betwijfel ik de wijsheid om mensen zo in te pluggen als ze van de natuur proberen te genieten, maar de limo stopt, en mijn eerdere doel om hem bij mij thuis uit te nodigen, duikt zijn geile kop weer op, waardoor ik weer met mijn mond vol tanden sta.

"We zijn er." Hij gebaart uit het raam, zijn uitdrukking is onleesbaar.

"Ja." Ik weet dat ik moet gaan, maar ik beweeg me niet, zelfs niet als Elijah de deur opendoet.

Wat nog erger nog is, is dat mijn wangen blozen,

ondanks het feit dat ik niets heb gezegd, laat staan iemand ergens heb uitgenodigd.

Gah.

Sinds wanneer ben ik zo'n bange poeperd? Waarom kan ik niet brutaal zijn, net als zijn grootmoeder, die duidelijk een veel jongere man heeft gevraagd of ze hem kon vastbinden voordat —

"Ik loop met je mee naar je deur," zegt Lucius.

"Bedankt," flap ik eruit en ik stap eindelijk uit.

Dit is goed. Ik heb meer tijd om mijn moed te verzamelen.

Ik ben alleen de hele wandeling naar mijn huis zo stil als een Charlie Chaplin-film. Tot slot is er geen wandeling meer te maken, waarna ik mijn beste conversatiestukje tot nu toe lever, "Dit is een deur. Ik bedoel, mijn deur."

Zijn ooghoeken glimlachen. "Ik ben bekend met het concept van een deur. De jouwe klinkt speciaal."

Ik bijt op mijn lip. "Je hebt voor de huizen in Novus Rome waarschijnlijk een soort slimme deur ontworpen. Een deur die je waarschijnlijk begroet en vanzelf opent." En misschien kan zo'n deur nepvriendjes uitnodigen als de eigenaar te bang is.

Hij bevochtigt zijn lippen — hoewel het er een beetje uitziet als een wolf die zijn karbonades likt. "Dat is een geweldig idee. Ik heb nog niet veel over slimme deuren nagedacht."

Shit. Hij ziet eruit alsof hij me wil kussen. Of is dat ijdele hoop?

Ik haal diep adem om kalm te worden. Dit is het dan. Ik ga zorgen dat hij mee naar binnen komt. "Mijn Murphy-bed zit vast. Kun je helpen?" zeg ik in één ademhaling — net op het moment dat hij ook iets zegt.

"Wat zei je?" vraag ik, mezelf mentaal straffend. Waarom opklapbed? Wat dacht ik in vredesnaam? In mijn slaapkamer zijn, dat is veel te brutaal en duidelijk. En hoe kan ik nu doen alsof hij vastzit?

"Ik vroeg of ik je cactus mocht zien," zegt Lucius. "Ik wist niet hoe belangrijk hij voor je was toen je me die rondleiding gaf. Wat zei je ook alweer? Iets over de wet van Murphy?"

Een enorme, domme grijns vormt zich op mijn gezicht. "Maak je geen zorgen over wat ik zei. Je mag mijn cactus zeker zien."

Terwijl ik met mijn sleutels rommel, kan ik het niet helpen me af te vragen of 'cactus' een code voor iets anders is. Als dat zo is, dan zou de wetenschappelijke naam voor vlindererwt — de plant die die mooie blauwe thee maakt — veel beter werken, omdat het Clitoria Ternatea is, of gewoon Clitoria. Aangezien Lucius van Latijn houdt, zou hij dat leuk vinden.

"Daar," zeg ik als de deur wijd open is. "Kom binnen."

Verdomme. Waarom klinkt alles wat ik zeg ineens vies?

Hij stapt naar binnen, loopt naar El Duderino en onderzoekt hem zeer aandachtig, schijnbaar met grote waardering.

Gast. Is deze kerel van plan om me op te eten? Dat zou helemaal niet cool zijn.

"Dit is een beverstaart, toch?" vraagt Lucius.

Het enige wat mijn vieze geest hoort is 'bever' en dan 'staart,' maar ik mompel iets dat voor een bevestiging door moet gaan. Dan realiseer ik me dat Lucius mijn cactus onderzocht heeft.

Argh! Mijn eierstokken kunnen exploderen.

Voordat ik er beter over na kan denken, strompel ik naar mijn opklapbed en schud er hard genoeg aan om de veren te laten kraken. "Oh, nee. Hij zit vast. Kun je me helpen?"

Verdomme. Waarom kon ik niet met iets nieuws komen?

Het maakt nu echter niet uit.

Hij draait zich om en er is warmte in zijn ogen terwijl hij zegt, "Is dat niet je slaapkamer?"

Ik knik en schud weer met het opklapbed.

Zich met soepel, atletische gratie bewegend, loopt hij naar me toe en trekt aan de voorkant van mijn bank/bed.

Whoesh.

Het ding is *nog nooit* zo snel van een bank in een bed veranderd.

Ik slik en kijk naar hem op. "Ik moet dat wat losser voor je hebben gemaakt."

Losser? Wat is het volgende, een discussie over het smeren van de tandwielen?

Hij kijkt naar het bed en dan terug naar mij. "Welterusten?"

Verdorie. Zijn stem is zo hees als een volbloed uit Siberië. Mijn hart slaat zo snel dat ik het risico loop dat mijn ribbenkast breekt. Hij staart me met die staalkleurige ogen aan die op gesmolten metaal beginnen te lijken, en ik krijg niet genoeg lucht binnen. Of beter gezegd, elke ademhaling die ik binnenhaal maakt me me scherp bewust van zijn subtiele mannelijke geur en de warmte die van zijn grote lichaam afstraalt.

"Juno..." Zijn stem is nog heser. "Ik ga je kussen. Als je dat niet wilt, zeg het dan nu."

"Ik..." Ik lik aan mijn lippen. "Ik wil dit absoluut."

En daarmee ga ik op mijn tenen staan, sla mijn armen om zijn nek en druk mijn lippen tegen de zijne.

Hoofdstuk 34

Lucius

ZOMAAR INEENS WINT DE BIOLOGIE NIET ALLEEN DE STRIJD, maar ook de oorlog.

Juno's zachte lippen zijn heerlijk, haar behendige tong gekmakend. Ik wil haar meer dan alles wat ik ooit in mijn leven heb gewild.

Gulzig adem ik haar bedwelmende geur in — een mix van Neutrogena-shampoo, Dove-body wash en iets zoets dat puur Juno is, de vrouw die terecht naar een godin is vernoemd.

Ik trek haar dichterbij, haar zachte delen drukken tegen mijn hardheid.

Ze snakt subtiel naar adem in mijn mond en haar handen glijden van mijn nek, langs mijn rug, totdat een hand mijn kont vastpakt.

Verdomme, dat voelt goed. Zaten onze kleren maar niet in de weg... Nee. Later. Eerst beweeg ik mijn kus van haar lippen naar haar albasten hals. Ik adem meer van haar zoete geur in en proef de zachtheid van haar tedere huid.

Met een kreun trekt ze aan mijn shirt, wat bewijst dat we met betrekking tot de last die onze kleren zijn op dezelfde golflengte zitten.

Met tegenzin ruk ik mijn lippen van haar hals en stap ik achteruit om mijn shirt uit te trekken.

Met behoud van het oogcontact trekt ze haar topje en vervolgens haar beha uit en laat ze haar perfect parmantige borsten zien.

Mijn adem stokt. "Fuck." Ik duw mijn broek naar beneden. "Je bent geweldig." Om mijn punt te benadrukken, doe ik mijn boxershort uit zodat ze mijn keiharde waardering kan zien.

Ze staart met grote ogen naar mijn pik. "Heilige saguaro, die is groot." Ze schuift haar slipje naar beneden en onthult het keurig bijgehouden poesje waar ik al die tijd over gedroomd heb.

Hij is in het echte leven nog beter.

Mijn mond loopt vol water als ze mijn lichaam van top tot teen scant. "Je bent net een Grieks standbeeld," zegt ze als haar ogen de mijne weer ontmoeten.

Mijn antwoord komt er in een lage grom uit. "En jij bent precies als een Romeinse. De perfecte."

Daarmee duw ik haar zachtjes op het bed en neem dan een roze, harde tepel in mijn mond.

Fuck mij. Dit is de hemel.

"De andere is jaloers," zegt ze naar adem snakkend.

Ik laat die tepel los en geef de andere een likje. "Sorry daarvoor. Iedereen komt aan de beurt."

Juno kromt haar rug en duwt haar handen in mijn haar terwijl ik serieus op de tepel zuig totdat ze kreunt. Dan laat ik mijn tong over haar borst gaan, over haar heerlijke buik en de nette krullen tot ik bij het altaar van de godin ben.

"Ik ga je kussen," mompel ik en kijk omhoog om haar blik te ontmoeten. "Als je het niet wilt —"

"Ik wil het." Ze tilt haar heupen van het bed. "Heel graag."

Mooi. Ik schuif mijn tong over haar dikke, romige plooien en zuig er dan zachtjes aan.

Een kreun is mijn beloning.

Ik schuif mijn tong over haar perfecte kleine clitoris.

Ze snakt naar adem.

"Heerlijk," hijg ik, en ik laat mijn lippen tegen het gevoelige vlees trillen.

Een luider gekreun bewijst dat ik op de goede weg zit.

Ik maak mijn tong plat.

Haar gekreun groeit in volume.

Ik lik aan de zoetheid die erin zit, en schuif dan een vinger naar binnen waar mijn pik zo wanhopig naar verlangt om te zijn.

Fuuuck. De fluweelachtige hete gladheid laat me bijna komen. Ik span mijn hele lichaam aan om het af te weren en beweeg mijn vingertop totdat ik de kleine bundel zenuwen precies onder mijn tong vind.

"Oh," hijgt ze. "Alsjeblieft, niet stoppen."

Niet in een miljoen jaar. Ik lik en voeg druk toe met mijn vinger voordat ik mijn tong weer plat maak.

Haar hele lichaam trilt, en de wanden van haar poesje klemmen zich om mijn vinger waardoor mijn kloppende pik van jaloezie trilt.

Ze gaat rechtop zitten, haar tarwekleurige haar zit in de war en haar ogen staan wild. "Leun achterover."

Voordat ik kan vragen waarom, zie ik het — en dan voel ik het als Juno's weelderige lippen zich om mijn pik wikkelen.

Fuck.

Fucking fuck.

Dit is geweldig.

Gewoon verbijsterend.

Maar als ze doorgaat, dan ontplof ik.

Met een herculeuze inspanning, trek ik haar weg.

Ze kijkt me verward aan.

"Ik moet in je zitten," grom ik.

Haar ogen lichten op met begrip. Ze ontsnapt aan mijn greep en kruipt naar de rand van het bed en haar weelderige kont is het meest erotische gezicht ooit. Net als haar kleine, perfecte voeten, helemaal roze en zeer vrouwelijk.

Ze draait zich om en ik realiseer me dat ze geen show voor me opvoerde. Ze heeft een condoom gepakt, dat ze me met een mooie blos geeft.

Verdomde biologie. Voor het eerst in m'n leven heb ik nooit aan bescherming gedacht. Godzijdank heeft één van ons nog wat actieve hersencellen.

Ik scheur het zakje met mijn tanden open en doe het condoom om terwijl ze op haar rug ligt. Hongerig ga ik met mijn ogen over haar heen.

"Prachtig." Het woord komt er als een grom uit, maar ter verdediging, de tsunami van bloed die naar mijn pik stroomt, heeft me van de kracht van spraak beroofd.

Ik bedek haar kleine lichaam met mijn veel grotere, ga dan met mijn hoofd naar beneden om Juno's lippen in een andere kus te vangen en leid voorzichtig de kop van mijn pik naar haar ingang. Ik knabbel aan haar oorlel en fluister, "Klaar?"

"Alsjeblieft," smeekt ze.

Wat doet ze met me?

Met behulp van de flarden wilskracht die ik nog heb, ga ik met een langzame, sensuele stoot bij haar naar binnen — en het voelt alsof ik thuis ben gekomen na een decennium weg te zijn geweest. Ze kreunt, klemt haar innerlijke spieren samen en ik bijt op mijn tanden en houd me stil om haar aan me te laten wennen.

Wanneer haar lichaam verzacht en ontspant, druk ik dieper door en geniet van hoe strak ze is, en hoe warm. Hoe perfect alsof ze voor mij gemaakt is.

Mijn volgende stoot is harder, brutaler. Ze duwt op mijn rug om me aan te moedigen, en ik versnel mijn tempo totdat er een kreun van genot van haar lippen komt.

Ik versnel verder.

Haar gekreun wordt luider.

Mijn ballen spannen zich aan. Ik sta op het randje, maar ik vecht ertegen tot ze van onder me mijn naam uitroept.

En dan laat ik los.

Haar poesje knijpt in me als een zachte, natte bankschroef en ik kom met een kreun klaar, met een genot dat met een geweld door mijn zenuwuiteinden barst dat mijn zicht wazig maakt.

Hoofdstuk 35

Juno

Ik zweef in een post-orgastische wolk van wazige tevredenheid als sterke armen me optillen.

Hmm. Ik word ergens heen gedragen. Voordat ik de energie vind om te vragen waarheen, wordt de bestemming duidelijk.

De douche.

Lucius zet me op mijn voeten op de tegelvloer, zet het water aan en duwt dan zachtjes op mijn kont zodat ik erin stap. Zodra ik dat doe, komt hij bij me staan.

Heilige saguaro. Hij begint me met body wash in te zepen, zijn sterke handen gaan over me heen, strelen en masseren elk deel van mijn lichaam. Ik zou helemaal uitgeput moeten zijn — en dat ben ik — maar op de een of andere manier wekt hij mijn verlangen weer op.

Tegen de tijd dat hij zich op zichzelf concentreert, heb ik pijn van behoefte, en tegen de tijd dat we ons afdrogen, ben ik net zo opgewonden als ik was voordat we mijn appartement binnenkwamen.

Ik bijt op mijn lip en kijk naar hem door mijn natte wimpers. "Ga ik mijn eigen benen gebruiken om terug te komen of...?"

Zijn lippen trillen en hij bukt zich om me in zijn armen te nemen en drukt me stevig tegen zijn gespierde borst terwijl hij begint te lopen. Het lijkt hem ook geen moeite te kosten als hij me draagt.

Die sexy spieren zijn niet alleen voor de show.

"Ik zou hier aan kunnen wennen, weet je," zeg ik nadat hij me op het bed heeft gelegd.

Een grijns danst op zijn lippen. "Heb je het naar je zin gehad?"

Ik strek me uit en voel me een kat. Een goed gevoede, goed geaaide kat. "Toen ik de tweede keer kwam, kromde mijn tenen zo hard dat mijn voeten pijn deden."

Hij staart naar mijn voeten en zijn eerdere glimlach wordt door een ronduit hongerige uitdrukking vervangen. "Wil je dat ze gemasseerd worden?"

Ik zou hem aan die keer kunnen herinneren dat ik toe had gegeven van die specifieke daad te genieten, maar in plaats daarvan flap ik eruit, "Ademt een cactus 's nachts kooldioxide in?"

Hij zit op de rand van het bed en neemt mijn rechtervoet in zijn handen. Zijn stem is hees. "Ik neem aan dat dat een ja is."

Ik begin te antwoorden, maar hij knijpt dicht bij de

tenen in mijn voet en ik adem in plaats daarvan van genot uit.

Aangemoedigd drukt hij steviger, en dan gaan zijn vingers langzaam over de afstand naar mijn enkel, wat aangename ontspanning in hun kielzog brengt.

Hij begint kleine cirkels op de boog van mijn voet te maken.

Ik sluit mijn ogen en voel me nu als een kat die geaaid wordt.

Hij beweegt zijn duimen op en neer langs mijn achillespees.

Als mensen konden spinnen, dan zou ik dat doen.

Wanneer hij begint te knijpen en dan aan elk van mijn tenen trekt, zucht ik van genot aangezien ik een flashback naar mijn eerdere orgasme krijg, vooral wanneer hij zijn vingers op en neer langs elke teen begint te glijden.

"Dit is de beste voetmassage die ik ooit heb gehad," zeg ik en ik open mijn ogen om hem aan te kijken. "Geen greintje gekietel, ik vind het geweldig."

Zijn hongerige glimlach keert terug. "Laten we eens kijken of je dit fijn vindt. Niet gluren. Alleen voelen."

Geïntrigeerd sluit ik mijn ogen weer.

Wauw. Er komt een intens aangenaam gevoel uit mijn grote teen — een combinatie van warmte, vochtigheid, druk en een lichte zuiging.

Het lijkt vaag op het moment dat er aan mijn tepel

werd gezogen, en het dringt zelfs op een vergelijkbare manier in mijn kern door.

Niet in staat om mezelf te stoppen, open ik mijn ogen.

Zoals ik al dacht, zuigt hij op mijn teen.

Dan likt hij eraan, en stuurt een straal van hitte rechtstreeks naar mijn clitoris.

Ik snak naar adem.

Hij glijdt met zijn tong over mijn voetboog.

Ik kan niet anders en begin te kreunen.

Hij begint nu aan mijn andere voet, en ik laat mijn hand tussen mijn dijen glijden, en druk tegen de pulserende leegte die daar zit.

"Heel goed," gromt hij, met zijn ogen wijd open. "Kom voor me."

Met alle liefde.

Mijn adem versnelt, ik druk harder op mijn clitoris terwijl hij aan mijn volgende teen zuigt, en terwijl hij zijn aandacht op de derde teen richt, kom ik met een gewurgde kreet klaar.

"Brave meid," mompelt hij, met ogen als lava. "Ben je klaar voor nog een rondje?"

Nog een ronde van wat? Ik kijk naar beneden en staar naar de kloppende erectie die hij heeft.

Hoe kan hij er nog groter uitzien dan de eerste keer? En hoe kan hij er weer klaar voor zijn? Geen van mijn exen had zo'n korte herstelperiode.

Vindt hij mijn voeten *zo* leuk?

Wat de reden van het herstel ook is, er zit ergens een compliment in.

Ik kruip om het condoom zo snel te pakken als mijn botten die als pudding voelen me toelaten, en dan geef ik het aan hem.

"Ga op handen en voeten zitten," beveelt hij en hij streelt zijn enorme erectie.

Ik gehoorzaam graag en in een oogwenk komt hij weer bij me binnen, eerst zachtjes, dan zekerder als ik me aan hem aan heb gepast.

Zijn eerste diepe stoot laat mijn ogen achter in mijn hoofd rollen. Na de tweede bal ik mijn vuisten in de lakens. Er bouwt zich nieuwe spanning in mijn kern op. Hij pakt zijn tempo op, stoot harder en sneller, totdat de spanning dreigt over te lopen.

"Kom voor me," zegt hij hees, en zijn heupen stoten tegen me aan, terwijl kreunen van mijn lippen ontsnappen.

Net als ik op het randje sta, grijpt hij mijn voeten, knijpt ze met precies de juiste druk en ik kom met een schreeuw klaar, mijn tenen krommen zich onder zijn sterke vingers.

"Fuck," gromt hij terwijl ik zijn ontlading voel, waardoor ik zelf een klein naschokorgasme krijg.

———

Uitgeput val ik op het bed, mijn ogen dicht en mijn lichaam slap.

Het is officieel. Ik ben voor alle andere mannen geruïneerd — en dat is voordat hij me mee terug naar de douche neemt en me op nog een sensuele wasbeurt trakteert.

Als we weer in bed liggen, legt hij me in een lepelpositie, slaat zijn armen om me heen en ademt in mijn nek.

Dit is fijn.

Nee. Fijn is niet genoeg.

Dit is gelukzaligheid.

Ik zucht tevreden. Op dit moment is het heel gemakkelijk om je voor te stellen dat dit ding tussen ons gaat werken — zonder enig hartzeer. De buitenwereld denkt al dat we samen zijn, dus we hoeven alleen maar een paar kleine labels te veranderen, toch? En laten we eerlijk zijn... Voor mij zal de aanpassing minuscuul zijn, dankzij alle dingen die ik voelde die ik niet had moeten voelen.

De grote vraag is: zit hij op dezelfde golflengte?

Zijn acties vanavond wijzen sterk in die richting, vooral hoe teder hij me nu vasthoudt. Toch verspreidt er zich een koude bezorgdheid door mijn aderen. Hij is nog steeds een prachtige miljardair, en ik ben een kleine ondernemer die soms de etiketten op dozen met kunstmest verkeerd leest.

Wat als vanavond voor hem alleen om seks ging? Wat als hij het niet als een gedenkwaardige gelegenheid ziet, maar als een vlaag van verstandsverbijstering?

Hoe langer ik daar lig, hoe meer zorgen ik me maak.

Plotseling trekt hij zijn armen weg.

Moet hij naar het toilet of zo?

Hij verwijdert zijn hele lichaam en laat mijn rug koud worden.

Verward en bezorgd draai ik me om.

Lucius zit op de rand van het bed en ziet er ongemakkelijk uit.

Ik ga rechtop zitten. "Wat ben je aan het doen?"

"Ik ga naar huis." Hij kijkt me niet aan, springt overeind en begint zijn kleren te zoeken. "Je zult het bed voor jezelf willen hebben."

Wat voor de duivel?

Ik realiseer me dat er bij hem thuis misschien een kussen van een miljoen dollar op hem wacht, maar ik dacht —

"Sorry," zegt hij, terwijl hij zijn kleren sneller aantrekt dan ik menselijkerwijs mogelijk achtte.

Ik vernauw mijn ogen tot spleetjes. "Wat spijt je?"

Hij spreidt zijn handen. "We hadden dit niet moeten doen."

Mijn hart zakt in mijn schoenen. "Met 'wij' bedoel je 'ik'? En met 'dit' bedoel je 'mij'?"

Hij trekt zijn rits omhoog. "Wat?"

"Niets." Ik bestrijd gewelddadige driften, evenals een druk achter mijn ogen. "Aangezien je zo graag weg wilt, ga dan verdomme maar."

"Ik ga niet — laat maar. Ik ga." Hij trekt zijn

schoenen aan. "Nogmaals sorry. Zal ik je morgen bellen?"

"Doe maar niet." Hij zou saguaro moeten bedanken dat ik geen lamp in de buurt heb, of iets anders dat ik naar zijn stomme hoofd kan gooien.

Hij geeft me een onleesbare blik en sluit dan met een luide knal de deur.

Ik begraaf mijn gezicht in mijn kussen en begin te huilen.

Hoofdstuk 36

Lucius

Op weg naar huis vecht ik tegen een miljoen vragen en een toenemend gevoel van verwarring.

Wat heb ik gedaan?

Waarom heb ik haar geneukt?

Waarom ben ik weggegaan?

Ik heb alles verpest. Ik heb de biologie over me laten heersen, en nu weet ik niet waar we staan.

Fucking fuck.

Dit was de beste seks van mijn leven, maar ik heb geen idee of het voor haar ook het geval was.

Waarschijnlijk niet. Ik wed dat ze gewoon meespeelde met de fantasie die we hebben opgebouwd.

Als ik niet in een limousine zat, dan zou ik gaan ijsberen, maar zoals het er nu voor staat, bal ik mijn vuisten en ontspan ik ze weer.

Ik heb nog nooit in een situatie gezeten waarin ik een vrouw zo leuk vond. Dat stond ik mezelf nooit toe.

Oh, wie neem ik in de maling? Ik vind haar meer dan leuk. En dit is allemaal nep. Het zou nep moeten zijn. Het is alleen van mijn kant niet langer nep.

Misschien had ik niet weg moeten gaan. Maar als ik was gebleven, haar een seconde langer in mijn armen had gehouden, dan zou ik dieper in de fantasie zijn gevallen. Als ik aan de illusie had toegegeven en mezelf had wijsgemaakt dat ze net zo om mij geeft als dat ik om haar geef, dan zou ik er spijt van krijgen, ik weet het gewoon. Het zou als die keer op de middelbare school zijn toen Maddy deed alsof ze me leuk vond om haar ex jaloers te maken. Daarna deed ze alsof ik een melaatse was.

Hoe meer ik erover nadenk, hoe meer ik betwijfel of Juno echt iets voor me voelt. Geen geld kan veranderen wie ik ben, en geen vrouw is ooit in die man geïnteresseerd geweest. Ik ken Juno goed genoeg om te beseffen dat ze niet op de stereotiepe goudzoekermanier om geld geeft — het enige wat ze wil is haar collegegeld kunnen betalen en de basics hebben die nodig zijn om te overleven. Maar ik ken haar ook goed genoeg om te zien hoe geweldig ze is — en hoe groot is de kans dat zo iemand de eerste vrouw zou zijn die me voor iets anders dan de miljarden zou willen?

Op een gegeven moment realiseer ik me dat ik erin geslaagd ben om thuis te komen en mijn bedtijdroutine af te handelen zonder het zelfs maar te merken, zoals de robot die ik niet langer wil worden. Niet tenzij mijn robotlichaam me zou kunnen laten ervaren wat ik eerder vandaag heb gevoeld, toen Juno in mijn armen lag.

Whatever. Ik hoef vanavond niet aan robotica te denken, of aan wat dan ook.

Wat ik moet doen is het onmogelijke proberen.

In slaap vallen.

———

Ik word wakker, wat vreemd is, want ik had niet gedacht dat ik in slaap zou vallen met al dat woelen en draaien en geobsedeerd zijn over Juno.

Misschien moet ik haar bellen? Zie je hoe slecht ik

—

Wacht.

Ze is haar telefoon bij oma thuis vergeten.

Van het bed springend, maak ik me snel klaar.

Ik heb Juno beloofd dat ik haar vandaag de telefoon terug zou geven, dus dat is wat ik van plan ben te doen.

———

Als ik oma's huis binnenloop, begroet Aleksy me met een warme glimlach.

Fuck. Ik was van plan om te doen alsof ik niets heb gezien en niets wist, maar ik realiseer me nu dat dat niet is wie ik ben.

"Laten we even buiten gaan praten," zeg ik streng.

Hij trekt een wenkbrauw op en volgt me naar buiten.

"Wat is er?" vraagt hij.

"Iets wat ik je vergeten ben te vertellen toen ik je inhuurde." Ik ontmoet zijn blik om te illustreren hoe dodelijk serieus mijn volgende woorden zullen zijn. "Als iemand mijn oma ooit op welke wijze dan ook pijn doet, dan zal ik een premie van miljoenen dollars op het hoofd van die persoon zetten."

Aleksy's gelaatstrekken worden strakker en zijn accent is zwaarder dan normaal, als hij zegt, "Als iemand haar pijn doet, dan hoef je je geld niet te verspillen. Dan zal ik het persoonlijk afhandelen."

Ik bestudeer hem aandachtig en knik dan. "Klinkt alsof we een overeenkomst hebben." Ik strek mijn hand uit en hij schudt hem plechtig.

"Waar is ze?" vraag ik over mijn schouder als ik weer naar binnen ga.

"Tuinieren," zegt hij goedkeurend.

Ik stop bij de woonkamer, pak Juno's telefoon, en ga dan naar de achtertuin, waar ik oma betrap als ze staat te wieden.

"Waar betaal ik je tuinman voor?" vraag ik geërgerd.

Ze kijkt op en grijnst. "Hij houdt zich bezig met de landschapsarchitectuur aan de voorkant van het huis. Dit is mijn domein." Daarmee komt ze overeind, veegt haar handen aan haar jurk af en haast zich naar me toe om me een kus op de wang te geven. "Geen knuffel," waarschuwt ze. "Of er zal vuil op je komen."

"Ik ben niet bang voor een beetje vuil." Om het te bewijzen, zoek ik het dichtstbijzijnde onkruid en geef er een ruk aan.

"Kom op," zegt ze. "Laten we in de eetkamer praten."

———

"Praten in de eetkamer" is natuurlijk code om samen te ontbijten. Ik vind het niet erg, en niet alleen omdat ik vanmorgen helemaal vergeten ben om te eten.

"Dus," zegt oma, terwijl ze met haar wenkbrauwen wiebelt. "Hoe ging de rest van je avond?"

De gegrilde brie-en-peersandwich smaakt opeens naar piepschuim. "Het was goed. Geweldig. Zoals gewoonlijk."

Ze zet haar theekopje neer. "Wat is er gebeurd?"

Ben ik zo transparant? "Niets."

"Heb je ruzie gehad met Juno?" vraagt ze. "Die dingen gebeuren."

Mijn kaak spant zich aan. "Nee. Ik weet het niet."

Oma fronst haar wenkbrauwen. "Wat is het probleem?"

"Er is geen probleem. Het is gewoon realiteit."

"Welke realiteit?" eist ze.

"Ik vind haar leuk," zeg ik, en door het uit te

305

spreken wordt er iets strakker in mijn borst. "Heel erg leuk. Misschien meer dan heel erg."

Oma grinnikt. "Lieverd, ik heb jullie samen gezien. Dat had je me niet hoeven te vertellen."

Ik kijk oma niet aan. "Ik denk echter niet dat ze mij leuk vindt. Niet op dezelfde manier."

"Ben je gek geworden?"

Ik knipper geschrokken met mijn ogen en kijk naar oma.

Ze zucht en legt haar hand over de mijne. "Luister. Zoals ik net al zei, ik heb jullie samen gezien — en dat meisje is stapelverliefd op je."

"Het was gewoon een act." De woorden smaken bitter in mijn mond.

Ze gnuift. "Geen act. Het is een feit. Geloof me, ik zit er met deze dingen nooit naast."

Ik pak zonder na te denken mijn broodje op en neem een grote hap.

Zou oma gelijk kunnen hebben?

Ik speel al mijn interacties met Juno in mijn hoofd af — de date-achtige maaltijden, de vliegreis, Gainesville, de telefoontjes, elkaars families ontmoeten, en dan die buitengewone seks van gisteren. En misschien stabiliseert mijn bloedsuikerspiegel gewoon, maar ik begin me hoopvoller te voelen.

Juno wil me op z'n minst in bed. Haar acties van gisteren hebben dat bewezen. Misschien niet zo graag als ik haar wil, maar het is een begin.

Misschien als ik m'n best doe, dat ik haar meer naar me kan laten verlangen.

Zorgen dat ze van me gaat houden.

Ik laat de sandwich op het bord vallen als er zich een idee in mijn hoofd vormt.

Waarom heb ik hier niet eerder aan gedacht?

Ik zal Juno de mijne maken. Ik zal haar benaderen zoals ik dat met elke zakelijke deal doe: met standvastigheid en vastberadenheid. Ik zal alles doen wat nodig is om wat we hebben echt te maken.

Ja. Dit kan werken.

Misschien heb ik me gisteren als een idioot gedragen, maar ik kan dat oplossen.

Ik zal alles in orde maken.

Zonder het te willen, spring ik overeind.

Oma trekt een wenkbrauw op. "Ga je al weg?"

Ik klop op de telefoon in mijn zak. "Ik moet naar een meisje toe. Of in dit geval, een Romeinse godin."

Hoofdstuk 37

Juno

I<small>K</small> <small>WORD WAKKER MET DE GEUR VAN</small> L<small>UCIUS OP</small>
<small>MIJN LAKENS EN PIJN IN MIJN BORST.</small>

Ik spring overeind, ruk het aanstootgevende beddengoed van het bed en gooi het op een stapel. Als ik niet gek wil worden, dan moet ik de was doen.

Wanneer gaat de wasserette ook alweer open?

Ik wil mijn telefoon pakken, zodat ik de zaak kan bellen, maar dan herinner ik me dat ik die stomme telefoon ben vergeten.

Ugh, ik moet hem terug hebben.

Mijn nieuwe bestemming, het huis van de oma van Lucius.

———

Een paar seconden nadat ik niet zo zachtjes op Pearls deur heb geklopt, doet Aleksy open.

"Je hebt hem net gemist," zegt hij zonder inleiding.

Grr. 'Hem' moet Lucius zijn. Ik wist niet dat ik het risico liep hem tegen het lijf te lopen.

Of misschien wist ik het wel.

Misschien wilde ik het.

Nee.

In tegenstelling tot Aleksy, ben ik geen masochist.

"Ik ben mijn telefoon op de salontafel in de woonkamer vergeten," zeg ik en bloos als ik me herinner waar die tafel nog meer bij betrokken was.

Aleksy doet de deur open en gebaart dat ik binnen kan komen. Ik haast me snel naar binnen en bid tot Saguaro dat ik Pearl niet tegenkom. Het laatste wat ik wil is weer huilen als ze me iets over haar robot van een kleinzoon vraagt — dat zou niet goed zijn.

Helemaal niet.

"De telefoon ligt er niet," zeg ik tegen Aleksy, terwijl ik door de kamer kijk.

Hij haalt zijn schouders op.

"Heeft Lucius hem misschien meegenomen?" vraag ik.

Hij krabt aan zijn kin. "Dat is mogelijk."

Ik adem gefrustreerd uit. "Waar denk je dat hij is?"

Hij haalt weer zijn schouders op. "Naar zijn werk?"

Juist. Natuurlijk. Het enige waar hij echt om geeft.

Met een maag die zich omdraait terwijl ik me op *die* ontmoeting voorbereid, ga ik desondanks naar mijn nieuwe bestemming.

Ik stap het noodlottige gebouw binnen waar ik Lucius voor het eerst zag.

De lobby is precies zoals ik me herinner — bijna een antiek Romeins museum.

Shit. Waarom heb ik me niet gekleed om indruk te maken? Lucius zou daardoor misschien spijt kunnen krijgen dat hij zo'n klootzak was, maar wat nog belangrijker is, is dat het zou leuk zijn om voor de verandering eens tussen alle stijlvolle werkdrones te passen.

Ik voel een rilling over mijn rug lopen die slechts gedeeltelijk gerelateerd is aan de overijverige AC.

Om mezelf te kalmeren, ga ik naar de groene muur en lokaliseer daar de stercactus. "Hé, kleine jongen," zeg ik. "Word je goed verzorgd door degene die de baan kreeg die ik niet heb gekregen?"

Na een snelle bodemcontrole lijkt het antwoord ja te zijn. Mooi. Niet *alles* is klote in dit vreselijke universum.

Als ik naar de beveiligingsbalie ga, zie ik dezelfde bewaker die de laatste keer mijn ID had gecontroleerd. Ik ga naar hem toe.

"Juno," zegt hij opgewonden. "Je hebt van mij hier een beroemdheid gemaakt."

Ik knipper met mijn ogen naar hem. "Hoe?"

Hij grijnst. "Ik had de eer om je te ontmoeten voordat de grote baas dat had gedaan."

Ah. Klinkt logisch. Het feit dat hun klootzak van een 'grote baas' met zijn hart van steen een menselijke vriendin had gekregen, is waarschijnlijk een gebeurtenis van mythische proporties, en iedereen die erbij betrokken is, is de winnaar van de roddelloterij.

"Is hij aanwezig?" vraag ik, niet de moeite nemend om als een zorgzame vriendin te klinken. "Hij heeft iets wat ik nodig heb."

"Ik zal even kijken." De bewaker begint te bellen en wordt een paar keer doorverbonden voordat hij zegt, "Ja. Juno is hier en ze is op zoek naar — "

Hij stopt halverwege een ademhaling en ik kan Lucius aan de andere kant voor me zien. *Stalkt ze me nu? Wat vervelend.*

"Ja," zegt de bewaker na een seconde. "Ik zal haar vragen om op u te wachten." Hij hangt op en kijkt me verward aan. "Dat was juffrouw Avalin. Ze wil met je praten."

"Wie?"

Hij typt wat en draait zijn scherm naar me toe om me een foto te laten zien. "Zij."

Ah. Hij heeft het over Eidith. Zij van de extra 'i'.

Stuurt Lucius haar met mijn telefoon naar beneden zodat hij mij niet zelf hoeft te confronteren? Of heeft hij het te druk nu hij me letterlijk en figuurlijk genaaid heeft?

Ik wacht, van voet naar voet springend, tot de blonde ijskoningin aan komt lopen, met haar heupen als een sexy pendel zwaaiend.

"Juno," zegt ze. "Ik zou graag even willen praten."

Dat is vreemd. Ze lijkt mijn telefoon niet te hebben. Het enige wat ze vasthoudt, is een stuk papier.

"Kom," zegt ze met een stem die aangeeft dat ze gewend is om gehoorzaamd te worden.

Nieuwsgierig volg ik haar naar de dichtstbijzijnde lift. We gaan naar binnen, maar ze drukt niet op een knop. Na een momentje gaan de deuren toch dicht en zegt ze, "We moeten het snel doen."

"Wat moeten we snel doen?"

Ze zucht. "Luister... Ik weet het van jou en Lucius."

Mijn maag zakt in mijn schoenen. Heeft hij haar over gisteravond verteld?

Nee. Dat zou te veel zijn, zelfs voor hem.

Het is het beste om het koel te houden, hoe moeilijk het ook is. "Kun je dat alsjeblieft verduidelijken?"

"Ik heb het contract op Lucius zijn bureau gezien. Jij en Lucius zijn niet echt," zegt ze. "Het draait voor jou allemaal om geld. En daar is niets mis mee. Het is zelfs —"

"Wat kan jou dat schelen?" De woorden komen er een beetje hysterisch uit.

Ze geeft me het papier dat ze vasthoudt. "Dat is het dubbele van wat hij je heeft beloofd."

Ik staar in verbijsterd onbegrip naar het bedrag op de cheque — dat is wat het papier is.

"Dat geld is van jou," zegt Eidith. "Als, en alleen

als, je de neprelatie verbreekt, vanaf vandaag." Ze wijst naar de cheque. "Er staat een e-mailadres op de achterkant. Het is dat van een gerespecteerde journalist. Hij verwacht iets van je te horen."

"Hoezo?" vraag ik verdoofd.

Doet ze dit namens Lucius?

Ze haalt haar schouders op. "Jullie afspraak heeft me nooit lekker gezeten. Als hij het aan mij had gevraagd, dan zou ik het hem hebben afgeraden."

"Oh?"

Ik ben van gedachten veranderd over wie de grootste klootzak ter wereld is. Lucius zal die titel aan haar moeten geven.

"Wat kan het *jou* schelen?" vraagt ze.

Waarom, inderdaad? Ik gooi er een wilde gok uit. "Wil je dat hij met jou uitgaat?" Bij haar lichte schok, ga ik verder. "Ik wed dat echt met je daten veel op nepdaten zou lijken."

Ze vernauwt de ijspegels die haar ogen zijn. "Lucius en ik zijn veel logischer dan een miljardair en een niemand die niet weet hoe ze zich moet kleden of gedragen. Een nauwelijks geletterde niemand die —"

Ik haal diep adem, en ram op de knop "deur open".

Als ik nog even in deze lift blijf staan, dan zal ik die trut pijn doen, en aangezien ze advocaten en getuigen heeft die ons samen naar binnen zagen gaan, zal ik in de gevangenis eindigen.

Nee, dank je. Ik pas.

Zodra de deuren opengaan, spring ik eruit, maar

Eidith geeft me nog een steek in mijn rug. "Je bent een smet op zijn reputatie geweest."

Ik draai me bijna om en riskeer om naar de gevangenis te gaan.

Maar nee. Dat zou ze leuk vinden.

Ik verscheur de cheque, ren het stomme gebouw uit, spring in een taxi en geef alles wat ik in me heb om mezelf niet voor schut te zetten door te huilen. Ik heb het gevoel dat Eidith een vinger in de gapende wond van onzekerheden heeft gestoken die Lucius gisteravond heeft geopend — en toen een kom-hierbeweging heeft gemaakt, gevolgd door een duw.

Als ik mijn voordeur nader, zie ik Lucius daar wachten.

Mijn hartslag schiet omhoog.

Een kalmerende ademhaling naar binnen zuigend, storm ik naar voren en schraap woedend mijn keel.

Hij draait zich om en bekijkt me van top tot teen. "Daar ben je. Ik ben—"

"Waar is mijn telefoon?" vraag ik zo scherp als ik kan.

Fronsend trekt hij hem uit zijn zak. "Hier. Kunnen we —"

"Nee. Wat je ook wilt, het antwoord is *absoluut nee*." Ik pak de telefoon uit zijn hand en doe de deur open.

"Bel me niet. Stuur geen e-mail. App me niet. En kom niet meer terug," zeg ik in één trillende ademhaling. "Ik wil je nooit meer zien of horen."

Hoofdstuk 38

Lucius

WAT DE FUCK? Na die vreselijke monoloog te hebben gegeven, slaat Juno de deur zo hard voor mijn neus dicht, dat als mijn neus een centimeter dichterbij was geweest, ik er nu als een mopshond uit zou zien.

Shit. Ik wist dat ze overstuur zou zijn, maar dit was iets anders. Dat was gewelddadiger dan ik had verwacht. En ze gaf me geen kans om te zeggen wat ik kwam zeggen.

Ik klop.

Ze doet niet open.

Ik druk op de deurbel.

Hetzelfde resultaat.

Ik probeer haar zogenaamde telefoon te bellen.

Hij gaat direct naar de voicemail.

Ik roep haar naam, maar er is geen reactie.

Ik betwijfel of het haar rustiger zal maken als ik deze deur breek, ook al is het verleidelijk.

Nee. Voorlopig geef ik haar een kans om af te koelen en dan praten we verder.

Daar zorg ik wel voor.

Als ik mijn gebouw binnenstap, stapt iedereen uit mijn weg, zonder twijfel mijn slechte humeur oppikkend.

Dan, tot mijn verbazing, roept een van de beveiligingsjongens, "Meneer?"

Ik kijk naar de man.

Nee. Ik heb hem nog nooit gesproken. Ik vergeet namen, maar geen gezichten. Is dit een poging tot promotie of zo? Daar ben ik nooit voor in de stemming, maar zeker nu niet.

"Heeft Juno u gevonden?" roept de man.

En ineens heeft hij mijn onverdeelde aandacht.

Ik gooi op weg naar de beveiligingsbalie bijna een paar van mijn werknemers omver, waar ik eis, "Wat bedoel je daarmee?"

Hij verbleekt. "Ze was hier. Naar u op zoek. Ze heeft met mevrouw Avalin gesproken en ze is er toen vandoor gegaan." Hij kijkt heimelijk om zich heen en voegt eraan toe, "Juno zag er van streek uit."

Heeft Eidith Juno gesproken? Waarom in godsnaam?

Ik weersta de drang om de bewaker bij zijn kraag te grijpen. "Waar hebben ze het over gehad?"

Hij haalt zijn schouders op. "Ze hebben niet hier gepraat."

"Waar dan?"

Iets in mijn uitdrukking maakt hem nog bleker. "Ik weet het niet. Ze zijn in de lift gestapt."

Ik ga bij hem achter het bureau staan. "Laat de beveiligingscamera's zien."

Dat doet hij, en we kijken toe hoe de twee vrouwen naar de dichtstbijzijnde lift lopen.

"Haal de beelden uit die lift op," commandeer ik.

Nadat Juno en ik vast kwamen te zitten, heb ik alle liften met camera's, microfoons en een tweewegluidspreker uitgerust. Een speciaal team kijkt en luistert nu altijd naar die feeds, en als iemand vast komt te zitten, dan is het hun taak om de situatie op te lossen.

Het voelt alsof het eeuwig duurt, maar uiteindelijk zie ik de opname op het scherm... en hoor ik elk woord dat Eidith heeft gezegd.

"Je bent vanaf vandaag gepromoveerd," zeg ik kortaf tegen de bewaker. "Maar als ik erachter kom dat je dit tegen iemand hebt gezegd, dan zal ik ervoor zorgen dat je nooit meer ergens werkt."

Hij knikt, en zijn ogen vallen er bijna uit.

Ik knars op mijn tanden en loop naar de executive suites.

———

"Wat de fuck?" zeg ik tegen Eidith in plaats van gedag te zeggen.

"Pardon?" Ze staat als het toonbeeld van onschuld op.

"Je gesprek in de lift was niet privé. Je hebt twee seconden om het uit te leggen."

Ze verbleekt en tilt dan haar kin op. "Wat moet ik uitleggen?"

"Je bedoelt naast het feit dat je in mijn bureau hebt lopen snuffelen? Waarom vertel je me niet waarom je het lef hebt om mijn vriendin te betalen om het uit te maken?"

Ze is nu bijna doorschijnend. "Welke vriendin? Het was allemaal nep."

"Niets is verdomme nep," zeg ik met opeengeklemde tanden. "Het gaat je hoe dan ook niets aan."

Ze kijkt me aan alsof ik oranje ben geworden. "Geef je echt om haar?"

"Ja." Ze verdient mijn antwoord niet, maar ik ga hier niet over liegen. "Hoe dan ook, je had je niet met mijn zaken moeten bemoeien."

Eidith staart me met een gekwetste uitdrukking aan. "Maar je kunt zoveel beter krijgen dan zij."

"Oh?" Mijn stem druipt van het sarcasme. "Zoals wie?"

"Mij," zegt ze blozend. "Echt. Nep. Het zou hoe dan ook veel logischer zijn."

Ik zorg ervoor dat ze de minachting op mijn gezicht

kan zien terwijl ik langzaam zeg, "Jij en ik zijn *niet* logisch. Jij en ik zullen nooit gebeuren. Niet in een miljoen jaar. Sterker nog, na vandaag zullen we elkaar nooit meer zien."

Ze strompelt achteruit, terwijl ik eraan toevoeg, "Oh, en het spreekt voor zich, maar je bent verdomme ontslagen."

———

De rest van de dag probeer ik zonder veel succes Juno te pakken te krijgen.

De bloemenbezorger vertelde me dat ze het boeket naar zijn gezicht heeft gegooid. Ze heeft ook de chocolaatjes weggegooid die ik haar had gestuurd en ze weigerde voor de sieraden te tekenen.

Het enige geschenk van velen dat ze accepteerde was de fairy castle-cactus, maar ze beval de bezorger, en ik citeer, "Vertel de afzender dat ik deze arme, overbewaterde man in huis neem, maar dat het niets betekent."

Goed dan. Ik heb een creatievere manier nodig om haar aandacht te trekken.

En ik denk dat ik er een heb.

Het is waanzinnig, bijna dodelijk, maar ik heb het gevoel dat het zou kunnen werken.

Hoofdstuk 39

Juno

IK ZIT OP DE BANK TE MOKKEN EN KIJK NAAR MIJN FAVORIETE MOMENT IN ALLE FICTIE — de scène in *Encanto* waarin Isabella een cactus maakt.

Wat ik er wel niet over zou hebben om zo'n kracht te hebben.

Ach ja. Ik moet genoegen nemen met de cactussen die ik heb: vertrouwde El Duderino en zijn nieuwe broer, Chateau de Chambord.

Shit. Aan de nieuwe cactus denken doet me aan de persoon denken die hem aan me heeft geschonken.

Lucius is de afgelopen drie dagen zeer volhardend geweest. Er zijn telefoontjes geweest, voicemails, appjes, e-mails en diverse geschenken.

Als ik eerlijk tegen mezelf ben, begint hij me op andere ideeën te brengen, maar ik moet sterk zijn. Wat hij waarschijnlijk wil is me ervan overtuigen om de

neprelatie gaande te houden, en dat is niet iets wat ik
—

Mijn telefoon gaat. Is het Lucius weer? Is hij als de duivel — als je aan hem denkt, dat hij je dan belt?

Maar nee.

Het is Pearl, mijn vriendin, niet de kinky grootmoeder van Lucius.

"Hé," zeg ik, terwijl ik probeer niet zo depressief te klinken als ik me voel. "Wat is er?"

"Ik heb net een telefoontje van je krankzinnige miljonair gekregen," zegt ze.

"Wat?"

"Ik zei dat ik een telefoontje van ene Lucius Warren heb gekregen," zegt ze overdreven hardop. "Stel je mijn verbazing eens voor."

Ik spring overeind. "Ik wil niet met hem praten."

"Ja. Hij noemde dat als de reden dat hij contact met mij opnam. Het klinkt alsof jullie twee ruzie hadden en je me er niets over hebt verteld."

"Sorry. De NDA." Eerlijk gezegd heb ik met niemand over Lucius gesproken, omdat het onmogelijk is om mijn situatie uit te leggen zonder alle leugens toe te geven, en ik kan het niet verdragen om daar op in te gaan.

"Nou," zegt ze. "Gezien de stunt die hij gaat uithalen, denk ik dat je misschien met hem wilt praten."

"Nee. Gaat niet gebeuren."

Ze zucht. "Wat is er aan de hand, schat? Was er een andere vrouw?"

"Nee."

Ze snakt naar adem. "Een andere man?"

"Nee! Hij is niet vreemdgegaan. Ik denk niet eens dat hij überhaupt geïnteresseerd is in... laat maar."

Er is een tijdje een stilte aan haar kant. Dan zegt ze, "Oké. Ik ben er om te praten als je er klaar voor bent. Kun je me nu op zijn minst vertellen hoe hij aan mijn nummer is gekomen?"

"Geen idee. Ik heb je naam wel bij hem en zijn grootmoeder genoemd, omdat haar naam ook Pearl is. Hij moet zijn miljardairmiddelen hebben gebruikt om je te trianguleren."

Het was misschien niet eens zo moeilijk. Hoeveel jonge vrouwen van onze leeftijd heten Pearl? Wat het aantal ook is, ik glimlach bijna als ik Lucius naar alle genoemde Pearls hoor bellen en hij hen vraagt of ze een vriendin hebben die Juno heet.

"Oké," zegt ze. "Maar je moet in ieder geval één keer met hem praten. Zeg hem dat hij zijn domme idee moet annuleren."

"En dat is?"

Dat vertelt ze me.

Mijn ogen gaan wijd open en mijn maag draait zich om. Dan klem ik mijn tanden op elkaar en vraag, "Hoe kan ik met hem in contact komen?"

"Controleer je e-mail," zegt ze. "Hij zei dat de

Zoom-video operationeel is en dat je een uitnodiging moet hebben."

"Oké. Ik kan maar beter gaan."

"Natuurlijk," zegt ze. "Maar daarna moet je me alles vertellen."

"Ooit misschien," zeg ik. "Dat wil zeggen, tenzij je op het nieuws hoort wat er met hem is gebeurd. 'Miljonair sterft door idioot gebaar.'"

"Romantisch gebaar," corrigeert ze.

Dat niet met een antwoord verwaardigend, hang ik op, dan pak ik mijn computer en ga naar mijn e-mail.

Verdorie.

Hij heeft me nog een dozijn keer gemaild sinds ik voor het laatst al zijn berichten heb verwijderd zonder ze te lezen.

Ik open de meest recente e-mail en klik op de link om deel te nemen aan het stomme videogesprek.

Een seconde later is hij daar, op mijn scherm.

Saguaro geeft me kracht.

Als ik hem zie, vergeet ik alles, ook hoe boos ik ben en waarom.

Ik heb mijn stomme menselijke cactus gemist. Ik heb hem zo gemist dat het pijn doet.

"Hoi," zegt hij op het scherm. "Bedankt voor je deelname."

Ik vernauw mijn ogen tot spleetjes naar hem. "Het is niet zo dat je me veel keuze hebt gegeven."

Als om mijn woorden te bevestigen, loopt er een witte Perzische kat voor de camera langs. Dan een

Siamese kat. Dan springt er een van die kale die alle filmschurken hebben op zijn schouder, zonder twijfel denkt ze dat zij een papegaai en hij een piraat is.

"Ik wilde me verontschuldigen," zegt Lucius, die zich niet bewust is van de kattenbedreigingen om hem heen. "Ik wilde je vertellen hoe ik me voel. Persoonlijk." Hij reikt naar de camera en de video stopt. "Er staat een limousine op je te wachten. Of als je een taxi wilt nemen, het heet hier Purrville-kattencafé."

"Wacht!" roep ik. "Ga naar buiten."

Het is alleen te laat. De verbinding wordt verbroken voordat hij me kan horen.

Fuck! Moet een kattencafé niet controleren of iemand allergisch is voor katten voordat hij naar binnenkomt? Of heeft hij tegen hen gelogen?

Whatever.

Ik ren om mijn schoenen te pakken, blij dat ik redelijk goed gekleed was toen dit allemaal begon. Als hij in een anafylactische shock raakt omdat ik me moest omkleden, weet ik niet wat ik zou doen.

Naar buiten sprintend, spring ik in de limo en schreeuw, "Rijden!"

Elijah moet op de hoogte zijn van Lucius zijn dwaasheid, omdat we in een *Fast and the Furious*-tempo gaan.

Als ik de straten zie vervagen, zie ik de prachtige gelaatstrekken van Lucius opzwellen, zijn keel die dicht gaat en dan —

De limousine stopt.

Oef. Het Purrville-kattencafé is in ieder geval dicht bij mijn huis.

Ik ren naar binnen en negeer de voordeur waar mensen iets over vrijstellingen en vergoedingen zeiden.

Er zijn overal katten. Het is eigenlijk een worsteling om niet op een poot of een staart te stappen, maar ik doe mijn best.

Als ik Lucius bereik, is hij door genoeg katten omringd om zelfs de meest wrede, strijdvermoeide rioolrat nachtmerries te geven.

"Je bent gekomen," zegt hij, zijn stem een beetje gedempt door de pluizige staart die om zijn gezicht zit.

Ik haal het pluizige monster weg en kijk naar de rode, gezwollen ogen van Lucius. "Ik weiger om hier te praten. Naar buiten. Nu."

Enigszins dankbaar knikkend, staat hij op en verlaat snel Purrville.

Zodra we op straat zijn, geef ik hem mijn meest ziedende blik. "Ben je niet goed bij je hoofd?"

Hij haalt zijn schouders op en niest heftig. "Ik *moest* je zien."

"Dus heb je een verdomde zelfmoord in scène gezet?"

"Niet zo dramatisch." Hij reikt in zijn zak en haalt er een EpiPen uit. "Ik moest je gewoon laten zien hoe serieus ik was. Mijn leven was niet in gevaar."

"Bullshit." Toch zucht ik opgelucht en zeg dan met gevoel, "Jij klootzak. Ik was ongerust." Dan, om hem te laten zien hoeveel, duw ik hem. Of dat ben ik van plan.

Hij vangt mijn polsen en dan mijn blik. "Maakte je je zorgen om me?"

"Ja. Dat is duidelijk. In tegenstelling tot sommige andere mensen, heb ik menselijke emoties en —"

"Het spijt me." Hij knijpt zachtjes in mijn polsen. "Ik wilde je niet ongerust maken."

"Natuurlijk wilde je dat. En je kunt maar beter een verdomd goede reden hebben."

"Die heb ik," zegt hij plechtig. "Ik moet je iets vertellen."

Door de blik in zijn ogen voel ik me opeens licht en bruisend, alsof ik weg ga zweven of barsten. Ik vecht tegen het gevoel omdat ik eerder misleid ben. Ik hou mijn toon chagrijnig en zeg, "Goed dan. Vertel op."

"Oké." Hij trekt me dichterbij. "Ik hou van je."

Tenminste, dat is wat ik denk dat ik hem hoor zeggen. Het is zo schokkend dat ik antwoord met het domste antwoord sinds de tijd van het oude Rome: "Wat?"

Hij laat mijn polsen los om mijn gezicht in zijn handpalmen te houden. "Ik hou van je, Juno. Ik wil dat je dat weet. Ik weet dat ik het niet verdien, maar ik wil dat je met me uitgaat. En deze keer echt. Ik hoop dat je na verloop van tijd ook —"

"Ik hou ook van jou, idioot!"

"Wat?" zegt hij, en ik denk niet dat hij de spot drijft met mijn eerdere "wat?".

Ik bedek zijn handen met de mijne. "Ik zei 'idioot.'"

"Begrijpelijk," beaamt hij. "Maar daarvoor?"

Ik maak mijn lippen vochtig. "Ik hou van je, Lucius. Ik ben al die tijd verliefd op je geweest. Ik wist het toen ik me realiseerde dat je een cactus bent. Mijn cactus. En toen we —"

Hij legt me op de aardigste manier die mogelijk is het zwijgen op — met een kus.

Een lieve, zachte die me laat geloven dat hij zijn woorden echt meent — zo wereldschokkend als ze zijn. Al snel wordt de kus voor boven de achttien, onze tongen paren hongerig terwijl hij zijn handen op mijn heupen laat vallen en me naar zijn opgewonden lichaam trekt.

En dan trekt hij zich terug en niest. Twee keer.

Ik doe een stap achteruit en bekijk hem streng van top tot teen.

Yep. Hij zit onder het kattenhaar en zijn ogen zien er niet gezond uit. Helemaal niet.

"We moeten je uit die kleren halen," zeg ik. "En onder een douche."

Zijn blik warmt op. "Kom je bij me staan?"

Ik doe alsof ik zucht. "Als dat ervoor nodig is."

Epiloog

Juno

IK BEN ZO DUIZELIG VAN OPWINDING DAT IK BANG BEN DAT IK IN MIJN BROEK GA PLASSEN.

Het is niet alleen het feit dat ik op het punt sta officieel een alumnus van de Universiteit van Florida te worden. Of dat mijn hele liefhebbende familie hier is voor mijn diploma-uitreiking.

Nee. De belangrijkste bron van mijn vreugde is de man die de diploma's op het podium weggeeft.

De man die mijn familie met zijn privéjet hierheen heeft laten vliegen.

Lucius.

Mijn echte, officiële vriendje dat door de universiteit werd gevraagd om deze eer uit te voeren, omdat hij hier in Gainesville een beroemdheid is geworden vanwege — naast andere dingen — alle banen die de onlangs voltooide Novus Rome heeft gecreëerd.

Rouwig kijk ik naar mijn outfit — een vormeloze zwarte jurk.

Niet mijn beste. Niet als ik veel liever zonnejurken draag als ik hem zie, met sandalen die mijn voeten accentueren — want ik weet dat dat laatste hem gek maakt.

Aan de andere kant is deze outfit misschien prima. Misschien is het verleidelijk om mijn voeten en al het andere verborgen te hebben. Misschien kunnen we deze jurk vanavond in een rollenspel verwerken? Ik zou een ondeugende rechter van het Hooggerechtshof kunnen zijn. Of een —

"Juno Lazko." De woorden knallen onheilspellend uit de grote speakers.

Mijn moeder geeft me een elleboog in de ribben, voor het geval ik doof ben geworden.

Ik schiet overeind, en zweef op een wolk van endorfines en adrenaline naar het podium.

Hoe dichter ik bij Lucius kom, hoe vaker mijn hart overslaat.

Ons leven staat op het punt anders te worden.

Eenvoudiger.

Leuker.

Hij is erg druk geweest met het project van zijn dromen en ik met mijn plantkundeprogramma, en hoewel we altijd tijd voor elkaar hebben gevonden, heeft het altijd gevoeld alsof we die tijd hebben gestolen.

Maar niet na vandaag. Niet met de baan die ik in de Botanische Tuinen en zijn —

"Hé, jij," zegt Lucius tegen me, terwijl hij de microfoon afdekt. Zijn metallic gekleurde ogen weerkaatsen de heldere zon van Florida die boven zijn hoofd schijnt. "Heb je er zin in?"

Ik knik stralend.

"Mooi zo." Hij pakt mijn diploma en stapt achter het podium vandaan, zoals hij dat voor de andere studenten heeft gedaan. Maar dan gaat hij van het script af. Normaal schudt hij op dit moment de hand van de afgestudeerde, maar dat doet hij niet bij mij.

In plaats daarvan zakt hij op één knie, waardoor iedereen naar adem snakt.

In de verbijsterde stilte die volgt, haalt Lucius een turquoise kleurig doosje tevoorschijn, houdt dan mijn hand in de zijne en kijkt me aanbiddelijk aan — iets wat hij zeker niet bij een van de andere diploma-ontvangers heeft gedaan.

"Wat gebeurt er?" fluister ik tegen hem.

Ik bedoel, natuurlijk weet ik het. Ik heb van zoiets als dit moment gedroomd. Het is tenslotte al vier jaar geleden.

Maar toch, hier van alle plaatsen? Nu?

"Juno," zegt hij, en ik weet niet zeker of het deel uitmaakt van het plan of niet, maar hij dekt de microfoon niet meer af, dus zijn woorden klinken over het hele veld. "Sinds we samen vast hebben gezeten in die lift, is mijn leven niet meer hetzelfde en ik kan niet gelukkiger zijn." Hij opent de doos en onthult een diamant die aan degene doet denken die de oude dame in *Titanic* in de oceaan liet vallen. "Je bent mijn muze geweest," vervolgt hij. "Mijn vriendin. Mijn alles." Hij haalt de ring eruit. "Oude Romeinen geloofden dat een ader rechtstreeks van de linker ringvinger naar het hart leidt — en dat geloof is de oorsprong van de traditie waaraan we momenteel deelnemen."

Natuurlijk, laat het aan Lucius over om het oude Rome met dit aanzoek te mengen.

"Dus, terwijl ik je je diploma geef, vraag ik jou, Juno Lazko, of je me de gelukkigste man ter wereld wilt maken en met me wilt trouwen?"

Ik grijns zo hard dat mijn oren pijn doen. "Als ik nee zeg, studeer ik dan nog steeds af?"

Hij knikt.

"In dat geval... ja. Duizend keer, ja!"

Terwijl hij de ring om mijn vinger schuift en opstaat om me in zijn armen te nemen, barst het hele stadion in gejuich uit — en ik realiseer me dat de oude Romeinen misschien gelijk hadden.

Mijn hart zwelt op met al het bloed dat door de ader van mijn linker ringvinger stroomt. Of wat waarschijnlijk is, met de liefde van Lucius.

Voorproefjes

Bedankt voor je deelname aan de reis van Juno en Lucius! Om ervoor te zorgen dat je nooit een release mist, meld je dan aan voor de nieuwsbrief op www.mishabell.com/nl.

Als je op zoek bent naar meer Misha Bell, sla dan de pagina om, om sneakpreviews van onze andere lachwekkende boeken te lezen!

Fragment uit Zesling and the city

Wat er in Vegas gebeurt blijft in Vegas. Of toch niet?

Oké, laat het me uitleggen. Ik heb in de kleedkamer van mijn verliefdheid ingebroken om aan zijn maillot te ruiken (niet op een perverse manier, ik zweer het!) en toen werd ik betrapt terwijl ik... je snapt het wel. Hij heeft me toen gechanteerd om met een nephuwelijk in te stemmen voor een verblijfsvergunning. Maar hé, ik klaag niet.

Voordat ik het wist, zaten we op een vlucht naar Vegas om onze vrienden en familie te laten denken dat we een gekke dronken nacht hebben gehad en, in een opwelling met elkaar zijn getrouwd. Het is alleen... dat dat precies is wat er is gebeurd. (Heel erg bedankt, wodka.)

Gezien het feit dat hij de meest begeerde balletdanser in New York City is en ik een in de garage woonachtige geheime blogger en een grote zoetekauw ben, is het onmogelijk dat dit huwelijk ooit echt zou kunnen worden. Niet te vergeten mijn totaal gekke familie en mijn afkeer van elke geur die er bestaat, behalve de zijne.

Het enige waar ik op kan hopen is om niet verliefd op mijn man te worden. Dat zou niet zo moeilijk moeten zijn, toch?

———

Het ballet waar ik naar kijk is *het Zwanenmeer*, en de rol van mijn verliefdheid is die van prins Siegfried.

Verdomme. Ik ben jaloers op die kruisboog die hij vasthoudt. Gezien het feit dat het mijn doel is om deze man uit mijn systeem te krijgen, is hem in levenden lijve zien een stap in de verkeerde richting geweest.

Zijn spieren — vooral die van zijn krachtige benen — zouden een beeld van een Griekse god van afgunst aan het huilen kunnen maken. Zijn glanzende ogen zijn als pure gesmolten chocolade, en pure chocolade is ook waar zijn naar achter gekamde haar me aan doet denken. Zijn gezicht is engelachtig, met zulke scherpe jukbeenderen dat ze op de harde laag van Crème Brûlée lijken nadat je die met een lepel hebt gebroken. Maar dat verbleekt allemaal in vergelijking met de uitstulping in zijn broek — een kenmerk van zoveel van mijn masturbatiefantasieën dat ik zelfs de inhoud ervan Mr. Big heb genoemd.

Dus ja. Dit allemaal te zien is het tegenovergestelde van behulpzaam — en als ik het vibrerende slipje activeer dat ik momenteel draag, dan zal het alles nog veel erger maken.

Oorspronkelijk had ik het masturbatieslipje aangetrokken, omdat ik dacht dat dit mijn laatste kans was op een menage à moi met de Rus. Als het ruiken van zijn maillot werkt zoals de bedoeling is, dan zal ik mijn toevlucht tot een ander visueel hulpmiddel moeten nemen voor een bezoek aan de vleermuisgrot, *zoals Magic Mike, 300,* of *Sjakie en de chocoladefabriek.*

Maar ik zou niet egoïstisch moeten zijn. Dit avontuur zal voor een geweldige blogpost zorgen. Ik doe meestal niet stout in het openbaar, dus dit kan voor mijn volgers leerzaam zijn.

Ja. Ik zal het voor hen doen. Het zal mijn laatste hoera met de Rus zijn — wat nog veel interessanter zal zijn, omdat ik hem live zie.

Ik scan de netjes geklede mensen die om me heen zitten. De kust is veilig. Ze richten zich op het spektakel voor ons, zoals het hoort.

Ik haal de kleine afstandsbediening tevoorschijn die de vibratie activeert.

Laatste kans om van gedachten te veranderen.

Nee. De Rus laat me de perfectie zien die zijn kont

is, met een grote bilspier die ik als kandijsuiker wil likken.

Ik druk op de knop 'aan' en grijns als mijn ondergoed begint te trillen.

Het is doe-het-zelftijd.

Zelfs bij de laagste snelheid is mijn clitoris onmiddellijk gezwollen, en ik mag hopen dat de elektrische componenten in dit technologische wonder waterdicht zijn. Al snel moet ik pijnlijk op mijn tong bijten om niet te gaan kreunen. Tsjaikovski's muziek is geniaal, maar *dat* zou het niet overstemmen.

Ik had geen idee dat het zo moeilijk zou zijn om stil te blijven. Het komt waarschijnlijk door de heetheid van de Rus in actie te zien.

Hijgend schakel ik het apparaat uit om mijn clitoris een kans te geven om af te koelen. Als ik hierbij betrapt word, dan zal ik naar buiten worden begeleid en voor het leven verbannen worden, omdat ik de perverseling ben die ik ben.

Als ik denk dat ik stil kan blijven, zet ik het ding weer aan.

Nee. Net op het moment dat de Rus een bijzonder overheerlijke *fouetté* uitvoert, is het verlangen om vocaal te zijn helemaal terug.

Fuck. Mij.

Degene die deze slipjes heeft ontworpen, zou een of andere prijs moeten winnen. Het doet met mijn lagere regionen wat het themalied van het

Zwanenmeer met mijn oren doet, of de Rus met mijn ogen.

Een orgasme van kosmische proporties bouwt zich in me op, en me stilhouden vergt een inspanning waarvan ik weet dat ik het niet bezit, dus ik zet alles weer uit, deze keer voorgoed.

Fucker. Nu ben ik echt gefrustreerd en chagrijnig.

Om mijn frustratie nog iets meer te verdiepen, verschijnt de ballerina die prinses Odette speelt.

Kun je "onmogelijke standaard van schoonheid" zeggen? Van boven is ze doorzichtig en lijkt ze op iemand die in haar leven nog nooit een croissant heeft geproefd, maar haar benen zijn krachtig en lijken maar niet op te houden.

Ik weet het, ik weet het. Mijn jaloezie is zo groen als een St. Patricks Day-donut. Ter verdediging, haar karakter wordt verondersteld lief, nobel en onschuldig te zijn. Ze danst het deel echter met verleiding, zoals Odile, de kwaadaardige zwarte zwaan. Over de *zwarte zwaan* gesproken, het is maar al te gemakkelijk om je voor te stellen dat deze vrouw iemand met een glasscherf neerstak, zoals Natalie Portmans personage dat in de film deed.

Dat is het. Het is besloten. Voortaan zal deze ballerina in mijn gedachten de Zwarte Zwaan zijn.

Terwijl het ballet doorgaat, krimp ik elke keer ineen wanneer de Rus de Zwarte Zwaan aanraakt — wat vaak het geval is, vooral tijdens de *pas de deux*. Het wordt zelfs zo erg dat als prinses Odette aan haar trieste einde komt, ik het moeilijk vind om me in te leven.

Ik ben blij dat de show voorbij is. Live kijken was zeker een vergissing.

Tegen de menigte vechtend die weggaat, ga ik naar het toilet, waar ik, volgens de instructies van Blue voor Operatie Brute Snuif, mijn toilethokje op slot doe en op een toilet klim om mijn voeten te verbergen. Haar instructies zijn ook de reden waarom ik volledig in het zwart ben — een nette broek geschikt voor de locatie, een shirt met knopen dat iets te strak zit (die ik een paar kilo geleden heb gekocht, nou en), en een paar ballerinaschoentjes die betere dagen hebben gezien, maar die de chicste schoenen zijn waar ik mee kan rennen.

Ik haal een oordopje tevoorschijn, steek het in mijn oor en bel Blue.

"Hé zus," zegt ze. "De menigte verspreidt zich op dit moment. Dus het is even wachten."

Terwijl ik wacht, brengt Blue me op de hoogte van alle sappige familieroddels, waardoor ik me afvraag hoe ze al deze informatie heeft verzameld. Ongetwijfeld met behulp van dezelfde snode methoden als Big Brother in de dystopische wereld van 1984.

"De Letse Elvis heeft net het gebouw verlaten," zegt Blue uiteindelijk. "En ik heb de camera's op je pad uitgezet, zodat je de operatie kunt starten."

"Bedankt." Ik spring van het toilet af, maar mijn

voet glijdt weg en ik knal met mijn hoofd tegen de deur.

Auw. Ik zie sterren, maar als urinoirvormige taarten.

Wat nog erger is, is dat ik een plons hoor.

Nee! Alsjeblieft niet.

Helaas dus wel.

Mijn telefoon zwemt in de toiletpot. Gatver.

"Hé," zegt Blue in de oordopjes door knetterende ruis heen. "Is alles i —"

De rest is een onbegrijpelijk gesis.

Mijn arme telefoon is dood.

Ik ga met mezelf in discussie of ik hem eruit moet vissen, hoe smerig dat ook zou zijn. Ik heb gehoord dat je deze apparaten in rijst kunt stoppen om ze te drogen, en dan kunnen ze zichzelf weer tot leven wekken. Uiteindelijk beslis ik ertegen. De telefoon is zo oud dat hij nauwelijks slim genoeg te noemen is voor een smartphone. Het is beter om met enige waardigheid in het toilet te verdrinken, ook al moet ik ongeveer honderd reizen naar Cinnabon overslaan om een vervanging te betalen.

De vraag is nu: moet ik de operatie afblazen?

Ik heb geen Blue meer in mijn oor, maar ik heb wel veel geld uitgegeven om dit kaartje te kopen en ik weet niet wanneer ik me er nog een kan veroorloven. Trouwens, ik heb alle moeite gedaan om te leren hoe ik een slot moet openen, en Blue heeft haar deel al gedaan.

Oké, ik ga ervoor.

Ik haal diep adem en sluip uit het toilethokje.

Er is niemand in de buurt.

Mooi.

Terwijl ik naar mijn bestemming sluip, ben ik blij dat ik de lay-out van deze plek heb onthouden in plaats van op de schema's op mijn telefoon te vertrouwen.

Het eerste slot op mijn pad is makkelijk te openen, en de tweede deur is niet eens op slot.

Als ik bij de laatste gang kom, realiseer ik me dat ik aan het joggen ben, en tegen de tijd dat ik naast de deur stop van wat de kleedkamer van de Rus zou moeten zijn, hijg ik.

Yep. "Artjoms Skulme" is wat er op het label van de deur staat. Ik ben op de juiste plek.

Ik haal de lockpicks tevoorschijn, en het slot geeft zonder veel gedoe toe aan mijn nieuw gevonden vaardigheden.

Met een bonzend hart, stap ik naar binnen. In de grote spiegel voor me zie ik er bang uit, zoals Blue eruit zou zien bij een vogelnest. Zelfs mijn schouderlange haar lijkt moe en bleek te zijn, de rossige kleur van mijn lokken lijkt in dit licht meer asblond te zijn dan iets wat in de buurt van rood komt.

Ik kauw op mijn lip en kijk om me heen op zoek naar de maillot. Ik ben al zo ver gekomen, en ik ga niet weg zonder de operatie te voltooien.

Hmm.

Ik zie nergens een maillot.

Dat heb ik weer. Hij is een netheidsfreak.

Wacht eens even... Ik zie iets. Geen maillot, maar misschien iets dat nog beter is. Hoewel ook een beetje griezeliger als ik er te diep over nadenk.

Ik haast me naar de stoel waarop ik het item heb gezien — een kledingstuk dat in deze industrie als een dansriem bekend staat.

Het is alleen geen echte riem.

Het is voor balletdansers met externe geslachtsdelen ontworpen die tijdens krachtige sprongen rond kunnen slingeren. Dit ondergoed lijkt verdacht veel op een string.

Ik wapper mezelf koelte toe.

Ik stel me voor dat de Rus deze kont-flos zonder maillot draagt, waardoor ik mijn vibrerende slipje weer aan wil zetten.

Maar nee. Er is nu geen tijd om mijn poes te voeren.

Ik pak de string — ik bedoel de dansriem. Hij voelt lekker zacht aan.

Moet van vriendjesmateriaal gemaakt zijn.

Ik kijk naar de dansriem alsof ik een slang probeer te charmeren die erin zit. Een slang met de naam Mr. Big.

Ga ik dit nu echt doen? En als ik dat doe, ben ik dan een van die mensen die online versleten ondergoed gaat kopen?

Nee. Ik heb geen ondergoed-snuivende fetisj, meer het tegenovergestelde.

Ja. Als iemand het vraagt, dan is dat mijn excuus.

Met een vastberaden bewegingen ruk ik het filter uit elk neusgat en breng de dansriem naar mijn neus.

Daar gaan we.

Ik neem de Brute Snuif.

———

Bezoek <u>www.mishabell.com/nl/</u> om jouw exemplaar van *Zesling and the city* vandaag nog te bestellen!

Fragment uit Over octopussen & mannen

De chagrijnige buurman van mijn grootouders is net zo heet als de dodelijke zon van Florida. En net als de zon, is hij slecht voor me. Mijn smaak in mannen is verschrikkelijk - vraag maar aan mijn ex en zijn straatverbod.

Vraag je je af wat ik in Florida bij mijn grootouders doe? Nou, mijn beste vriend is een octopus, en hij heeft een grotere tank nodig, dus heb ik een baan aangenomen in een aquarium in de Sunshine State.

Ik had niet verwacht dat die sexy, langharige chagrijn zou proberen om voor een of ander duister plan mijn octopus te kopen. Ik had ook niet verwacht om na een nachtelijke duik in zee, op het strand met hem te vrijen.

En het laatste wat ik had verwacht was hem op mijn eerste dag bij mijn nieuwe baan tegen te komen... waar hij mijn baas is.

———

"Ah, Kappertje. Wat ga je doen?"

Ik grijns. Mijn naam is Olive (mijn ouders zijn slecht in hun hippie-dippie-heid), en als opa me Kappertje noemt, dan bedoelt hij 'kleine olijf', waardoor ik me weer een klein meisje voel. Ik zal hem natuurlijk nooit vertellen dat zijn bijnaam voor mij botanisch onjuist is: kappertjes zijn de bloemen van een struik, terwijl olijven een boomvrucht van een heel andere soort zijn.

"Ik neem Beaky mee voor een wandeling," antwoord ik, naar de tank knikkend.

Opa tuurt naar het glas en Beaky kiest precies dat moment om zichzelf op een rots te laten lijken — zoals hij elke keer doet als opa naar hem probeert te kijken.

Opa wrijft in zijn ogen. "Zit daar echt een octopus in? Ik heb het gevoel dat jij en je oma proberen om me te laten denken dat ik seniel word."

"Nee. Het is Beaky die met je aan het rotzooien is."

Ik kan het mijn opa niet kwalijk nemen dat hij mijn achtarmige vriend niet heeft gezien. Als het om camouflage gaat, blazen octopussen kameleons omver. En als een kameleon in het water zou vallen, dan zou geen enkele camouflage voorkomen dat hij de lunch van een octopus zou worden.

Opa schudt zijn hoofd. "Waarom?"

Ik haal mijn schouders op. "Hij is een wezen met negen hersenen, één in zijn hoofd en één in elke arm. Als je zijn gedachten probeert uit te vogelen, dan zou iedereen hoofdpijn krijgen."

Opa tuurt weer naar de tank, maar Beaky blijft in zijn rotsachtige gedaante. "Waarom ga je eigenlijk met hem wandelen?"

"Om te voorkomen dat hij zich gaat vervelen. Wat hij echt nodig heeft, is een grotere tank, maar voorlopig zal hij het met een andere omgeving moeten doen."

"Vervelen?"

"Oh ja. Een verveelde octopus is erger dan een zevenjarige jongen die strak staat van de cafeïne en een verjaardagstaart. In Duitsland heeft een octopus genaamd Otto herhaaldelijk het hele elektrische systeem van het Sea Star Aquarium kortsluiting gegeven door water in de 2.000 watt overheadspot te spuiten. Omdat hij zich verveelde."

Opa trekt zijn borstelige wenkbrauwen op. "Maar je maakt toch puzzels voor hem? Je laat hem toch tv kijken?"

Ik knik. Puzzels maken voor octopussen is eigenlijk waar ik beroemd om ben en hoe ik aan mijn nieuwe baan ben gekomen. "Speelgoed en de tv helpen," zeg ik, "maar ik heb nog steeds het gevoel dat hij zich opgesloten voelt."

Grommend duikt opa in zijn zak en haalt er een pistool uit zo groot als mijn arm. "Neem dit mee." Hij duwt het naar me toe.

Ik knipper met mijn ogen naar het instrument van de dood. "Waarom?"

"Bescherming."

"Van wat? We zitten in een gesloten complex."

Hij duwt het wapen met grotere urgentie naar me toe. "Het is beter om een pistool te hebben en het niet nodig te hebben."

Ik neem het aanbod niet aan. "De misdaadcijfers in Palm Islet zijn tien keer lager dan in New York."

Opa haalt de clip uit het pistool, controleert hem, duwt er een extra kogel in en klikt hem er weer in. "Het zou me gemoedsrust geven als je het mee zou nemen."

"In naam van Cthulhu," mompel ik binnensmonds.

"Gezondheid," zegt opa.

"Dat was geen nies. Ik zei, 'Cthulhu.'" Bij opa's lege blik slaak ik een zucht. "Hij is een fictieve kosmische entiteit die door HP Lovecraft gecreëerd is. Afgebeeld met octopuskenmerken."

"Oh. Zit hij in de sexy tekenfilms van je oma?"

"Absoluut niet." Ik huiver bij de gedachte. "Cthulhu is honderden meters lang. Hij is een van de Grote Ouden, dus zijn attenties zouden een vrouw net zo snel verscheuren als dat ze haar gek zouden maken."

"Oké dan." Opa probeert het pistool weer in mijn handen te duwen. "Neem het mee en ga."

Ik verberg mijn handen achter mijn rug. "Ik heb geen vergunning."

"Je maakt een grapje." Hij kijkt me ongelovig aan. "Morgen neem ik je mee naar een les om een verborgen vuurwapen te dragen."

Ik vecht tegen een oogrol ter grootte van een Cthulhu. "Ik heb het morgen een beetje druk, met een nieuwe baan en zo."

Met een frons verbergt hij het pistool ergens. "Wat dacht je van dit weekend?"

"We zullen zien," zeg ik zo vrijblijvend mogelijk voordat ik mijn handtas van de rugleuning van een stoel grijp en nogmaals op de afstandsbediening druk om de tank de garage in te rollen.

Mijn grootouders verlaten, net als andere Floridianen, hun huizen liever op deze manier, in plaats van bijvoorbeeld via de voordeur.

Zodra mijn grootvader uit het zicht is, houdt Beaky op om een rots te zijn, zet zijn armen in zijn zij en wordt opgewonden rood.

"Je zou je moeten schamen," zeg ik streng.

Wij zijn de God Keizer van de Tank, verordend door Cthulhu. We zullen de glorie van ons gezicht niet aan degenen schenken die het niet verdienen. Schiet op, onze trouwe priesteres-onderdaan. We willen de zon op onze zuigers voelen.

Yep. Ellen DeGeneres sprak met een fictieve octopus in *Finding Dory*, terwijl mijn echte in mijn hoofd tegen me praat. En ik ben niet de enige die deze denkbeeldige gesprekken voert. Al vanaf dat mijn zussen en ik kinderen waren, hebben we dieren stemmen gegeven. In mijn gedachten klinkt Beaky als negen mensen die tegelijk praten (het hoofdbrein en de acht in zijn armen), en zijn toon is heerszuchtig (octopussen hebben tenslotte blauw bloed). Oh, en zijn woorden komen er met dat zwakke gorgelachtige geluidseffect uit dat in *Aquaman* werd gebruikt toen de Atlantiërs onder water spraken.

Ik open de garagedeur.

Het is super helder buiten, ondanks de eeuwenoude eiken die voor voldoende schaduw zorgen.

Met een zucht pak ik een grote tube van mijn favoriete minerale zonnebrandcrème uit mijn tas en bedek mezelf van top tot teen met een dikke laag. De UV-index is 10, dus ik wacht een paar minuten, en dan bedek ik mezelf met een tweede laag. Ik doe dit stiekem in de garage om te voorkomen dat mijn grootouders me over het nemen van een baan in de Sunshine State gaan plagen terwijl ik paranoïde ben over blootstelling aan de zon.

En nee, ik ben geen vampier — hoewel mijn zus Gia er met haar gothic-make-up en zo verdacht veel als een uitziet. Het vermijden van de zon is echt wetenschappelijk, gezien de schadelijke effecten van UV-stralen, zowel A als B, evenals blauw licht, infrarood licht en zichtbaar licht. Ze veroorzaken allemaal DNA-schade. Dit probleem kwam een paar jaar geleden op mijn radar toen Sushi, mijn anemoonvis, huidkanker kreeg, waarschijnlijk doordat haar aquarium bij een raam stond. Sindsdien ben ik voorzichtig. Ik ga zelfs zo ver dat ik een drievoudige laag UV-beschermende coating over Beaky's tank heb gelijmd.

Realiseer ik me dat ik me meer zorgen over de zon maak dan wie dan ook die geen paranoïde dermatoloog is? Tuurlijk. Maar kan ik stoppen? Nee. Ik denk dat een bepaald niveau van neurose in mijn DNA is geprogrammeerd, tenminste als ik ook maar enigszins op mijn identieke zeslingzusjes lijk. Maar goed, als ik in de tachtig ben en er jonger uitzie dan al mijn zussen, dan zullen we zien wie het laatst lacht.

Als ik klaar ben met de zonnebrand, trek ik een lichtgewicht jack met ritssluiting aan dat met UV-beschermende chemicaliën is bedekt, een hoed met een brede rand en een gigantische zonnebril.

Zo. Als ik dit echt zou overdrijven, dan zou ik een van die Darth Vader-brillen dragen, nietwaar?

Mijn hartslag versnelt als ik Beaky's tank de volle zon in volg, maar ik kalmeer door mezelf eraan te herinneren dat de zonnebrandcrème zijn werk zal doen. Als de tank de oprit afrolt en op een schaduwrijk trottoir bij het meer komt, wordt mijn ademhaling nog rustiger.

Tot nu toe gaat het goed. Nu maar hopen dat ik niet te veel vervelende vragen van nieuwsgierige buren krijg.

Terwijl we langs de oever van het meer wandelen vliegen er een paar reigers weg. Beaky staart hen aandachtig aan en verandert een paar keer van gedaante.

We willen die dingen graag proeven. Wees een goede priesteres en lever ze bij de tank af.

Ik klop op de bovenkant van de tank. "Ik zal je een garnaal geven als we terug zijn."

We zien allebei een wasbeer die in het gras bij het meer aan het graven is, waarschijnlijk op zoek naar schildpad- of alligatoreieren.

Ook dat willen we proeven.

"Ik zal je een garnaal zonder de puzzel geven," zeg ik tegen hem.

Meestal stop ik zijn lekkernijen in een van mijn creaties, waardoor de maaltijd extra leuk voor hem wordt, maar als hij trek heeft gekregen door naar alle landdieren te kijken, dan wil ik zijn bevrediging niet uitstellen.

Een anderhalve meter lange alligator kruipt langzaam uit het meer.

Ja, we zijn zeker weten in Florida.

Beaky ziet hem en pakt twee kokosnootschalen van de bodem van zijn aquarium en sluit ze over zijn lichaam, zodat hij er voor de wereld — en voor de alligator — als een onschuldige kokosnoot uitziet.

"Dat ding kan je niet pakken als je in de tank zit," zeg ik sussend. "Om het nog maar niet te hebben over het feit dat hij banger voor mij is. Hopelijk."

De statistieken over alligatoraanvallen zijn in ons voordeel. In een staat met koppen als 'Man in Florida slaat alligator in elkaar' en 'Man in Florida gooit alligator door het raam van Wendy's drive-through', hebben de alligators geleerd om ver, ver uit de buurt van de krankzinnige mensen te blijven.

Omdat Beaky het nieuws niet leest of online statistieken bekijkt, kijkt zijn oog sceptisch terwijl het tussen de kokosnootschalen door gluurt.

Ik richt mijn aandacht weer op het trottoir — en zie hem.

Een man.

En wat een man.

Hij had in plaats van Jason Momoa in *Aquaman* kunnen spelen. Als ik de hoofdrolspeler voor mijn natte dromen zou casten, dan zou deze man zeker de rol krijgen.

De gedachte zendt warmteslierten naar mijn lagere regionen, met name het deel dat ik persoonlijk als mijn wunderpus beschouw — ter ere van *wunderpus photogenicus*, een verbazingwekkende octopussoort die in de jaren tachtig werd ontdekt.

Ik heb trouwens ooit een foto van mijn wunderpus gemaakt, en die is ook *fotogeniek*.

Maar terug naar de vreemdeling. Sterke, mannelijke gelaatstrekken door een onberispelijk getrimde baard omlijst, cyaankleurige ogen zo diep als de oceaan, een gebruind, gespierd lichaam in low-riding jeans en een mouwloze top gekleed die krachtige armen laat zien, dik, blond gestreept haar dat naar beneden valt tot zijn brede schouders — hij zou op een surfer lijken als hij niet zo'n sombere uitdrukking op zijn gezicht had gehad.

Beaky moet de alligator zijn vergeten, want hij is uit zijn kokosnoot en kijkt gefascineerd naar de vreemdeling.

Zal je altijd zien. Aquaman heeft de kracht om met octopussen te praten, net als met andere zeedieren.

Ik realiseer me dat ik ook naar hem sta te staren en raak gespannen naarmate hij dichterbij komt. Anders dan in New York, waar het gebruikelijk is om een vreemdeling te passeren zonder hun bestaan te erkennen, groet iedereen hier in Florida op zijn minst zijn buren.

Wat moet ik zeggen als hij tegen me praat? Durf ik überhaupt mijn mond open te doen? Wat als ik hem per ongeluk vraag om zijn gang met me te gaan?

Wacht eens even. Ik denk dat ik het weet. Hij laat ook een huisdier uit, in zijn geval een hond van het teckelras, ook bekend als een hotdog, het meest fallische lid van de hondensoort. Ik hoef alleen maar iets over zijn worstje te zeggen — degene die met zijn staart kwispelt, niet zijn Aqua-mannelijkheid.

Als de man twintig meter bij me vandaan is, lijkt hij me voor het eerst op te merken. Zijn blik richt zich eigenlijk meer op Beaky's tank, en zijn sombere uitdrukking wordt ronduit vijandig — kaken op elkaar geklemd, mond naar beneden gericht, ogen keihard.

Het gekke is dat hij er nu niet minder heet uitziet. Misschien wel meer.

Wat is er met me aan de hand? Geen wonder dat ik uiteindelijk met klootzakken uitga zoals —

Zijn diepe, sexy stem is het soort kou dat zelfs in deze vochtige sauna een koude wind kan veroorzaken. "Hoeveel voor de octopus?"

Ik knipper met mijn ogen en knijp dan mijn ogen tot spleetjes naar de vreemdeling, terwijl mijn nekharen als stekels op een kogelvis omhoog komen. Hij wil Beaky kopen? Waarom? Wil hij hem opeten?

Dit is tenslotte de staat waar mensen alligators, schildpadden (zelfs de beschermde soorten), brulkikkers, tijgerpythons en limoentaart eten.

Knarsetandend wijs ik naar de kwispelende hond naast hem. "Hoeveel voor de braadworst?"

Een grijns krult zijn volle lippen. "Laat me raden... een New Yorker?"

Aquaman? Meer Aqua-klootzak. "Laat *mij* raden. Floridaman?" Ik kan me de rest van de kop voorstellen: "... steelt octopus in tank en probeert er seks mee te hebben."

Gezien wat mijn oma over Regel 34 had gezegd en waar ik nu sta, is het niet zo vergezocht. Ik heb eens een artikel over een man uit Florida gelezen die probeerde om op een parkeerplaats bij een winkelcentrum een levende haai te verkopen. Wat is in vergelijking seks met een octopus?

Zijn dikke wenkbrauwen trekken zich samen. "De

verhalen waar je op doelt, gaan over mensen die uit een andere staat komen. Ze gaan nooit over echte Floridianen."

"Oh, ik heb gelezen waar je het over hebt," zeg ik gnuivend. "'Man uit Florida krijgt de allereerste penistransplantatie van een paard.' Ik ben er vrij zeker van dat het artikel zei dat de dappere pionier in Melbourne geboren en getogen is — dat is twee uur rijden van hier."

Oeps. Ben ik te ver gegaan? Iedereen lijkt hier een pistool te dragen. En aangezien ik hem eerder aantrekkelijk vond en met mijn dating-trackrecord, zou hij best gevaarlijk kunnen blijken te zijn.

In plaats van een wapen te trekken, wrijft de vreemdeling over de brug van zijn neus. "Eigen schuld als ik ruzie met een New Yorker wil maken. Vergeet het nieuws. Die tank is te klein voor die octopus. Hoe zou jij het vinden om je leven in een Mini Cooper te leven?"

Ik adem diep in, mijn maag trekt zich samen. "Hoe zou *jij* het vinden om aan de lijn te lopen?" Ik wijs met mijn kin naar zijn worstje, wiens staart niet meer kwispelt. "Of om gedwongen te worden je schreeuwende blaas en darmen te negeren totdat je meester zich verwaardigt om je mee te nemen voor een wandeling? Of dat er met je voortplantingsorganen wordt gerommeld?"

Hij kijkt me afkeurend aan. "Tofu is niet gecastreerd. Sterker nog, hij —"

"Tofu?" Mijn mond valt open. "Als in, een tofu-hotdog? Over dierenmishandeling gesproken."

De aderen die in zijn nek opzwellen, zien er afleidend sexy uit. "Wat is er mis met de naam Tofu?"

Voordat ik kan antwoorden, jammert Tofu meelijwekkend.

"Goed gedaan," zegt de vreemdeling. "Nu heb je hem van streek gemaakt."

"Ik ben er vrij zeker van dat jij dat deed." *Door de arme hond Tofu te noemen.*

"Dit gesprek is voorbij." Hij draait zijn rug naar me toe en trekt aan de lijn. "Kom, Tofu."

Tofu werpt me een droevige blik toe die lijkt te zeggen, *ik vind het niet prettig als mijn papa en mijn nieuwe mama ruziemaken.*

Met een zucht rol ik Beaky's tank in de tegenovergestelde richting.

Bezoek www.mishabell.com/nl/ om jouw exemplaar van *Over octopussen & mannen* vandaag nog te bestellen!